# 路

# 唐大禧的时代塑记

陈铿 刘艳 编著

SPM 南方传媒 | 岭南美术出版社
中国·广州

图书在版编目（CIP）数据

路：唐大禧的时代塑记/陈铿，刘艳编著. —广州：岭南美术出版社，2023.4
ISBN 978-7-5362-7609-3

Ⅰ.①路… Ⅱ.①陈…②刘… Ⅲ.①纪实文学—中国—当代 Ⅳ.①125

中国版本图书馆CIP数据核字(2022)第241078号

口　　　述：唐大禧
顾　　　问：林应藩
资 料 整 理：林德福
采访录音整理：易萱婷　王　杰
特 约 编 辑：杨贤君

出　版　人：刘子如
策　　　划：谢海宁
责 任 编 辑：韩正凯　李　青
责 任 技 编：谢　芸

装 帧 设 计：友间文化

路——唐大禧的时代塑记
LU——TANG DAXI DE SHIDAI SU JI

出 版 发 行：岭南美术出版社（网址：www.lnysw.net）
（广州市天河区海安路19号14楼 邮编：510627）
经　　　销：全国新华书店
印　　　刷：佛山市金华彩印刷有限公司
版　　　次：2023年4月第1版
印　　　次：2023年4月第1次印刷
开　　　本：787 mm×1092 mm　1/16
印　　　张：18.375
字　　　数：330千字
ISBN 978-7-5362-7609-3

定　　　价：128.00元

唐大禧自画像《不惑之年》（油画）

唐大禧他山石屋门关《金木水火土》（手稿）

# 前言

《路——唐大禧的时代塑记》以纪实的手法、艺术的笔调记录中国当代著名雕塑家、画家唐大禧传奇的艺术人生。唐大禧，1936年生于广东汕头，小时候经历日军侵华、战乱、父母离异……祖母带着他与弟弟颠沛流离，饱尝人间悲欢，也激发了他的艺术天性。1945年随重组家庭的父亲回汕头，1949年又随父移居香港。1953年他到广州，先在广州文化公园做美工，1957年加入广东省美术家协会（以下简称“省美协”），1959年进入广州雕塑工作室（广州雕塑院的前身）学习后任创作员。1981年起任广州雕塑工作室副主任、主任，1985年至1995年任广州雕塑院院长，1996年起任名誉院长。现为中国美术家协会会员暨第三、第四届理事，中国雕塑学会理事，全国城市雕塑艺术委员会委员，曾任省美协副主席，广州市文学艺术界联合会副主席，广州市美术家协会主席等，国家一级美术师，是当今享誉国内外颇有成就的著名雕塑家、画家。

1956年雕塑处女作《追踪》参加广东省青年美展获二等奖并入选全国青年美展。1964年创作的《欧阳海》、1973年国画《人民的苹果》及1977年创作的《海的女儿》均在全国产生强烈的影响。1979年创作的作品《猛士》引发了全国范围乃至境外华文报刊关于中国改革开放以及人体艺术问题的评点和广泛争论。1984年创作的《新的空间》、1989年创作的《创造太阳》分别获全国第六届、第七届美展铜质奖。1983年创作的《启明》、1985年创作的《未来属于我》、1987年创作的《文天祥》分别获首届、第二届全国城市城雕优秀奖。1996年创作的作品《华夏柱》，置放在广州雕塑公园；2001年临摹《思想者》；2002年创作《红头船》；2003年创作抗击“非典”女英雄《叶欣》雕像；2004年创作《公路魂》；2005年放大创作《壮丽诗篇》。之后又陆续创作《鲁迅与许广平》《关汉卿》《周文雍与陈铁军》《陈寅恪》《陈子壮》《风雨泰然·孙中山》《饶宗颐》等力作，广州雕塑公园内建有“唐大禧雕塑园”。

唐大禧热爱创造，喜欢动手，善于思考，并能将自己对人性以及世界的理解融入作品的创作中，所以，其作品既体现鲜明的时代特征，又独具个人艺术风格。他的作品集坚实的写实造型功力与富有诗意的浪漫情怀于一身，他既擅长于大纪念碑，又在情节性雕塑领域成就卓越。2005年，年届70的唐大禧，如愿地完成了30年前就开始创作的作品《壮丽诗篇》，这件穿越卅载春秋的巨作的铸就，于唐大禧来说具有双重意义：为社会奉献纪念中国人民抗日战争胜利60周年的力作，以及测试一名古稀之年雕塑家的体力、智力、创造力和勇气。该作品的命名，无意中也映衬出唐大禧一生光辉的雕塑历程——英雄主义的壮丽激越和浪漫色彩的诗性抒情。

一江碧水，千古风流。

从韩江走出来的唐大禧没有上过正规的大学，却有着极高的感知能力，并善于总结，找寻规律，能很快从一团乱麻中找出头绪；进而使他具有了一种洞察本质的智慧，他能透过各种复杂的表面现象看到更为普遍、更为深刻的“人性”的美。使他突破一时、一地、一人、一事的局限，在时局中找到“合理的结合点”，既为当时的社会所允许、所需要，又不违背艺术家的良心和艺术尺度，总能十分出色地进行艺术创作，被业界称为“唐大禧现象”。

他一生勤勉，或许是韩江文化中“爱拼

才会赢”的血脉，让他惜时如金，婉拒了许多交际，长年累月地沉浸在艺术空间里，不断超越自我，造就了深厚的写实造型功力。青年时期，他靠自己扎实的基本功和艺术敏感性脱颖而出，每每社会变革，他都能推出掷地有声的力作。他一生精益求精，在许多作品创作完成后仍在不断地完善与修改。

他善于学习，遍阅人世沧桑；他喜欢看书，反复研究中外历代雕塑大师名作和民间雕塑艺术作品，从中吸收营养为我所用。他阅读广泛，书不离手，没有上过正规中文学校却写得一手好文章。到晚年眼睛不好，他便下载文章用听书功能来听，有的文章反复听数百次……人生初心始终，砥砺前行。

他追求创新，追求作品的时代性与形式美感的统一，兼蓄多种风格的元素，作品秀美而不失大气，温文而不失雄健。其中《启明》探索新的表现手法，表达迈向新时代的希冀与信念，而《新的空间》和《创造太阳》则在雕塑语言与新材质的结合上迈出了探索性的一步。

他顺应自然，深谙东方文化之“道”；有物混成，先天地生；人法地，地法天，天法道，道法自然。他的《红花岗》是略加雕琢的天然沧桑美，而他的大地雕塑《卧波美人》，则在“似与不似之间”以写意手法表达东方美学的精髓，大美不言。

他悲悯众生，“长期以来，唐大禧对于一些公共事物依然保持着那份关注，且不说汶川地震后，一次次的捐赠，有时对一些仅仅是‘参与议’的事，只要他抱定自己是善意的、有助于社会的，便坚守一份执着，甚至在力不从心时，也不轻易释怀，变成一缕‘拿不起，放不下’的轻愁，这大概源于他那种士大夫式的使命感。”（沈平《塑说——唐大禧雕塑回望》）

他有如屈子的傲骨，特立独行，愤世嫉俗。世皆醉兮子独醒，看长河落日，城头烽火，孤愤世情，世皆浊兮子独清。透过他的作品《猛士》《八大山人》《关汉卿》《陈子壮》等足以折射出他桀骜不驯的个性，以及铮铮铁骨的声响。

他有着天生的英雄情结，他深知不管什么时代，英雄人物始终是标注历史的精神坐标，构成了一个民族向慕正义、追求崇高的价值底座。他崇拜英雄的侠肝义胆、浩然正气，他塑造英雄奋不顾身、前赴后继的形象，如《欧阳海》《壮丽诗篇》《叶欣》《周文雍与陈铁军》。

他崇尚悲剧，认为悲剧贯穿于人类生存过程始终，能在人的心灵深处引起最强烈的震撼与共鸣，是艺术美生动的素材来源。他说，他的一生都是悲剧。他用一生在践行亚里士多德的名言“悲剧艺术具有最高的美学价值”。还在创作盛年，他却不幸染上眼疾，几近失明，还有什么比雕塑艺术家失去视力更悲伤的呢？他还有多少心愿未竟，还有多少新的创作有待完成？“古今幕幕悲剧跌宕尘寰、催人泪下。那泪水淌在脸上、渗入心房，源源不断地汇聚成人类历史的哀怨长河，浇灌出一朵朵美轮美奂的艺术奇葩。可有几人问过，那无尽的泪水为谁而流？又为何而流呢？”这是大禧最喜欢听的当代著名哲人王东岳的话语。

屈子一沉，天下悲心，楚歌再向何处听；

沧海桑田，悠悠岁月，风里常有渔父吟。

伴随着中华人民共和国逾大半个世纪的风风雨雨，唐大禧寻找着社会、时代与心灵的契合点，使自己创作的艺术尺度得到最大程度的发挥。他的作品不时超越当时思想的藩篱，闪烁人性光点。

当思想解放和改革大潮来临之际，他率先感知，使作品处于先锋状态，昭示引领未来。激情与诗性铸就了一系列红色经典，就这样，唐大禧的作品《欧阳海》《海的女儿》《猛士》《启明》《未来属于我》等无疑成了中国英雄主义、思想解放、知识时代等时期的雕塑坐标。

唐大禧的创作，不仅显示了艺术家的成功经验，同时，他与潘鹤等优秀艺术家汇聚的创作成果，鲜明地发扬了新中国雕塑的南方品格，为中国现代美术史成就了一个个时代的范例和个人经典。这就是唐大禧创作的意义所在。

由此，可以说，唐大禧艺术道路的个案回顾，也是中华人民共和国成立以来雕塑之路的缩影。

长剑青天，试问天地至理；岁月轮回，寻觅苍穹长路。

前路修远，上下求索……

# 目录

# 引子

2019年岁末，冬日。那个新冠肺炎肆虐全球前夕，一个祥和的下午。

广州北郊，大源艺邨。二十多年前，大禧与几位艺术大家相邀到这里垦荒，建造自己理想的工作室家园。此刻，阳光透过外面茂盛的树叶与随风摇曳的百叶窗，在记录雕塑家唐大禧遥远往事的稿纸上，留下斑驳欲辨的影子。

“人，上了年纪，总喜欢回忆过去。那许多的瞬间，酸甜苦辣，层层叠叠；捏过许多泥巴，不是眼前这般苍老，寂寥……”

大禧呷了一口佛手茶，眼睛眯成一条线。思绪似乎沉浸在迢迢的过往中，缅怀逝去的似水年华。他眼睛怕光，不知是否长期辛劳用眼过度落下的后遗症，给这位一生追求光明，塑造英雄的雕塑家的人生，带来如此悲怆的色彩？

现在，即使睁大双眼，大禧也难分辨眼前的图像了。

耄耋之年，回望人生。好在，这些印记都已印在大禧浩瀚的脑海里。

“我的起步，要从家乡汕头澄海樟林古港说起。每个人的命中似乎都有些特殊的缘分，我出生在汕头市广州街，成年后几经辗转，终在广州落脚，开始我真正的生活与创作；我的第一件城市雕塑作品《启明》，又寻根似的被安放在汕头市广州街的街头，天意偶合。”

艺途长卷，徐徐展开。

# 一 祖父母

唐大禧的祖父辈生活在汕头市澄海的樟林古港。这里曾经是清代粤东地区商旅繁忙的“通洋总汇”，商旅发达，“祖父经营染衣店，对色彩的敏感似乎融入了家族基因。”樟林古港兴盛了两百多年，因河道淤堵而逐渐衰落，被地理位置和自然条件更加得天独厚的汕头港取代，两者相距不过20公里。在汕头市广州街出生的大禧睁开眼睛看世界，映入眼帘的就是汕头港五颜六色的轮船桅杆，那大烟囱“就像一个个广告牌，太古洋行的是黑色，怡和洋行的是红色，还有许多小公司的船，颜色各不相同。”大禧回到了他魂牵梦萦的童年，回到了五颜六色的汕头港。那一刻，血液中的色彩基因被激活了。望到远处青葱茂密的岩石山，“海港里的水至少有三种颜色，靠近岩石山的水面是蓝色的，因为更接近南海，而中间的水面就变成绿色的，直到靠近岸边，这里的水是韩江水，水面就是黄色的了。”一个港口密集地分布着如此绚丽繁多的颜色，对一个小孩子来说，是充满诱惑力的，仿佛是色彩斑斓的童话世界给了他无尽的遐想空间。

祖父唐俊阁，家在汕头澄海东垄村，这里是北回归线上的海陆交汇点，有条长长的海堤，一边是烟波浩瀚，一边是良田沃土。祖父家里有点田亩，也兼做旅店生意。高小毕业后，家里要他继承家业，首先学做财务的工作，但他总觉得无出路，便想到外地闯荡世界。完亲后生下一儿一女就独自跑到南洋去，闯荡世界。一次经过暹罗的时候，认识了广府姑娘许芳，祖籍中山的许姑娘长得小巧玲珑，聪明伶俐，还有几分洋气；她手很巧，做得一手好针线活，尤其善做唐装，在一家裁缝店帮工，手里总有忙不完的活。不知祖父是否在做唐服的时候认识她的，感到自己与许姑娘之间有一种远缘的好感，又见许姑娘孤身在异乡辛苦打工，每天起早贪黑，就萌生了要娶许姑娘的念头。

童年与祖母之一

童年与祖母之二

于是，祖父唐俊阁便把许芳带回了澄海老家，二婚不久，便生下儿子，取名唐学虞，这就是唐大禧的父亲。“学”字代表在唐家的辈分，“虞”字是舜所建朝代的名称，“可见祖父对父亲的疼爱。”那时附近的老人还记得学虞出生的时候样子甚好，酷似洋娃娃。祖母告诉大禧，那天人头攒动，都羡慕这孩子长得好，用潮汕话来说就是“小脸锥锥”，五官很清楚，尽得乡里邻居宠爱，祖母在唐氏家族的地位也大大提高，尽得赞扬。祖父从此不再下南洋，安心守在家里做生意，尽享妻儿带来的家庭欢愉。“父亲是被祖父母宠坏的小孩，他成人后虽性格开朗、善于交际，但也表现出乖戾任性、暴躁易怒的缺点，我们都吃过他的苦头”，唐大禧这样回忆。

在学虞出生两三年后，祖父唐俊阁做出了一个稀奇的决定：主动放弃了家产继承权，带着心爱的女人许芳和儿子唐学虞离开澄海去汕头谋生。20世纪30年代的汕头，因为近海，可以停泊大型海轮，邻近海港的广州街在当时是汕头新开发的经济生活中心。祖父母用勇敢进取的时代精神赶上了汕头近现代史上一个新的经济浪潮。

祖父唐俊阁通过早年积攒下来的钱财和人脉先是在汕头的怡和洋行谋了份差事，将妻儿的住处安顿在繁华的广州街。不久，精明的唐俊阁辞去洋行的工作，与妻子许芳在广州街开洗染店，洗洋服、染衣服，同时兼做高级衣物的织补修复。就这样，祖父母也做起了洋人和有钱人的生意，他们的思想和眼光随之越来越开放、新潮，用当时的话说是比较“洋派”。

悉心经营，家境逐渐殷实。唐俊阁便将心爱的儿子唐学虞送到当地最好的聿怀中学读书。那时的汕头虽刚开埠，但很快便成为连接中国与世界的大港口，越来越多的外国商品涌进潮汕。与外界的频繁往来，开放的新思潮也渐渐带入了传统的潮汕之乡。唐学虞上的聿怀中学是英国人办的以富家子弟为主的私立学校。这里的学生受到最新式的教育，不仅有机会博览中外群书，而且学校注重体育，设有篮球课等新式体育课目，唐学虞外向开朗的天性在这里得到了进一步的释放。“父亲生性聪明，相貌出众，能说会道，还经常穿一套白西装，好像粤语电影里的男主角。”这是大禧长大后，从父亲的老友口中听到的关于父亲的描述。读中学时，风流倜傥的唐学虞遇到了大禧的母亲陈清凤——同为聿怀中学的学生，这位小巧玲珑、聪明伶俐的美少女来自揭阳县德桥乡的大户人家，他们无视“父母之命、媒妁之言”的保守婚恋观，轰轰烈烈地谈起了自由恋爱。

“我的父母是一对俊男美女”，唐大禧重复着祖母当年说过的话。这对不顾家庭反对，勇敢恋爱的少年夫妻不到二十岁就相继生下了一女两男——姐姐（夭折，名字不详）、唐大禧和弟弟唐大任。

20世纪30年代，繁华的大上海被誉为“东方巴黎”，中国各大城市轮番上演着民国政府提倡的“新生活运动”。与此同时，1931年爆发“九一八”事变，日本人侵占东北三省，自此，中国开始进入又一个黑暗的战乱时期。外有日本侵略者的步步紧逼，内有国共两党的纷争不断，老百姓的日子愈加艰难。祖父与祖母苦苦经营的生意不可避免地受到越来越多的冲击，经济秩序混乱，祖父用来采购新设备的资金被人骗得不知踪影，又投告无门，因此一蹶不振，郁郁寡欢。

1936年4月23日，农历闰三月初三，少年唐学虞和陈清凤的第一个儿子在汕头市广州街的唐家呱呱坠地。听着婴儿响亮的哭声，祖父唐俊阁高兴得合不拢嘴，孙儿的降生似乎又让他看到生活的希望和未来。祖父认为，生子意味着兴旺发达，又生在鼠年的子时，意味着聪明无比。“这真是件大好事、大喜事！”就给孙子起了个大气而吉利的名字：唐大禧。

唐家在潮汕地区的家谱可上溯到明代，大明年间有清官、程朱理学儒宗唐伯元，并有族谱诗为辈序：“祐启树熙衍，兴开宏文学。大本兹以立，敦典崇令德。诗礼振家声，昭垂绵世泽。”大禧刚好是“大”字辈。大禧出生两年后，弟弟大任出生。

之前，陈清凤娘家一直不认可女婿唐学虞，女儿与人私订终身，这对乡下的大户人家来说，是有伤颜面的。而孙子的相继出世，令唐陈两家的关系亲近了许多。

1937年，大禧出生后的第二年，祖父终因积劳成疾而病逝。二十岁的唐学虞开始不得已面对生活的艰辛。中学毕业后，他与陈清凤去揭阳曲溪糖厂的子弟小学教书赚钱养家。不曾想，平静的日子已成奢望，个人的前途命运与国家命运息息相关。7月7日爆发“卢沟桥事变”，身在岭南地区的老百姓怎么也没想到，战火转眼间就烧到自己家门口。闽粤交界处的南澳岛最先被日本占领，从汕头港望去，日军的战舰大炮昭然矗立。

1938年6月的一个早晨，第一颗罪恶的炸弹锁定揭阳的曲溪糖厂，这家省营制糖厂被日军认为是中国民族工业化的重要战略部署，悍然用炸弹将之夷为平地。唐大禧的姐姐在这场轰炸中丧生，时年不足4岁。祖母常怀念夭折的孙女，在大禧幼年时总是念念不忘地提起：“那真是毁天灭地的灾难，我当时感到胸被压得透不过气来，耳膜被捅穿似的聋了，只见你姐姐惊叫了一声就哭不出来了，面色铁青，我意识到不好，一直抱着她，哄着她，但不出3天还是死去了，真是悲痛啊！”祖母常常噙着泪诉说孙女因轰炸丧生的哀怨之情，“飞机的轰炸，你根本不知道炸弹会落到哪里，人们该去哪里躲避。”隆隆的轰鸣声，炸弹落下的巨大震动，日本鬼子挨家挨户搜捕给人们带来的恐惧心理，杀人的消息，疯子的面孔，满目疮痍，颠沛流离……这对大禧幼小的心灵而言，是何等的恐怖。在耳濡目染一幕幕“落后就要挨打”的惨剧后，他的内心与日俱增地生长出反侵略、反压迫、奋发图强的爱国主义情怀。

时局动荡，难民南迁。1939年，日军占领华南重镇汕头，为躲避战火，祖母不得已放弃她与祖父共同打拼生活的汕头之家，卷起细软和几件具有纪念意义的家当带着两个孙子投奔儿子和儿媳。一路上炮声隆隆，枪声啾啾，逃难的人流，仓皇狼狈，祖母也要扮成蓬头垢面的脏妇。坚强的祖母还未从丧夫之痛中走出，便要靠一己之力，牵着3岁的大禧，背着1岁的大任，挎着沉重的行李离开心爱的家，奔向逃难、逃命之路。在如此艰难的行程中，祖母将祖父唐俊阁的遗像一直带在身边，连相框都不舍得拆掉，两尺见方的玻璃相框背到揭阳时，依然完好无损。

唐大禧的祖母许芳

# 二 潮汕·童年

陈清风的娘家在揭阳，由于日军轰炸了揭阳糖厂，其子弟小学的职工宿舍再无法居住，清风和丈夫唐学虞只得投靠娘家。此时，从汕头逃难来的祖母和两个孙儿也一起住进了清风的娘家，即大禧的外公家。

外公家在揭阳县竹桥村的大屋，在大禧的儿时记忆中留下许多美丽的片段。竹桥村位于揭阳市西南边的市郊，是个被小溪环抱的平地绿洲，顺着溪流的走向，村民们栽种了一排错落有致的竹子，竹林深处便是村民们日常劳作生活的美丽田园。这不禁令人联想到陶渊明笔下的“世外桃源”，“缘溪行……逢桃花林，夹岸数百步，……芳草鲜美，落英缤纷。”走进竹林掩映的竹桥村，亦可看到“土地平旷，屋舍俨然，有良田美池桑竹之属。阡陌交通，鸡犬相闻。……黄发垂髫，并怡然自乐。”这里居住着30多家农户，四五家地主。时局稳定时，大禧的外公也在汕头做大生意，渐渐积攒起一些家业，于是在老家竹桥村置办了田产和大屋。这间大屋在当时可不简单，因为是采用最现代的建筑材料“红毛泥”[①]盖成的两层小楼，用红毛泥建造的房子在当时的中国农村特别稀有，外公对这种新材料很感兴趣，从城里购得运回乡下，找了几个帮手盖起了新房子。相比村里那些用木头、贝壳灰、泥沙加糯米盖成的传统老屋，“红毛泥”的大屋确实坚固许多，小孩子在二楼可以尽情地撒欢蹦跳，也不会担心踩塌楼板的事故发生。虽然外形缺乏设计感，但在当时的竹桥村仍算得上是一景，特别扎眼地矗立在村头的西边。不久，村里的其他几家地主也陆续在外公家附近建起了“红毛泥”的房子。

潮汕·童年之一

潮汕·童年之二

---

① “红毛泥”就是今天广泛应用的水泥，但在20世纪30年代，这种建筑材料是非常先进而珍贵的，因是长着红色头发的外国人将其带入中国而被民间称为“红毛泥”。

来到外公家，大禧感兴趣的并不是和那些同龄的小孩子疯玩，他喜欢外公家宽敞的水泥地面，喜欢用粉笔在光滑平整的地面上尽情地挥洒一番。红阶砖、水泥地、墙面到处都是大禧的涂鸦。外公平时不苟言笑，人人畏避。对女儿清凤的自由恋爱亦不赞成，更不喜欢学虞这个不能吃苦、不够有责任感的女婿。然而，他却非常喜欢大禧，每次看到大禧在地面和墙壁上的涂鸦，不仅不苛责，反而总是奖励。一到吃饭的时候，外公就把大禧揽在身旁，喂他吃汕头火锅的“头箸”，即夹第一道菜以示对他的赞赏，这是唐大禧对绘画“滋味”的最初记忆。

竹桥村外公家的洋楼

战火尚未延至的竹桥村溪水潺潺，绿竹掩映。夏秋两季，是南方稻谷丰收的季节，“用新米熬的粥、煮的饭，米香味特别足，一碗又一碗地吃，肚子已经饱了，嘴却还想吃！”除了感受新米的味道，晒谷子亦是丰收时节令人愉悦的事情。大片大片的灰埕地上晾晒着金黄色的稻谷，熟悉农作的人都知道，稻谷一定要晒到极为干爽才能储存。晾晒的过程中，需要不时翻晒，以达到均匀干燥的效果。在潮汕地区，传统的翻晒方式叫“踢谷”，即用双脚踩在被晒得发烫的稻谷上，一边走，一边将脚插进底层的稻谷中顺势翻起。这样一路走下去， 虽然大汗淋漓，却相当于给双脚做了一次“阳光稻谷天然足浴”，达到疏通经络、驱寒祛湿的效果，保健功能堪比今天的足浴。农民判断晒谷是否完成，也是通过原始的方式，即用牙磕开一粒谷子，凭硬度来衡量，当晒谷完成，就要用风柜进行扬谷，用以去除稻谷中的杂草和沙尘，整理干净的谷子被放进谷围储存。而当地的农民则可近水楼台，吃到当季的新米，经过一道道扬扬簸簸、舂米、筛糠等繁复的工序，最终盛上饭桌的一碗新米饭令长年辛苦种地的农民笑逐颜开，不仅是为这浓郁的米香，还有丰收的喜悦，以及粒粒皆辛苦后的欣慰。

唐大禧儿时的记忆大都被竹桥村的美景填满，竹桥村的视觉、味觉以及触觉不断激发着幼年大禧的艺术灵感，为他在“红毛房”的涂鸦提供了源源不断的素材。

就在幼年大禧的世界满是天真烂漫之时，却不知父母的感情已出现危机。

日子久了，清凤渐渐遭受到来自娘家的许多白眼，“已经嫁出去的女儿竟还带着老公儿子回来吃娘家的”，她感到很没面子，而年少的唐学虞却不谙世事，闲得仍跟一帮玩伴忘情地打篮球，俨然一副纨绔子弟的形象，清凤娘家多次对学虞表示出不满，认为他缺乏家庭责任感，很难胜任一个好男人、好丈夫、好父亲的角色。久而久之，这样的非议也影响到清凤对丈夫的感情。大概从那时起便为两人最终的离婚埋下了伏笔。

见此情景，祖母意味深长地对父亲学虞说："虽然现在战乱，但你还是要为未来打算。"学虞说："我正在考虑。"祖母说："不要走得太远，广州已经沦陷，去韶关吧，毕竟那还是广府之地，将来胜利之后，孩子也可以去那边。"

战火将至，生活愈加艰难，二十岁出头的小夫妻此时面临抉择，学虞想到韶关、曲江一带经商谋生，清凤不依，她的三妹嫁给了国民党军官，驻扎在广西，一直希望姐姐能跟她一起去广西，于是小两口的分歧越来越大，积怨已久的清凤，最终跟随妹妹去了千里外的桂林。清凤走后，学虞也开始谋划去粤北经商的事宜。

此后，父亲唐学虞还时常给远去桂林的清凤写信，诉说家庭近况，挽留这段婚姻。每次写完信，学虞都让大禧随便画些东西给母亲，大禧总是很认真地拿起笔将他平时在土地上乱画的飞机、大炮、房屋、花草树木画到白纸上，可寄出的信却从未有过回音。母亲，就这样从他们的生活里消失了。不久，父母正式离婚，从此各自天涯。

那时大禧3岁多，弟弟大任才1岁多。大半个世纪过去，当唐大禧被人问起，童年时对母亲可有印象？他努力地搜寻着脑海中的记忆，但对于母亲的印象实在模糊，隐隐约约忆起母亲离别那一刻的情景。那是一个阴沉的上午，揭阳城外西南边的竹桥村。母亲穿着蓝色的军装，系着腰带。她站在村里的东司（古语，即"公厕"）前面，离大禧大概十米远的距离，挥了挥手，便转身离去。这就是童年大禧对母亲的全部印象。

之后，祖母常对大禧说命苦。大禧那时不解，问：何为命苦？祖母说，没有母亲的孩子就是了。后来才知祖母也是很小的时候就没有了母亲，她没想到才过了几天舒心日子就遇到战乱，如今孙儿也与她一样，自小就没有了母亲。

小时候住的屋子

在父母各奔东西之时，他们一家人就从清凤的娘家搬了出来，住进竹桥村河边的一间小屋。据说，这间小屋和精美的金漆木雕大眠床，是当时本村的一户人家因家道中落典当给外公换些盘缠远走南洋谋生。竹桥村的村舍分布在村子的东西两边，小屋建在榕江支流蜿蜒的溪边，推开门便是山清水秀的美景，四周田野葱翠，视野开阔，大禧和大任将这里当成了他们的游乐园，每每发现房前屋后有螃蟹或蛇之类的东西，都会引起一场震惊和嬉闹。他们尚未感受到母亲的离别对生活的影响。倒是那间溪边的陋屋给他们祖孙带来的欢乐，在多年后，仍然有温度、有气息地留在大禧的记忆中，那是大禧脑海中第一个家的样子。

小屋很小，宽约2.5米，深约3.5米，除了摆下一张老旧的金漆木雕大眠床，旁边再放一个马桶，前边就没什么地方了，最多再放一张小凳子。“不知是因为那时人小，还是屋子小，就觉得那张大床好大好大，跟祖母和弟弟三人躺下去还有许多玩闹的空间，连对面的惠秋姑姑也能一起睡下。”床虽然老旧，但做工讲究，还有一顶结实漂亮的蚊帐。这张大床是家的象征，是他人生记忆的开始，承载着许多温馨与快乐。

床上雕刻着很多纷繁复杂的古代人物和花鸟图案。祖母见小大禧对这些木雕图案很感兴趣，就告诉他木雕上刻的是唐代《郭子仪拜寿》的故事。祖母将自己看过的潮剧经典《郭子仪拜寿》绘声绘色地讲给大禧听，印象最深的还是“打金枝”，刁蛮公主的任性、驸马郭暧的冲动、唐代宗与郭子仪的君臣之道……这些跌宕起伏的故事情节对小孩子来说太有吸引力了，住在揭阳小屋的那段时光，不知听祖母反反复复把这个故事讲过多少遍，但每次听还是那么有滋有味。大禧将木雕上的人物、场景与祖母口中的描述一一对应，听得实在入迷，还不断地向祖母发问：“唐代的皇帝也姓唐吗？我叫唐大禧，我这个唐跟唐代有关系吗？”充满童真的联想一串一串地涌现在小大禧的头脑中，也正是这些故事和联想让国家、

金漆木屏风

古溪陈氏家庙木雕（局部）

王氏辅祖祠灰塑（局部）

杨氏家庙石雕（局部）

民族的概念渐渐浸到小孩子的思想意识中。

大眠床，这件全家最珍贵的家当还留给他一首至今难忘的民谣：“正月跳蚤崽，二月跳蚤来，三月跳蚤来又去，四月去了就没来。”20世纪30年代的战争时期，老百姓的生活异常艰辛，跳蚤是家家户户的常住居民，很多小孩子都被咬得“全身花斑斑，疙瘩一串串”，但也没有什么好办法来解决问题，这首民谣大概是当地用来哄小孩子睡觉的顺口溜，祖母每晚都笑吟吟地哼唱，大禧和弟弟大任就这样快乐地忘掉了身上的痒痛，进入美美的梦乡。长大后，大禧听西洋音乐里竟也有一首类似的《跳蚤之歌》，那诙谐、幽默、略带讽刺的腔调令大禧忍俊不禁，“原来跳蚤早就是全世界人民的老朋友。”

虽然，小屋的日子是物资极其贫乏的战争年代，但就是在这小屋里，却留下了大禧最早的温馨记忆，他第一次触碰到浓浓的潮汕文化包裹下的金漆木雕艺术、民间戏曲故事和祖母口中温暖的民谣。

揭阳古城城楼进贤门

带着这些美好的童年记忆，唐大禧在晚年时故地重游，七八十年过去，这间历经沧桑的小房子居然还在，那潺潺的溪水声一如儿时那般清脆恬静，只是不见了那张金漆木雕大眠床。大禧摸着斑驳的老屋感慨万千。他指着门口的角落说，“这里放炉灶，旁边堆着祖母捡回来的干柴火杆，傍晚会飘着饭香，每每吃完饭，祖母就会一边给我和弟弟扇葵扇，驱蚊子，一边给我们讲故事。”祖母自小随家人出海到南洋，经历多，见识广，好像总有说不完的故事，也开启了童年大禧的想象空间。

父母正式离婚后大禧和大任在竹桥村小屋的快乐时光随

揭阳古城图

之画上了句号，父亲唐学虞带他们搬到揭阳县城进贤门外林厝祠租下的两间带阁楼的复式民房。进贤门，位于揭阳古城东城门和北城门之间，始建于明代天启元年（1621），是揭阳古城的标志性建筑，在揭阳“古八景”中被称作“谯楼晓角”。明、清时期，城楼上设有更夫，每当残月西斜，晨曦初现，更夫吹响报晓号角，号角声随晨风传遍全城，“谯楼晓角”因此得名。大禧的新家林厝祠的前面有一个小广场，周围是绿油油的田野，从这里沿着弯曲的田埂便可走到进贤门。大禧将在这里开启他童年的另一段记忆。

粤东古邑揭阳，2000余年历史，三江汇源之地，依着古五岭之一的揭阳岭，是潮汕文化的发祥地。说到潮汕文化对他成长的影响，大禧总爱回忆五六岁时，在林厝祠门前看大戏的情景。那时，进贤门、林厝祠一带是揭阳当地非常热闹的一个商圈，是许多民间艺人和戏班时常光顾的地方。“每年都有很多演出，每逢有演出，我必看。木偶戏、皮影戏、潮剧都有，我不仅喜欢看开场后的粉墨登场，更喜欢看他们演出前的各种准备，搭台、挂布、调试乐器、化妆、走台，直到夜幕降临，舞台上终于亮起两三盏烧煤油的大气灯，那气灯算是早期的舞美灯光设计，现在回想，仍觉得很亮很亮。”开灯那霎时间，舞台和周围的田野被照耀得恍如白昼，绿色的田野在灯光的映照下绚烂多姿，赶来看戏的乡亲们从四面八方涌来，他们穿越田野间的小路，人头攒动，真没想到，舞台上的灯光效果让白天司空见惯的自然场景变得如梦境般璀璨华丽，充满仪式感和舞台感。大禧的心情也随之兴奋不已，他一路小跑赶回家中，叫祖母和弟弟一起来看即将开场的演出。一路上，他兴高采烈地向祖母言说：“嫲嫲（潮汕方言），戏台上的挂布有很多图案，代表什么意思？戏班的人总是不让我碰他们的乐器，结果乐器自己

木制粿模

揭阳正月的翁仔灯，这一件是潮剧《李唔直捅水鸡（青蛙）》的形象作品

掉到地上了，发出‘咿～呀～’的叫声，吓到我，像是勾魂的东西。还有那些戏服丁零当啷的，是什么人穿的呢？还有好多假的长胡子、长头发摆在那里，像真人，又像鬼，我也不敢碰……”往往讲到兴头上，祖母便打断不许他再讲鬼呀魂的，怕更加年幼的弟弟大任受到惊吓。“咚咚锵”，锣鼓铙钹一响，潮腔一吼，大戏开场，台下的乡里人都看得合不拢嘴，别提有多美。

“还有那些皮影戏，幕布很小，皮影也很小，但每一个人物的五官、头饰、服饰、色彩都刻画得很生动。”

不管是什么戏班来演出，大禧都很喜欢看戏班搭台，看着他们卸车、搭架，很快就把硕大的舞台与后台搭好，走时又麻利地拆台装车，这令五六岁的大禧十分着迷，他仔细观察着、琢磨着，也许这是大禧最早的艺术解构与重构的启蒙。由此看来，林厝祠前的小广场是大禧接受潮汕文化的重要场所之一。

揭阳还有一个特点，就是“城中榕树多依水，市上人家半系船”，这里自古就是一片水城的旖旎风光，由于水网交错，便有众多的桥，有桥就有灯。其中一种叫“翁仔灯”。

潮汕方言中，将泥塑按一定比例缩小的人物叫“翁仔”，一组组泥捏成的小人摆在灯光下更显得情景真切，组成了一幅幅历史戏剧人物故事的屏灯。每年元宵节前，城里都会张灯结彩摆上双列几十米长的灯屏，一连五天供市民观赏，里面的小人惟妙惟肖，在不同浮雕背景下，讲述着一个个动人的故事。

船是揭阳一带人们主要的交通工具。造船业发达，大禧喜爱船，喜欢看船在河道上航行，看新船造好被推下水时大家的那个兴奋劲，他想，这么大的东西是怎样浮在水面的？又是什么原因使它开动而且走得这么快？他常常独自在造船的地方徘徊，看着船工们打造船只，也欣赏体会船体的造型和线条的美。这里的习俗喜欢赛龙舟，大禧自小也喜欢看划龙船比赛，端午节是童年大禧十分期盼的日子。独特的地理环境和民风习俗如春风化雨般滋润着童年大禧的心田，也是他身为潮汕人的成长烙印。

林厝祠拥有两间祠堂、数间民房和田亩。其中一间祠堂用来办学校，即大禧后来上小学一年级的地方。民房被装修改造成可以出租的排屋，大禧家租住在排屋的最后一间，楼上还有两间相邻相通的阁楼。

从只能放下一张床的小屋换到带阁楼的复式民房，懵懂的大禧和弟弟大任莫名地开心与兴奋，兄弟俩躺在一楼的大床上，好奇地打量着新家的角角落落，忽闻楼上传来“咚咚咚”的跑动声，凭借并不丰富的生活经验，大禧猜到是老鼠。阁楼很久没人居住，放置了很多稻草和杂物。那些老鼠成群结队以此为家，不想这样平静有序的生活被新搬来这里的大禧一家打扰，它们像操练一样全员出动，在阁楼上紧张地东跑西跑，“咚咚咚”的声音不绝于耳，好似地震。大禧不知哪来的勇气，一个人踩着木梯爬到阁楼上一探究竟，这下令老鼠们更加惊慌失措，四处逃窜，一不留神窜到大禧的脚上，5岁的大禧被吓得呱呱叫……就这样，他开始了在林厝祠长达4年之久的生活，对于四五岁的孩童来说，他们不太明白时局艰难，生活不易，那些或哭或笑，或唱或跳的零星趣事依然将童年装点得多姿多彩、回味

传统赛龙舟老照片

2018年，端午节揭阳市榕江龙舟大竞渡

无穷。这个荒废许久的阁楼很快被祖母收拾干净，成为祖母尽情发挥她裁剪技艺的工作室，她的口碑很好，许多乡亲邻里时常来找祖母做针线活。大禧和大任没什么东西玩，看到祖母做针线活时便跑前跑后地看热闹，祖母的功夫箩在大禧眼中是个百宝箱，里面装着很多专业的裁剪工具，有一把酸枝红木的排线尺、一把顶好的乌钉剪、一个加铅铸的压布镇子，还有大大小小金色、银色的顶指以及弹线袋等。大禧从小耳濡目染地看祖母弹线、裁剪、刺绣，直至完成一件件漂亮的成装，看到它们被穿在客人身上得体的样子，以及大家满意的笑容，大禧不自觉地也产生一种莫名的自豪感。他成年后，竟也可以自己做些针线活。

祖母一边帮人做针线活一边照顾兄弟俩。那时弟弟大任还小，在街上玩时，常被村里的孩子欺负，嘲笑他没有母亲，大任总是高声反驳说母亲去桂林抗日了！那些小孩说："哪里是，哪里是，嫁人啦！"弟弟说："不是！不是！！"在"是"与"不是"的争辩中，孩子们的情绪渐渐失去控制，每每此时，哥哥大禧便会挤进即将战斗的"童子军"中，将弟弟拽出来，为他解围，他下意识地将弟弟拉到远处，弟弟却仍哭泣不止。还没读书的大禧说："来，我教你写字吧。"哥哥蹲在地上，用树枝写出"公元1942"的字样。他告诉弟弟世界上有一个词叫"公元"，后面可以加数字，今年是"1942"，合起来就叫"公元1942"。他有模有样的讲解深深吸引了弟弟，刚刚的愤怒与委屈渐渐地平复。垂髫之年的大禧还未进学堂，已从大人们的交际中学会了一些数字和文字。1942年，对于中国来说是个极为特殊的年份，战乱、饥荒席卷全国，口口相传的民声中都不断重复着"1942"，一个民族的苦难史也像一块胎记一样深深地烙印在这个小小幼童的心灵深处。民族的苦难史与唐大禧的蒙学记忆就这样叠合在一起。

也是在这时，唐大禧见过日本兵。

那时日本军队盘踞汕头，也占领了揭阳，或许兵力不足并没有驻军，但却时不时来扫荡一下，捉拿抗日分子与消灭抗日武装力量。

就在某一天，满街人在跑动——举着太阳旗的日本兵来了！这次全副装备的日本兵来得迅速，还要挨家挨户搜查。只有几岁大的大禧正在门口玩耍，他快身进屋，祖母将他藏在门后，叫他千万不要出声。不久，日本兵已端枪进屋，在门缝里的大禧看到了白晃晃闪着寒光的刺刀，但他却没有害怕，也没有吭声。凶残的日本兵走后，躲过这一劫的祖母迫不及待地抱起大禧亲个不停，称赞他配合得好，"真乖……"

这段沦陷的岁月，就是大禧难忘的童年。他过早地见到各种死人、癫人等人世间的惨状。1942年，大禧此时6岁，饱受战争之苦的中国大地发生了波及全国的旱灾，重灾区河南省饿殍遍野，灾民四处乞讨，远在广东的潮汕地区也未能幸免。记得有一次，祖母带他到墟上的市集，买了一根熟玉米递到他手上，瞬时就遭到一个饥饿男人的抢夺，祖母惊叫不已，大禧死死抓住玉米，这个饥饿的男人竟然无力从6岁的大禧手中抢走。庆幸之余，祖母又一次紧紧地搂着小小的大禧，大颗的泪珠从她的眼里流淌出来，沾湿了大禧的脸颊和衣衫。可怜弟弟大任当时只有4岁，能走能爬却还没有分辨力，祖母看管不到的时候，他就在路边地上捡东西吃，时间不长，就得了疳疾病，骨瘦如柴的小身体鼓出一个好大的肚子。在乡下逃荒避难的艰难岁月，许多生病的人会因为得不到及时的救治而死亡。祖母不知从哪里找来民间的偏方给大任吃下，过了一段时间，大任的病才开始出现好转并渐渐康复，终于摆脱了死亡的阴影。祖母是大禧和大任兄弟俩的守护神，在大禧眼里，她是慈悲的天使，是母爱的化身。几十年过去，无论什么时候，只要提及养育他的祖母，大禧的泪水就会夺眶而出。

大禧7岁，要读书了，林厝祠刚好有一间乡学，虽然是在战乱年代的乡下，但这里的学校采用的是国民政府统一编写的新式教材，请的是接受新式教育的老师，并不是以往的旧私塾。

大禧人生中的第一个老师是一位穿着蓝旗袍，搭着红外套，梳着五四青年头的年轻女教师，她温婉亲和的样貌令大禧至今难忘，幼年缺失的母爱也似乎从这位亲切的老师身上得到了一点弥补。“她常穿蓝旗袍，搭红色外套，所以听别人喊她洪老师，开始还以为是红色的‘红’。”

比起本乡本土的小孩，大禧显得纤弱和腼腆，光着脚板走田基路，遇到放水的缺口或是泥滑的地方，要么跨不过去，要么脚趾丫扣得不紧，总是摔跟头或滑倒，弄得衣衫湿漉漉的，洪老师看到了总会过来扶助一番。她是那么的和蔼可亲，慢慢地大禧很依恋并渴望洪老师的陪伴，她像大姐姐般秀美，像母亲般关爱他。“她是那样的温和美丽，只想天天见到她。”

那时，7岁的大禧没有母亲，需要找疼他、爱他如母亲般的角色。

恰好课本里有一幅插图：一位女教师拉着几个小朋友在散步。大禧特别喜欢这个场景，他找来一张比较薄、透明的纸平铺到插图上，然后试着用毛笔来临摹勾勒这张图画，因为喜欢，所以特别用心，完成后，他像送礼物一样将这张画拿给洪老师，大禧如愿地再一次听到洪老师温和的声音，关爱、鼓励与赞扬的话语滋润着大禧的心田，没什么比这更开心的了！那种开心的滋味很久都未消散，这是没有母亲的大禧最缺失的情感寄托。从此，洪老师也更加关心大禧的成长和教育。

村里有一个披头散发的女人，疯疯癫癫，每天都见她到河边给地主和有钱人家挑水，小孩子在巷头巷尾看见她，就要起哄，编些顺口溜以取闹她作乐，这时要是洪老师看到了，她一定会制止大家，如果大禧在其中，她一定拉住他重点教育。为此，她家访过大禧的祖母，她们聊了很多，大禧不知道她们聊了什么，只记得心中一直有个崇高的教师形象——五四青年头、蓝旗袍、红外套。

“公鸡叫喔喔喔，妈妈叫我快起床，穿上军装扛起枪，跟着爸爸打东洋……”

学校外面的田野开满了野花，因为打仗，乡村里的人到处逃亡，很多田都荒废了。下课后，这广袤的田野反倒成了孩子们玩耍的天堂。同学们哼着歌，放下书包在田里追逐，在小树林里捉迷藏。孩子们发现田埂上有一种白色的黏土，最适合捏玩，于是乎，小人、飞机、大炮、轮船等各种造型的泥巴纷纷出炉，大禧是创作主力，最喜欢捏船，以前汕头有种“电船”，就是开起来很快的汽船，孩子们喜欢模仿这些令人羡慕的大家伙，捏船不仅需要泥，还要用很多树枝插进去把船隔成两层。这样相对复杂的结构造型令大禧充满成就感，并乐此不疲，他做出来的船也越来越精细，越来越复杂。其实，这种白色黏土正是当地用来做陶瓷制品的原材料，孩子们天马行空的捏玩展示了他们质朴的童真和无拘无束的想象力，这些黏土最终没有被烧制成器，但也算物尽其用了。

这种泥还有一种爽快的玩法叫“打泥炮”，就是几个小朋友各人用一团软乎乎的泥做成巴掌大的泥碗，泥碗的底研得越薄越好，拿起时又不能粘破底，然后反转面往地上用力摔扑，爆成一朵“盛开的花”，看谁的“花”开得最大，声音最响，谁就获胜。这个游戏需要捏泥技巧，泥碗要薄、要均匀且不粘底，还要掌握好摔下去的力度和角度，歪了，会变成一撇“烂屎饼”，引来哄堂大笑。大禧的泥碗常在这个游戏中拔得头筹。总之，有白黏土做伴的童年令大禧至今念念不忘，“那时，不玩个天翻地覆决不罢休，直到有谁家里高声呼唤吃饭，方如鸟兽散。”



有谁会料到，在潮汕平原这片土地上，在这群打泥炮的小朋友中，日后会走出一个令人仰慕的雕塑家？

平静快乐的时光不到一年，便被祠堂校舍发生的“惊魂”事件打断。

那是一个乡间的上午，四周恬静安适，学生们还在上课，只有朗朗的读书声。林家祠堂年久失修，柱梁木架已被白蚁蛀通。突然“轰”的一声巨响，祠堂屋顶的前半部分塌了下来，一时灰尘滚滚，蒙头盖耳。一下子把乡亲们都吓住了。大家都赶紧往祠堂这边赶，但祠堂烟尘滚滚什么都看不见，里面的孩子们吓得不停地哭，外面的家长在不停地喊……好在学生只二十多人集中坐在里面。惊魂未定的大禧听到熟悉的祖母尖尖而又凄厉的声音——“大——禧——”，这呼唤他名字的声音颤抖着拉得很长，听觉的感应唤醒他的惶恐，这时他才大声哭叫，祖母几乎是用整个身躯保护着他离开摇摇欲坠的现场。

在一片嘈杂声中声声急切呼唤如天上的救星，慈爱的温暖，瞬间激发了日后成为一个艺术家必备的敏锐感受和丰富情感，恐惧、惊吓、脆弱、温暖、希望、坚强等许多复杂的感受在那一刻交织在一起，深深地刻在大禧的脑海里。

大禧打3岁多后就没有见到过母亲，是祖母照顾兄弟俩的一切。大禧记得小时候祖母给兄弟俩洗澡，总说大禧是“凹腰猪”，指后背的腰部凹进去，好可爱，好有曲线；边给大禧涂肥皂边说大禧背上有颗痣，那是如何的好；耳背有颗珠，那是皇上才有的好福气；手指上有十只“螺”，那又是何等的聪明。“奴呀（潮汕方言，对小孩的爱称），你十指皆‘螺’，天生聪明，但要勤勉，才能成器。”祖母的话犹在脑际——总之，这大孙儿在奶奶的眼里是何等宝贝，是何等不凡，这些赞美给大禧凄苦的童年注入了极为珍贵的鼓舞和自信。

日后，大禧撰文这样描述他慈爱的祖母：

“我的祖母，长相玲珑清秀，一双经过修饰的细眉，眉梢有点儿倒挂，一对双眼皮的眼睛，不深不浅地镶在眼窝里，好一副慈眉善目。她留着中年妇女惯有的发髻，梳理得整齐光洁。她心情不好的时候，眼睛显得特别忧愁，总要在我面前倾诉往事，大禧，你的名字是你祖父给你起的，按辈分你排‘大’字辈，因为你是男孙，是件大喜事。可惜来年，你才周岁，你祖父就去世了，此后家境不好，时局动荡，你父母又那么年轻就要承担3个孩子的养育责任，着实不易。”但祖母始终不能原谅儿媳撇下丈夫和儿子远走他乡的行为。时常愤愤地告诫大禧和大任“永远都不要认那个狠心的妈！”有时，祖母又会忍不住噙着泪感叹孙子的命运：“这么好的孩子，当妈的怎么舍得扔下不管。”

在大禧的记忆中，祖母几乎就是母亲的象征，是母爱的来源。尽管祖母对他和弟弟疼爱有加，但大禧对祖母从不敢像其他同龄小孩对母亲那样亲密无间地撒娇、调皮、打闹和任性。在祖母面前，他永远都是那个最懂事、最体谅大人辛劳，不惹麻烦的乖孩子。他从幼年便能体味出家里大人极其细微的情绪变化和情感温度。特殊的成长环境造就了大禧敏锐的观察能力和感知能力，这令他过早地成熟，且性格敏感。他不善言辞，却特别容易感动，内心像一面镜子，对人、对事都了了分明。这种潜在的能量不断积聚壮大，在日后的生活中，被他淋漓尽致地发挥到了艺术创作中。作品就是他的语言，就是他敏感内心的生动表达，这种表达远比直接的话语更有力量。直到晚年，唐大禧仍然少言寡语，但没有人会怀疑他的内心依然丰富，情感依然充沛，仍有许多动情之处会令他潸然泪下。他说，从小没有母亲的孩子，尽管得到与母爱相似的疼爱，但这种缺失在深层次的情感触碰上是有影响的，“我一直觉得自己是个坚强的汉子，从来没有在困难面前退缩过，但生活中遇到一点小事，就会突然间感到委屈，然后眼泪簌簌地往下掉。”

中日战争进入“相持阶段”后，父亲安排大禧继续上学。上次祠堂遇险，不能再去那里读书了，小学二年级大禧转到揭阳的教会学校——真理小学读书。那是一个比较好的学校，大禧在那里学习，学唱抗战歌曲，好奇地看高年级同学画青天白日的图案。他在听高年级同学解释用时钟12小时等分12个扇形的时候听得完全入了迷，至今，他仍清楚地记得这种等分的画法。

大禧还从祖母的小箱里发现三件稀奇的东西。第一件是一只船形的榄核雕刻，里面有活动的窗门；第二件是象牙雕刻，一位大鬓头的清代卧姿美女，估计是手杖的饰头；第三件是德国摆钟，造型是一个漂亮的金发女郎提着钟摆。这在当时的乡下，真算得上是稀罕物，大禧不仅喜欢这新颖亮丽的造型，还喜欢研究这些物件的精巧做工和构造原理，尤其对摆钟的运行规律感到好奇。钟的机件常坏，他就大胆地摆弄修理，拆开来研究一番再装回原样，一直摆弄到13岁，离家赴港的时候。这三件祖母的压箱之宝，可以说是大禧童年的雕塑启蒙。

雕塑要造型漂亮，首先必须做到准确，而解构是做到准确认知的好方法。大禧对结构一直保有天然的敏感度，小时候，偶尔有中国军队来村里祠堂驻扎，他们到达驻地后的第一件事就是拆卸枪支，大禧总是忍不住跑去看士兵们拆卸枪支的过程，“枪管、枪把、弹夹……把这些部件拆开来再装回去，我便能记住枪的构造，回到家就能准确地把它画出来。”

还记得有一回，父亲在为一排新间隔出的房间编写房号，大禧在一旁玩耍。突然父亲抓住他问：“你要不要学写美术字？”大禧大模大样地说：“我已经会了！”父亲吃惊地问：“你怎么会了？”

“不是刚才看到你写了吗？”大禧说。

“那你写给我看！”父亲说。

“好啊，要先建好横线。”大禧说。

“这叫行距。”父亲说。

“然后建竖的。”大禧说。

“这叫字距。”父亲说。

“然后撇掉四角，挖通中间，这不就是一个‘0’字了吗？其他数字按照字形挖掉不要的就是了！”大禧说。

父亲听了之后很是满意，拍拍大禧：“你以后要好好学。”

10岁的唐大禧在老师、同学和父亲眼里有着出色的造型能力、理解力和记忆力。

父亲还教他打算盘，大禧熟练的手势与超强的记忆力令父亲很满意，他经常带着大禧去见朋友，每次都带着得意的笑容让大禧表演打算盘给人家看，大禧一边灵活地拨动算盘，一边流利地背珠算口诀。

为了奖励大禧，父亲就给他买玩具。大禧记得去粤北经商的父亲几乎每次回来都会给他买玩具，最好玩的是一个“空军”小人，这个小军人玩具是用布和橡胶做的，所以摔不坏。空军有个飞行器，身后面还有个降落伞……大禧与大任跑到二层阁楼，还嫌不够高，就把空军玩具再向上扔，从高处落地的十几秒最是精彩，他着迷于降落伞张开的美丽瞬间，随风摆动降落的过程也令大禧心驰神往，与大多数小孩看热闹的心态不同的是，大禧更喜欢感受小军人空中飘落的仪态，虽然只是玩具，但这种三维的观感比屏幕上二维的视觉效果还要真切。

揭阳少年大禧渴望亲情，每逢小姨、大伯和姑姑来探望，他和弟弟大任都感到亲切无比，开心得不得了。小姨陈清爱长相秀美，每次看到她，听到她的声音都令大禧格外欢喜，只可惜还没成家的小姨不久后患肺病去世。而与父亲学虞同父异母的大伯是个开朗活泼的人，他每次来到，都会给大禧、大任表演一段“杂耍”，例如在一条长板凳的一端点上一根烟，然后从另一端钻到长板凳下面，最后再用嘴衔起那根烟，配上诙谐的动作和表情，总惹得兄弟俩欢呼不已。还有与父亲同父异母的姑姑也时常跟姑丈一起来探望他们。但这些给他们童年带来欢乐的亲戚，在此后因战乱和时局变化而产生的频繁迁徙中，慢慢都走散了，最终消失在茫茫人海。

期待父亲回来、期待礼物的日子令兄弟俩的生活充满阳光和希望，可是不久，父亲的归来没有给儿子带礼物，却带回了他们的继母郑少珍。父亲将楼上其中一间阁楼收拾整齐，以备他和少珍回来探亲时居住。少珍是广东中山籍的香港少女，战时避难从香港到了韶关，在那里与父亲相识。此时，父亲已经知道在桂林的前妻已嫁给国民党军官，于是，这对患难之交的青年也走到了一起。父亲与继母在粤北成亲，家安在了那边，同父异母的弟弟妹妹也陆续出生，一年后，父亲带继母与新生的妹妹回揭阳居住。

1944年，大禧8岁。由于1941年日本偷袭珍珠港从而引发太平洋战争，美军参战，世界反法西斯同盟建立，日军在华兵力日减，多数龟缩在汕头城里。而抗日武装不断壮大，乡间逐渐恢复了生机。真正让大禧感受到国家的力量、民族的胜利是1945年8月15日，日本宣布无条件投降的那一天。

欢腾的热浪令整个揭阳县城久久不能平静，摆脱战火煎熬、流离失所的人们，终于可以扬眉吐气了！听说中国军队要进城，很快，城墙内外青天白日旗与彩旗辉映，城里的主要道路搭起了竹牌楼，披红挂绿，张灯结彩，准备庆祝仪式。大禧看到这条街上有一个三层小楼，那是父亲朋友的住所，之前带他去玩过

1945年揭阳市中心群众庆祝日本投降场面

几次。小楼通体饰有镂空雕花的玻璃窗，是观礼的绝佳位置，他很想去那观看进城仪式。但此时父亲还在粤北韶关，他思来想去，壮着胆一个人去到父亲的朋友家，说明来由，结果出奇的好。小楼的主人不仅热情地欢迎他，还给他留了个好位置，跟其他人笑吟吟地说："这个位置是给大禧的。"那时没有发达的通信，大禧连着三天去小楼顶上观望，终于，他盼望已久的一天到来了。城里城外的百姓都涌到街头，夹道欢迎中国军队进城。群众队伍里素不相识的人会互相拉手，振臂欢呼，拍手相庆；庆祝胜利的鞭炮声、口号声此起彼伏，不绝于耳。

这一刻，少年唐大禧被深深感染，在懵懂间，他的民族意识、国家意识迅速成长，内心激荡着滚滚如潮的爱国情怀。



野火烧不尽，春风吹又生。

劫后余生的人们开始重建家园，大禧的父亲与继母一家从粤北回到汕头，他们借住在海平路永胜街13号，这是一幢有着罗马柱头的西式洋楼，唐家住在带西式阳台的三楼。大禧的祖母也带上兄弟俩告别了居住四年之久的林厝祠，回到汕头，一家人总算团圆了。



大禧最记得的是刚到汕头，父亲就带他们去中山公园，在那里第一次看到露天电影；还去汕头百货大楼，看着五光十色的电灯，还有各式各样的商品，这是在揭阳乡下无法想象的。父亲买了一瓶牛奶给大禧，这是他人生中第一次喝到这么好喝的饮品。

此时，9岁的大禧上三年级，入读汕头第三中心小学。大禧的继母和父亲商定要回香港谋求发展，便在1946年夏天带着他们两岁的女儿登上去往香港的海轮，临别前，父亲对大禧和大任殷重地说：“我们先去香港找地方落脚，你们留在汕头读书，等小学毕业后就接你们去香港团聚。”祖母带着两个孙儿与父亲依依惜别。在送别码头，看着父亲带着继母和他们的女儿坐着海轮远去，渐渐驶出马屿港，大禧心中有一种莫名的酸楚感和羡慕之情——父亲这一去，不知何时才能再相聚；同时，大禧多么希望父亲也能带着他坐上海轮驶出马屿港，看看广阔的南海风光与尚未谋面的香港。大禧晚年回忆，他

走过大半世纪，大禧又站到汕头百货大楼前

汕头百货大楼

大禧回汕头寻到儿时住过的西式洋楼

这一生与父亲也是离多聚少。

由于家里经济未稳，回到汕头的生活是非常拮据的。每到善堂发放救济物资的日子，祖母很早就去排队，每次领回一些大米和美军剩余的物质，如罐头装的红茶、奶茶之类的东西，这对节衣缩食的祖孙三人来说，算是有力的贴补。祖母没钱给大禧、大任两兄弟做统一的“童子军”校服，每日早晨出操，他们只能被安排到后面的“杂牌军”里，这种窘况，让他感到深深的羞愧与自卑。1946年春，全国掀起一系列的游行示威活动。在汕头上小学四年级的大禧也参加到当地组织的学生游行运动中。“那天下午，我们这些没有校服穿的‘杂牌军’走在游行队伍的后面，路过善堂的时候刚巧看到祖母背着一袋救济品走出来，不知为何，我心中顿时凄苦无比，泪眼蒙眬中看到祖母苍老羸弱的身形，想到我们窘迫的生活，想到远走他乡的父亲……”

这种情绪影响到大禧彼时的学习，他上课不能全情投入，因此文化课的成绩普遍很低，但每周一节的美术课却是例外，那是大禧最可以发挥的，最令他快乐的时光。美术课上，老师会把一幅画挂在黑板上让大家用铅笔临摹，可能是一幅风景，也可能是一匹马，很多同学几个课时下来也没有头绪，而大禧常常一个课时就临摹得像模像样了，为此，常得到老师的奖励——一张硬朗洁白、厚厚的进口图画纸。唐大禧回忆说：“这可能真与天分有点关系，上音乐课，我就感到很吃力。老师教唱三遍，大部分同学就可以自己唱出来了，我可能要唱许多遍才可以。但在美术方面，就感到轻松很多。”

他的临摹能力与造型能力，让班里的同学们对他刮目相看。

终于，大禧兄弟与祖母盼到了期待已久的香港之行。

“由汕头港乘船驶出马屿港，顿然感到豁然开朗，不久就进入太平洋海域，海水变成深蓝色了。第二天早晨，船已抛锚在维多利亚港，我便从底仓走上甲板，一望那是一片金光灿灿的青山绿水，山峦起伏，楼宇耸然，车马穿流，好一派大好江山，我欣然感动，11岁的我看到到处都飘扬着英国的国旗，不禁骤然产生一种历史的悲怆感。”

“我们祖孙三人站在悬梯附近的人群中望着岸上的人，是父亲先发现了我们，终于与父亲会合了，父亲很高兴，立刻接过我们祖孙三人身上的小行李，带我们坐上的士，很快就来到西营盘第三街56号三楼的家，香港的家在一栋连体楼的末端，窗户很多、很通气，环境算是好的。回到家见到继母，我和大任都称呼她‘妈妈’，继母少珍接着叫一声‘奶奶’，祖母高兴地回了一声‘家嫂’，家里还有绍玉、碧玉两个妹妹，这天是我们全家团圆的日子，一家七口高兴得合不上嘴。”

香港这么一个国际性的大都会，中西文化交融，车水马龙的大马路行驶着双层巴士，高楼林立，四处的广告霓虹、有轨电车……一切是那么新鲜，令人目不暇接。暑假一过，他与弟弟、祖母返回汕头，离开时是那么地依依不舍。大禧记住父亲在码头临别的诺言：“回去用心念书，待你小学毕业，举家搬来香港！”

大禧的父亲这时已初步在香港站稳了脚跟。1948年暑假，大禧祖母带着两兄弟坐轮船的香港行，可羡煞了大禧周围的同学们。

安稳的日子没过多久，内战重燃战火，国统区物价飞涨，民不聊生，人心思变。

而此时国民党统治下的大陆，已是兵败如山倒了。到了1949年的夏天人民解放军大军南下局势更是势如破竹，10月，华南解放在即。

留还是走？大禧父亲心中没数，最终还是决定在1949年5月举家搬迁至香港，坐的是由国民党军机改装的民航机。

那年唐大禧13岁，刚从汕头第三中心小学毕业。他将在香港生活和读书，开启他人生的新旅程。

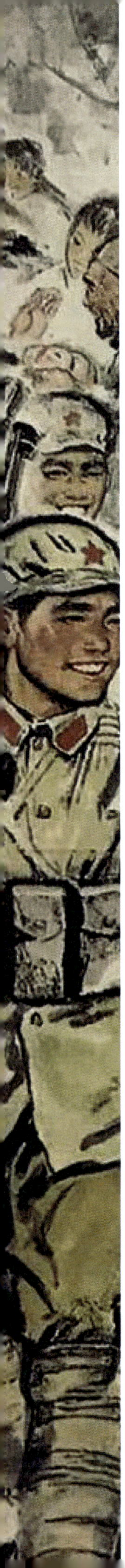

# 三 香港·少年

20世纪40年代的香港，也经历过第二次世界大战的战火洗礼。

曾作为英国殖民地的香港在抗战期间被日军占领，国际上把香港纳入中国战区，二战结束后，理应交还中国政府，但中国军队却迟迟不见出现，反倒是英国军舰率先开进了鲤鱼门港口。之后，全副美式装备的国民党新一军、新二军才施施然从新界进入九龙——这可是近代史上第一次有中国军队踏上香港，这支中国军队曾受到香港市民在弥敦道上燃放鞭炮夹道欢迎，可惜不久，他们又静悄悄地撤回了内地，奉调到东北与中共打内战去了。

战后的香港百废待兴，内地不断打仗，吸引了大量的资本家投资，处处都是重建的景象。1948年暑假大禧兄弟与祖母来游玩，看到的都是一片繁荣，印象颇好，但若真正来香港学习与生活，又大不一样了。

首先是环境的改变，是那么的陌生，大禧没有同伴，不通粤语和英文，内地的教学水平与香港又有差距，到香港读书难以衔接，甚至可能要留级。

于是，大禧父亲在香港的私立华文学校中选来选去，最终选择了以校长陈仿林命名的“仿林中学”。

那时，大禧家住在西环西营盘第三街56号，19世纪中叶占领香港的英军就曾在这里登陆，由于英军在此驻扎与操练，这里就叫西营盘。这条街上的建筑并不漂亮，街尾教堂与正街交界的地方是菜市的中心，环境非常混乱，经常看到英国当局的警察和督办在街上追捕小贩，踩踏小贩挑卖的水果蔬菜等物，还一直由三街追打到二街。

这里是香港岛的最西端，那时多是山地，地价比中环、湾仔低，聚居着许多普通市民。那时，这里的大多数百姓家里还没有冲水厕所，所以每天早晨天还未亮，清洁工人就推着车来收各家各户放在门口的马桶。赶着上早班的人穿过各家门口时用葵

香港·少年

扇扇开煤炉燃起的烟雾，才能走到外面的街市。随后，卖报纸声、卖早点声，以及各家各户的厨房切菜声、剁肉声、劈柴声，还有街上奔涌的人流的木屐声此起彼伏，形成一曲曲渐行渐远的市井交响。

清晨，大禧就在这样的氛围中踏上上学之路。从这里去中环半山的仿林中学有相当远的距离，步行约45分钟，沿途要经过十几间大大小小的教堂。

期间，父亲还很重视他的学习。有一次父亲辅导儿子大禧的语文功课，讲起中国历代孝子的事迹。父亲一边给儿子讲解古文的含义，一边要求他背诵，不想，大禧听着听着就哽咽起来，接着就是无声地流泪，父亲见状，默然转身。“那课文里讲儿子如何孝敬母亲，我就在想，我的母亲在哪，我都见不到她，去哪里找她，孝敬她，突然间就觉得好委屈，唉……”这就是大禧情感深处的伤，这伤埋得很深，平时看不出来，然而不经意间的触碰却有可能戳中那块永远无法愈合的伤口。不曾想到的是，在这伤口上竟能开出花来——因为这隐隐的伤痛，很多在普通人眼里司空见惯的景物、人物，大禧却能读出细微的不同，甚至被莫名地感动，沉浸其中良久不能自拔。比起同龄的小孩，他具有更持久的耐力和专注力。——这些在伤口上开出的小花竟成为他日后艺术创作道路上的种子和土壤。

在香港时期的父亲唐学虞

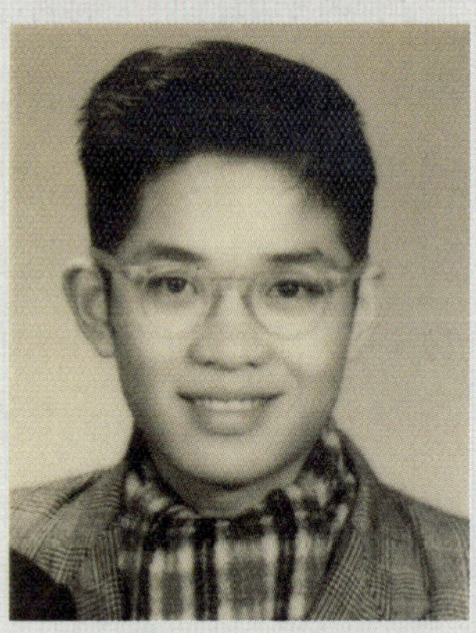

中学时期的唐大禧

班主任林世均老师与父亲唐学虞是在揭阳的旧相识，他时常来家访，一次他对父亲说：“大禧这孩子从内地到香港，有点不适应，过早懂事，有些多愁善感，现在香港华文学校左派学潮汹涌，当心被‘赤化’……”大禧在一旁听到，不禁一惊，这是一个13岁的孩子第一次听到大人们谈论的政治用语，竟然用到自己身上。他的内心有了些许不安，“被‘赤化’会怎样？会被抓起来坐牢或者杀头吗？”特殊的时代背景下，大禧过早地体会到政治对于生活的影响。

的确，由于私立仿林中学多为平民子弟，所以亲大陆的左派与地下共产党学联活动非常多。再加上内地解放军接连打胜仗，从东北一直打到江南，有机会解放全中国，使左派力量欢欣鼓舞。从汕头来的大禧，慢慢从转学的孤独与对内地学生的歧视中走出来，与同学、与这个充满变革的大时代融到一起。他们一下课，就经常在高班同学的带领下一起跳集体舞，一起学唱内地的民歌："跑马溜溜的山上，一朵溜溜的云呦……""淮河两岸鲜花开……"这些当年唱过的歌曲，大禧至今还会唱。耄耋之年，他轻声浅唱时，迷茫的眼睛仍能透出光芒，嘴角自然上扬，仿佛还是那个童真未泯、意气风发的白衣少年。70年前，尽管远在香港，但这些歌曲像一幅幅的风景画一样在大禧眼前一一展开，他似乎真切地看到祖国内地秀美的山川河流，感受到其亲切的人文气息，这种与生俱来的亲近感和认同感让少年大禧的内心温暖无比。上学放学的路上，这些旋律会伴着他轻快的脚步，回到家，大禧会教弟弟妹妹唱"在那遥远的地方……"，拉着他们温习白天在学校学会的集体舞。也许，从那时起，大禧真的不自觉地被"赤化"了。在他的少年世界中，"赤化"的歌曲最能打动他的心，仿佛阳光照进生活，所以他也不再介意听到"赤化"这个词语，他的内心充满了对祖国美好生活的向往。

悸动的激情，在少年大禧的胸中燃烧与荡漾……

那是大禧的芳华。

此时，最令国人关注的，应该就是国共和谈，以及解放战争的态势。

在汕头时大禧就常常看报纸，关心辽沈战役、淮海战役、解放军横渡长江、大军南下。来到香港他也听广播，看贴报栏，也会收到左派学生派发的传单，盼望和平，憧憬新中国。

1949年10月1日，他在香港的报纸上看到毛泽东主席在北京天安门城楼上庄严宣告"中华人民共和国中央人民政府今天成立了！"当天买报纸的人还会每人获赠一面小小的五星红旗。

但现实生活的窘迫，似乎总是提醒着大禧不要太高兴。

原来，大禧在仿林中学上课的学费是按月计算的，每月需缴20多元。那时的物价怎样计算？坐电车是每次5分钱，巴士1毫钱，买1瓶牛奶是1元……20多元，是个不小的数目。

1950年，朝鲜战争爆发，中国人民志愿军抗美援朝。时局突变，美军宣布对香港实行物资禁运，香港经济立刻萧条，市道一落千丈。原本做进出口贸易的父亲受到极大影响，因为除了唐大禧两兄弟，他还要负担与继母所生的5个弟妹，生活真是捉襟见肘。

一年后，大禧不得已从仿林中学辍学，父亲将他转到费用比较低廉的英文夜校。在英文夜校，大禧得以接触到更多的平民阶层。

大禧与挚友梁贤达

他在夜校认识了在香港印刷厂做工的同学梁贤达，工人出身的梁贤达为人纯朴、豪爽，主动来家里帮大禧辅导英文，由此成为唐家的好朋友，日后大禧离开香港，他还经常去探望大禧的祖母。从梁贤达这里，大禧知道了左翼文学，知道了鲁迅、巴金、萧红、萧军，读了《八月的乡村》《家》《春》《秋》。英文夜校以英文版《简·爱》作为教材，大禧在环境的影响下，还自发地读了些西方经典文学名著，如《琥珀》《基度山恩仇记》等，以及俄国大文豪托尔斯泰、高尔基等名家的作品。这读读停停的中学时代恰是大禧第一个阅读高峰期，不仅积累了一定的知识储备量，还不自觉地培养出一定的自学能力和独立思考能力。

对大禧影响很大的，还有他的邻居郭敬枢。敬枢上进、文静、好学，虽年长他两岁，但却是他无话不谈的挚友。敬枢的父亲是广州一家船务公司派驻香港的资方代表，所以他们家常来往于广州、香港两地，1949年10月广州解放，敬枢是见证者，给大禧讲述他的亲眼所见——解放军如何英勇，国民党又是如何残暴。解放军临进城的前夕，国民党军队用烈性炸药炸毁了沟通广州南北的海珠桥，炸死桥下不少疍家居民，使得多少人流离失所，珠江河上漂浮着无数的尸体与炸烂的泊船；而解放军入城是如何贴安民告示、秋毫无犯，又是如何不扰百姓，睡在街头，还帮老百姓扫地、担水等，听得少年大禧一脸的向往。

那时西环的楼都不高，而且西营盘很多楼的天台都是可以相连的，他们常在天台上见面。

敬枢十分聪明，小小的年纪还会无线电。他带大禧去深水埗、荷里活道买旧的电器元件，回来自己安装制作矿石收音机。当时香港广播电台只有英文台和中文台两个台，听得都乏味了。当自制的收音机能收到内地广播，特别是收到广东人民广播电台的波段，听到“歌唱祖国”激昂的歌声，报道中华人民共和国成立后内地的新气象，他们是多么兴奋。

敬枢还有较高的审美水平，他常常向大禧介绍好莱坞大片，介绍世界电影历

青年时期的唐大禧与亲手更换的漂亮墙纸

史，还有国际一流演员，这些，都大大提高了少年大禧的艺术审美，为他打开了一扇扇通往理想生活与文学艺术的大门。

此时的大禧，渐渐走出自卑、忧郁的阴霾，他的内心世界开始愈加丰盈，充满力量，他感到越来越多的阳光照进了生活。

他后来形容这段时光是“自由放养”期——自然而然，茁壮成长。

父母忙于生计，已没有多少时间管他，而他，却懂事地帮大人减轻负担。每天，他首要的家务是为父亲熨烫衬衣、擦皮鞋，保证父亲西装革履亮丽光鲜；还要接送弟妹们上学与放学，晚上赶去上英文夜校；另外，还要给家里搞卫生、更换墙纸……

在做好这一切之后，他才可以挤时间读文学书、练书法，当然，还有最爱的画画。

可能是这段时间大禧看书多费眼神，此时，他已经开始戴眼镜了。

在仿林中学虽然只读了一年，但他在这里遇到了人生中第一个比较专业的美术老师——冯国芬，冯老师在香港已有点名气，除了素描造型外，色彩方面也掌握得很好，特别擅长画水彩画。大禧就是在冯老师的引领下，接触到真正的美术教育，知道什么叫素描、水彩，并做了初步的尝试。大禧还记得，他把课堂上画的水彩画带回家，一向严肃的父亲是那么高兴，赞叹不已。不久还给配了画框挂起来，日后有了大禧的新画，还会不断更换。父亲此举对大禧是莫大的支持与鼓励，进一步激发了他的美术天赋。

喜欢读报的大禧，在辍学后的清闲时光里，动起了向报纸投稿的念头。他会用文字拼成图形，变成“组字画”。最得意的一次，是用苏联歌曲的歌词“爱祖国如情人”拼成图样寄给报社，居然真的被刊登出来，那是多么大的惊喜！于是，他成了《文汇报》《新晚报》的热心读者，时常投稿，偶有发表。由此，他成为弟妹们的偶像，有空就缠着叫大哥教画画，大禧就教弟妹们画大胡子高尔基，画毕加索的和平鸽。《新晚报》还刊登了大禧的妹妹唐绍玉画的和平鸽。

与报纸结了缘的大禧在某天阅读《星岛日报》时，将目光久久停留在一则广告上：“召应试公信美术专科学校（以下简称“美专学校”）学位一名，合资格者免费入学。”免费入学？！大禧眼前一亮，“如果能被录取，不仅可以不用父亲支付学费，还可以正儿八经地学美术了！”为了回到向往已久的美术课堂，大禧在自己平时随性发挥的习作中仔细挑选一番，如约寄去了作品。未曾想到，此举竟是改变他一生的重要起点，为自己选择了未来的人生方向。等待的日子有些惆怅，“只录取一名，我那些胡乱画的东西怎么能入得了专业评审老师的法眼呢？”这样想着，却忍不住日日翻看当天的《星岛日报》。没过几天，《星岛日报》上发布美术专科学校的录取通知，录取者：唐大禧。他就是那个唯一一个免费名额的获得者！这个奖可以说奠定了唐大禧对于自身美术天分的自信基石，他开始觉悟到自己竟然拥有美术天分，欣喜之余，他决定好好珍惜这样的天分和学习机会。

入学后，大禧终于有机会全面、系统地学习西洋绘画。只要有时间，大禧就会待在美专学校，在那间放满西洋雕塑的教室，学塑造《高尔基侧面浮雕》。在这里，他知晓了意大利文艺复兴三杰之一米开朗琪罗的《圣母像》。当时的公信美术专科学校校长是钱展冲，在他麾下，聚集了许多当时美术界的知名人士。大禧在学校里有机会跟随钱炽昌等几位水彩画家学习，“老师还经常组织我们带着水彩等绘画用具外出写生。”唐大禧感慨在美专学校的学习让他受益终身。那时起，他开始用更高的审美标准和更学术的眼光来指导自己艺术天分的发挥。他的才思在老师的点拨和启发下，如汩汩的泉水喷涌不绝。他如鱼得水，废寝忘食，却一点也不觉得累，总觉得上课时间太短，还没听够，还没画够，以至于后来的英文夜校都不情愿去了，经常溜出来跑回美专学校，去完善他的美术功课。他的每一张作业都是细思量、再斟酌的研磨之品，任课老师无不啧啧称赞。再回首时，唐大禧才意识到，他后来对于美术工作的自信，甚至对于人生选择的自信，都是在美专学校建立起来的。

那时候，会画画的人很是吃香。因为买书不易，很多同学或朋友都有抄书的习惯，遇到好的书都想把它整本抄下来，便可以经常看，于是，就央求有画画天分的同伴给画个封面，或者画些插图什么的。还有，几乎每个人都有本手抄歌本，把自己心仪的歌曲一首首抄下来，那么封面、歌单的天地位置就成了会绘画同学充分发挥的地方，很多歌本都是风格各异，美轮美奂，这些都是唐大禧的强项。

还需要绘画天分的，是每年的圣诞节、新年与春节贺卡。

大禧的夜校同学梁贤达就常找大禧画贺卡。由于梁贤达在印刷厂做工，经常有客户委托印书、印画册，也有些印刷剩下的卡纸，于是他找了很多卡纸，也找了些希腊雕塑的图片给大禧临摹，要大禧写上美丽的中英文印刷字体——一张别

擅长游泳的唐大禧与同学合照

致生动的手制贺卡就完成了。大禧可是头一次看雕塑照片，若干年后，他才知道那是石雕，算起来，这是大禧最早接触到的希腊雕塑。

相对内地来说，香港是光怪陆离之地。

1840年鸦片战争迫使大清门户开放，割让香港岛，随后又“租借”一百年，香港一直就是西方殖民者的乐土，大量洋货涌入。当时的香港上层从英女王委任的总督到各个管理层基本上都是外国人，大清遗留下来的衙门还在九龙城寨里办公，警察叫“差人”，管辖香港的机构还叫“布政司”……传统与现代，东方与西方文化就这么扭合在一块。

香港还是远东大港口，优良的深水泊位，浓郁的东方风情吸引了大航海时代来自世界各国的游客，伦敦、巴黎、纽约刚上市的时装这里很快就有，好莱坞大片在这里与世界各大城市同时上映，街头布满各式各样的霓虹灯广告，店铺繁荣，货品时髦。街边的招贴画也是百花齐放，风格迥异，特别是美国的可口可乐广告，既有创意，又写实、漂亮，很是醒目。这许许多多，无形中让大禧吸收了不少不同文化丰富多彩的养分，滋养着他日后的灵感与不断出新的艺术创作。

如春天的秧苗遇到甘露，此时的大禧正是成长中最善于学习、积累知识的年龄。

过着“放养”生活的他可以去公信美术专科学校画画、做雕塑，有时跟老师去水彩写生，可以看不少世界文学名著……尽管又要忙家务和照顾弟妹，但亦是青春快乐的美好时光。这段时间，大禧秉承了祖母裁缝的技巧，先是用家里的旧缝纫机帮弟妹们缝补衣服，继而试着改装，再到把家里废旧的折叠帆布床拆了，剪开旧帆布缝成一个结结实实而又新潮的帆布旅行袋，周末约上好友，带上弟妹去郊外爬山、旅游；海边长大的大禧更擅长游泳——这也是他十分喜爱的一项体育运动。

唐家搬迁至香港后不久，揭阳乡下的邻居惠秋姑姑带着一家三口来香港投奔唐家。

大约十年前，大禧祖母与兄弟俩住在揭阳竹桥村小屋的时候，对面邻居家有个女儿叫惠秋，不知怎的这个才十五六岁的小女孩与大禧一家很投缘，常常主动过来帮忙料理家务。“可能我们是从城里搬去乡下的，惠秋姑羡慕城里人，喜欢听祖母聊外面的世界，所以才特别亲近我们。”惠秋姑姑是个性格开朗、身体健壮的农村姑娘，她常帮祖母做针线活、做家务，帮忙照看大禧和大任两兄弟。她的热情善良赢得了祖母的信任和喜欢。那时大禧的姐姐逝去不久，祖母觉得惠秋可爱，一来二去便认做了“干女儿”。从此惠秋姑姑与唐家朝夕相处，亲如一家，晚上还经常挤在一个被窝里4个人一起睡觉。

1945年，大禧一家搬回汕头与父亲团圆，惠秋姑姑不舍得与祖孙三人的缘分就这么断了，她便三天两头地从揭阳乡下跑去汕头唐家探望。1949年唐家举家迁到香港，她不能跟着过去，再加上家里给她说了门亲事，她要回乡下成婚，临别时还依依不舍。

怎料，1950年秋，成了亲、生了孩子的惠秋姑姑居然带着丈夫，用箩筐挑着几个月大的小女儿，从潮汕揭阳竹桥村出发，一路乞讨、风餐露宿，长途跋涉数月来到香港并找到他们在西营盘的家。

重逢，真是太惊喜了！唐家人也没想到，这个不认字的乡下妇人竟有如此的决心和毅力，率领一家三口徒步前往香港，

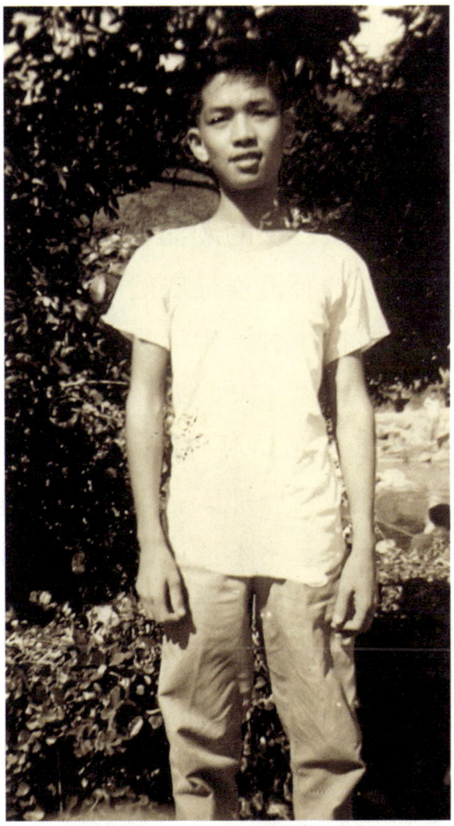

少年时期的唐大禧

青年时期的唐大禧

仅凭临别时留下的模糊地址就找到她一直信任、难以割舍的老邻居。重逢时刻，大家喜极而泣，抱成一团。然后是尽诉别后的凄苦，路途的不平……

可惜香港此时正因抗美援朝被世界封锁、禁运，百业凋敝，唐家的日子也不好过，面对如此深情前来投靠的惠秋一家，唐家人感到惭愧不已。惠秋姑姑的丈夫是老实巴交的潮汕农民，大字不识一个，只会讲潮汕话，这样的条件在讲粤语和英文的香港连最底层的工作都很难找到，他们一家三口只能住在钻石山的窝棚里，饥饿水肿，生活难以为继，可怜还有那不满周岁的女婴该怎么活下去？万般无奈下，惠秋夫妇听人劝说，打算把孩子送去教堂抚养。

惠秋姑姑对香港人生地不熟，语言又不通，祖母便让大禧带着他们去找间合适的教堂。那天，大禧带着母女俩向街头最漂亮的那间教堂走去，教堂的木门高耸厚重、密不透风，大禧叩门许久，才有两个修女出来开门。沉重的大门只开了一条缝，两个包裹严实的修女只有眼睛是露在外面的，“我都没有辨别出她们是中国人还是外国人，她们也一句话不说，只用眼神询问我们的来意。”大禧将惠秋姑姑的情况和送孩子的想法和盘托出，只见两个修女面无表情地接过孩子，“砰”的一声就关上了大门。没有任何的言语沟通，没有任何的登记手续，甚至没来得及跟女儿好好告个别，惠秋姑姑就这样与自己的女儿诀别了。关门声令惠秋姑姑如梦初醒，她失声痛哭，“凄惨啊！女女……乖女……妈对不起你

香港街景旧照

啊……”泪珠滴湿了衣襟，也渗透了冰冷的石地板……

目睹骨肉分离人间悲苦的大禧，心灵被深深地、久久地震撼。那时，他才13岁，他怔怔地站在教堂外，被修女冷酷傲慢的表现和惠秋姑姑撕心裂肺的哭喊所震慑。“为什么连个联系方式、连个字据都不留，就这样抱走一个生命？我是一个无奈的带路人。”大禧成年后，无数次愤愤地回想当年那不堪的一幕，懊悔不已。从那之后，大禧每次上学放学路上，看到沿途的十几间教堂，再无好奇之感；听了那么多年的圣歌也从未激起心中的一丝涟漪。大禧说，他感到“这些光鲜外表的背后是冷漠、是无情，因此，对他们的文化没有认同感和归属感，怎样也走不到我的心里。反倒是偶尔听到几首内地的民歌，真是亲切无比，顿感身心荡漾、激情满怀。”

事后，他将惠秋姑姑送女的凄惨情景和自己许久不能平复的心情写成文章，在同学与朋友中传读，也得到老师的赞许。

大禧在香港“放养”的日子，除了阴霾，还有阳光。

公信美术专科学校的学生都挺文艺的，学艺术的学生，都颇有几分狂野，也带有浪漫的艺术气质。他们喜欢郊游，喜欢举办舞会，喜欢听圆舞曲，更喜欢跳交谊舞，也就是在这里，大禧学会了跳舞。

大禧还记得第一次参加舞会，听着《魂断蓝桥》，在《蓝色多瑙河》欢快的

香港街景旧照

摄于香港半山，唐大禧送王丽平回家的路上

曲子下，一个轻盈高挑的漂亮姑娘走过来，拉起了忐忑不安的少年大禧的手。大禧在局促不安中被女孩带着在舞池中转动，转动起的，更是那颗青春飞扬的心。

之后，大禧得知这位美丽的姑娘名叫王丽平。

王丽平比他大几岁，当时是一间中学的老师，住在哥哥的中国银行宿舍。丽平热情、大方，知道很多为人处世的道理。或许是他哥哥在中国银行工作，所以很了解内地的情况，经常向大禧介绍一些进步书刊，还有中华人民共和国成立后内地各方面蓬勃发展的情况。已经工作的丽平家庭经济条件很好，拥有一部照相机，所以也教大禧摄影，冲晒照片。一来二往，他们就相当熟络了。

丽平的到来，给十六七岁的大禧内心带来一阵涟漪。不知这算不算是朦胧的初恋？

相识之后，大禧耳边老回荡着她银铃般悦耳的笑声，想再见到这位可爱的姑娘，少年维特之烦恼。

春天，草木葱茏，溪水静静流淌。大禧与丽平到香港的郊野，感受阳光的静谧与柔美，听风吟旷野，春涧鸟鸣，在相机的镜头中享受春的宁穆和繁艳。丽平手倚雕栏花柱，背靠绣袍锦垫，或坐看窗外落英缤纷、夕阳西下，丽平好似最佳的模特儿。青春的身影置身于诗般的幻景，听莺歌婉转，闻花草芬芳。

这种说不清、道不明的感觉，就这样不期然地来了。

夏天，大禧常常会在丽平学校的门口接上她，然后沿着九龙塘旁边的小道穿过尖沙咀，坐上天星小轮过海，再送丽平回家。丽平住的中国银行宿舍在小半山，此时，远望港岛已是繁星点

王丽平（1953—1956年与唐大禧通信留念照）

点，有时还映着红红的夕阳；他们一路上交流着各自的读书心得，也会轮流背诵其中的华章。

此时，华灯初上，白鸽飞过，这是闪烁着精神之美的、一生难忘的富饶时光……

这碎碎念念的思绪镶嵌在大禧心里，几十年了，挥之不去。

时隔多年，他仍会记及，这春天与夏天的美丽故事；还能让自己隔着岁月，寻找她的点滴记忆。或许是应之无着，这感情才愈加纯厚，才更有想象，更富美感。

所以，近代哲人王东岳才会说：美是“感”与“应”之间联系的黏合剂，艺术美是超越现实的“感”，与焦灼化的“应”的超脱。由于人类活动的紧张、焦灼，也由于个体的局限与失落，故有心灵抚慰的需求；艺术美就是产生于“应”后的美，是“应”后对人心灵的抚慰，是人类的创造活动；美，是自然感应属性趋于焦灼化的精神炼狱中锻造出来的“火凤凰”；美，更是残缺不全的存在者，也是摇摇欲坠的失位性沦落者，它的绚烂光影直接度量着人类与自然的失离间距，为美之本质。

所以，“悲怆美才是大美，梁山伯与祝英台这个悲剧才会成为千古绝唱。”

丽平与大禧的这段感情，是一种青梅竹马般的纯真的情感，又不同于好朋友间的友谊；大禧视她为最好的女性朋友，但有时又有点像大姐姐，还对她有一种母性的依恋，可以无话不谈。估计丽平一定也对大禧充满好感，或许她觉得这个少年有一种超出这个年龄段的成熟与睿智，有一股蓬勃的爆发力。他们彼此了解，她明白大禧的志向和理想，她理解大禧的苦闷，同情他的处境，对大禧的艺术感觉与画作、雕塑技艺更是大加赞赏。

丽平更珍视这个可亲可爱的小弟弟，这个不可多得的艺术天才，生怕香港当时的艰难环境，淹没了大禧难得的艺术天赋。

王丽平好像在禾草堆里发现了珍珠。

“大禧，不如到内地去发展吧！”在一次倾谈中她对大禧说。

“到内地去？！”大禧沉默了，心里充满了迷茫、无奈，但亦留有一丝希望的光芒。

“对，我可以支持你。你到广州之后，我每个月寄钱给你，直到你找到合适的工作……”丽平坚定的话语后面，是满满的爱，还有信任、信心。

于是，少年大禧那青春悸动的心，被起搏了。

从此，这艘艺术生命之船，开始向着无限的希望，启航……

只可惜，这位支持过他的红颜知己后来失去了联系。

“丽平，你在哪里？你后来成家了吗？你过得怎样？”大禧时不时还会念起这个在他生命中曾给予指引与资助的挚友。他只知道，丽平当时住在她哥哥在半山罗便臣道的家，并多次托中国银行的朋友寻找过，可惜，终是找不到了。大禧感慨地说，这就是“相濡以沫，莫如相忘于江湖”吧。

影响大禧回内地的还有邻居郭敬枢。1953年，敬枢一家搬回了广州安家。就在丽平跟大禧说回内地不久，敬枢也问大禧可想去广州发展？并给大禧介绍了新中国的发展情况，那边百废待兴，正需要各方面的建设人才，而且读书又免费。他说：“既然你在香港也没正式读书，回内地读书反倒是个很好的选择。你可以先到我家住，住一段时间，可以考学校，也可以参军……不怕啦，年轻人！”

大禧，终于心动了，郭敬枢成为第二个对大禧“向左转”有影响的人物。

1949年中华人民共和国成立，共产党的廉政、民主在海外华人圈中威名远播，由于得到万众协力而显示出极大的建设热情与工作效率，“新社会”所显示出的社会风气，似乎让人们联想到唐宋时期的“贞观之治”与“开元盛世”。此时，整个香港都在涌动着回内地工作、学习的暗潮，青年人也视回内地学习、建设祖国为大好前途。

香港九龙尖沙咀的九广铁路火车站，那时每天都是回内地的人流。深圳海关的五星红旗、《歌唱祖国》是极其令人向往的。李铁夫、余本、徐东白、谭雪生、温少曼、陆无涯、雷雨、汪潜等大画家与诸位文化人士，都在那时陆陆续续由此登上了回祖国的九广列车。

1953年8月8日一大早，大禧也提着简单的行装来到了尖沙咀火车站，送行的是他最亲爱的祖母。一路上，祖母不住地唠叨说大禧的父亲“不是人”：对大禧不够负责，这几年没有让儿子上学而耽误了前途……而大禧反倒知道父亲的想法。在父亲的心目中，一个家庭中最大的孩子应该负担起养家的责任，他不想大禧读书，反而希望大禧跟他进入商圈学做生意，子承父业。然而这却是大禧最不愿意做的，他不喜欢交际，更不愿意把时间浪费在那些商场如战场的花巧伎俩中。大禧喜欢的是手工技艺，自由发挥——那种在个人天地中灵感的迸发与冥想的创造。

父亲在知道大禧想回内地发展的念头后，看出儿子的想法是温和而坚决的，于是也没有阻拦。

或者，是他想大禧出去闯一闯，吃点苦头，便不会再如此叛逆，故用了这招欲擒故纵的办法?

列车鸣响了汽笛，情真意切的祖母拉着大禧的手一直坐到火车要开的最后一秒钟。望着祖母孤单苍老的背影渐行渐远，大禧心中蓦然伤感。当一个男孩子

尖沙咀红砖钟楼（旧九广铁路火车站）

唐大禧的弟妹与祖母

真正要离开家去外面独自闯荡时，才发现内心对于家、对于祖母的眷恋，他不忍看到与自己情感交集最多、最亲近的祖母老去的样子，心中不免难过起来。

在罗湖口岸过关检查的经历也是人生头一遭，在17岁少年大禧的心灵上留下了许多难忘的画面。当时的罗湖口岸异常简单，有点像现在机场的安检口，先填一张个人基本信息申请表，然后就是排队检查，只不过放行李的传送带不是电动的，而是一张一张的桌子拼连成的，桌子一侧是鱼贯前行的过关旅客，一侧是全副武装的人民解放军。那也是大禧第一次亲眼见到解放军，“个个都穿着绿色军装，头戴钢盔，身上有配枪，真是威武！”没想到，他的仰慕之情还没来得及好好抒发，便被“最可爱的人”难为一番。大禧的行李中，衣服不多，但带了很多画笔、颜料和图画纸。因为想着要去广州施展抱负，临行前特意在香港买了许多上等的水彩纸和颜料，包装很精美，还都是英文商标，看到这些稀罕物又看不懂产品说明的解放军战士十分警惕。一包质量上乘的水彩纸10张就有1厘米那么厚，解放军怀疑这么厚的纸里还有夹层，里面藏着不可告人的秘密，用粗壮的手指剥了很久也没剥开，便逐张在阳光下检查，可能是想看看有没有文字显影？颜料也被逐支打开，连同其他的行李一一向大禧询问。检查持续了差不多一个小时，小战士慎重地将目光投向站在他后方的领导，领导用眼神示意他放行，大禧这才通关。“我当时心里很不服气，觉得我是回来报效祖国的，那个小战士和我年龄差不多，看上去十七八岁，为什么这么不信任我？！”但很快，大禧接触到两地不同的政治环境，便对此释然了。而那个俊俏黝黑、憨态可掬对他执行检查的解放军战士的形象却深深留在大禧的脑海中。

第一次的广州之行是伴着对祖母的依依不舍，带着通关检查时的紧张情绪开始的，但火车开动不久后，便奔驰在广阔的珠江三角洲平原，视野极其开阔。相比伫立在香港半山上的西营盘民居，火车窗外的风光令大禧豁然开朗，眼前是一望无际的稻田，时值八月，南方稻谷飘香，那金黄色的稻田在午后阳光的映照下更显丰美灿烂。伴着火车广播里雄壮的合唱声，大禧心中不自觉地憧憬起广州的新社会、新生活。偶然间走了神又想起祖母，不知此时她回到家了吗，她还在为自己担心难过吗？

新的“放养”又开始了。这年，唐大禧17岁。

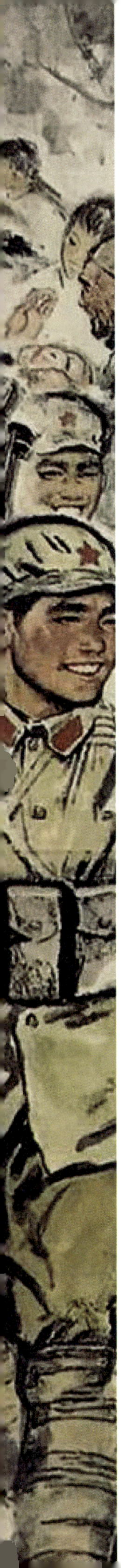

# 四 广州·青春

知道唐大禧要到广州发展，不舍得的还有香港公信美术专科学校校长钱展冲。钱校长十分欣赏大禧无师自通的悟性与他的绘画技艺，还想着培养他当老师的，可知道大禧决意要回内地发展后，又给了这个年轻人很大的帮助。

钱校长的弟弟钱峰那时是广州市劳动局的干部，于是钱校长提笔写了封热情洋溢的介绍信，让大禧带着到广州找钱峰。

从广州火车站出来，已是华灯初上，大禧沿着绿树成荫的越秀南路、万福路来到了北京南路的仰忠街，依先前邻居郭敬枢留下的地址，找到了好朋友的家。听闻大禧要去市劳动局，敬枢惊喜地说："很近啊，就在我家斜对面，今天睡个好觉，明天吃过早饭就去！"大禧一听，也有一种"踏破铁鞋无觅处，得来全不费工夫"的感觉，为自己此行的顺利感到开心。

第二天一早，大禧吃过敬枢家为他备的白粥、炒河粉这样丰盛的早餐后，便带着美专学校校长的介绍信，兴冲冲地去仰忠街街口的市劳动局找钱校长的弟弟钱峰了。

中华人民共和国成立之初的广州一派新气象，人们都时兴穿颜色朴素的列宁装、干部服，没有人穿西装。马路与街道都很整洁，街上满是自行车，也有些人戴着红袖章帮忙维持秩序，上学的小孩子戴着红领巾，处处是淳朴开心的面容。许多气象都与香港迥异。

这里真是新社会了！大禧从心里由衷感受到新生活的喜悦。

穿着白衬衫，披着灰色干部服的钱峰个子不高，人文静和蔼，很有"延安风格"。待他处理完几个来访的街道工人，接过大禧递过的信看了一下，连说欢迎欢迎！"我大哥也来信跟我说过了，太欢迎了！我们刚好要办一个展览，还缺画画的人！"

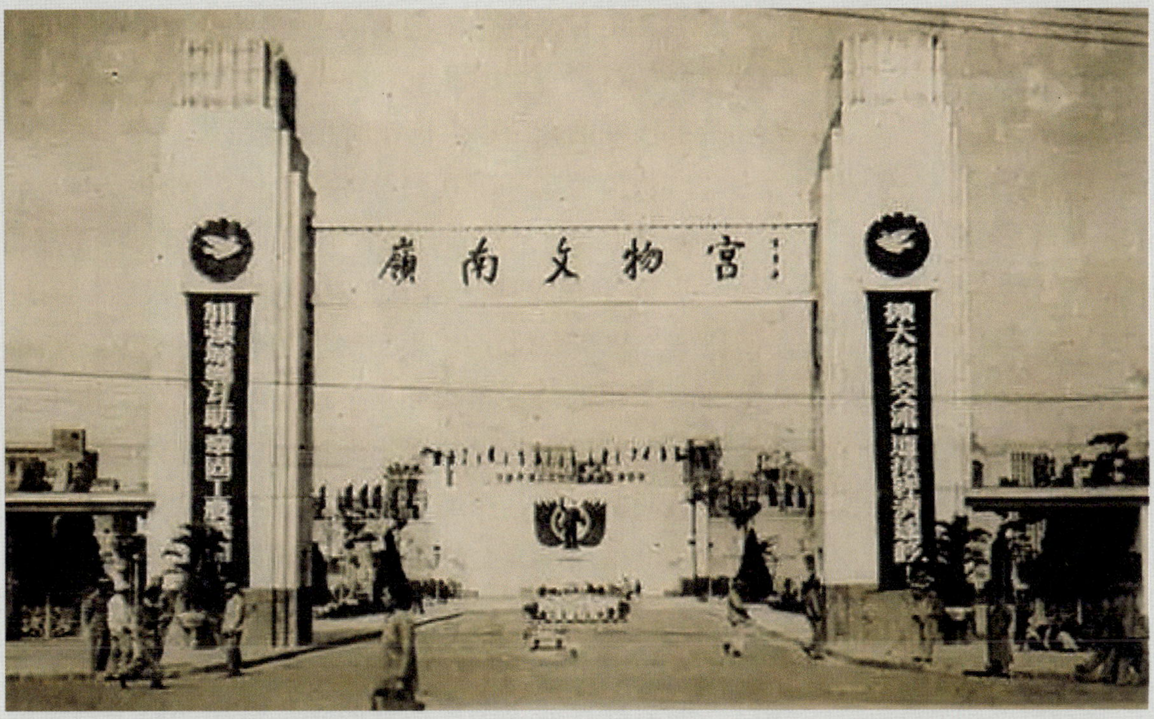

岭南文物宫

“你知道广州岭南文物宫吗？”钱峰问。

“不知道啊。”大禧一脸的茫然。

岭南文物宫就是广州文化公园的前身，在珠江边——那时在广州最大的六层百货商场南方大厦的后面。一百多年前，这里曾是闻名遐迩的广州十三行所在地，那时这里有外国商馆、教堂。1822年发生的一场大火持续烧了7个昼夜，融化的洋银满街流淌，竟流出了一二里地远。仅此一难，就烧毁了价值4000万两白银的财物。十三行经此劫难，再加上鸦片战争爆发，中国对外贸易重心北移至上海、江浙一带，香港亦逐渐成为南方又一商贸中心，在广州的外商则看中毗邻十三行的沙面小岛，把洋行建在小岛上，原来的十三行就沉寂了。

1951年10月14日为庆祝广州解放两周年，在这片烧过的荒地上建成了“华南土特产展览交流会”展场，几个月后交流大会闭幕，市政府利用原来的设施改造为一个长期性、有博物馆性质的文化活动场所，于是就有了“岭南文物宫”，即后来的广州文化公园。

岭南文物宫在广州解放初期可是美术的大本营，建了大大小小的展览厅，从而聚集了不少画家在这里创作。他们在这里画毛主席巨幅画像、制作主席大型雕塑，还有很多表现工农兵形象的作品，这里汇集了广州本地的画家、部队转业的美术干部，还有海外归来的著名雕塑家、画家潘鹤与符罗飞等。

听了钱峰的介绍，大禧顿时兴趣盎然。

“广州市劳动局现在要筹办一个‘广州市劳动安全卫生展’，年底就开展，你有没有可能去？”钱锋问。

“那好，我先过去看看！”大禧谢过钱峰，问过路，就坐公交车去位于广州西南边的岭南文物宫了。

那时广州的公交车车厢很多还是木头制的，上下车是趟门，售票员在手里拉着小绳控制，汽车停站用脚一踹，门敞开，下完客用绳一拉门就关上。大禧看到感到很好笑，也很新奇，全然不像香港的英式巴士，也没有“叮叮当当”的有轨电车。

凭着广州市劳动局的介绍信，大禧找到了岭南文物宫，大家都看着这个从香港回来，清瘦的脸上写满朝气的青年。很快，大禧就融入这个从各个单位抽调来的展览筹备集体中。刚开始大家叫他打下手，后来随着大禧又写又画，就知道了大禧超常的艺术创作能力。大禧也从这里第一次接触到政府的干部，体会他们的忘我精神与工作热情，还有极高的工作效率。而展览筹备办公室这边也逐步了解了大禧的能力，对他的满意度颇高，大禧也十分开心，每天去“上班”都是信心满满。

在广州市劳动安全
卫生展馆前合照

几个月过去，这个浸透大禧与同事们心血的“广州市劳动安全卫生展览会”如期开幕，并得到各界的好评。此时临近春节，大禧就坐火车回香港与家人团聚。临上火车前，大禧用自己挣到的第一笔工资买了五六只腊鸭，畅想着回香港跟家人过年该是多么开心！

走在香港光彩繁华的街道，大禧却怀念在广州的日子——那里虽不如香港物质丰富，但内心却十分充实。

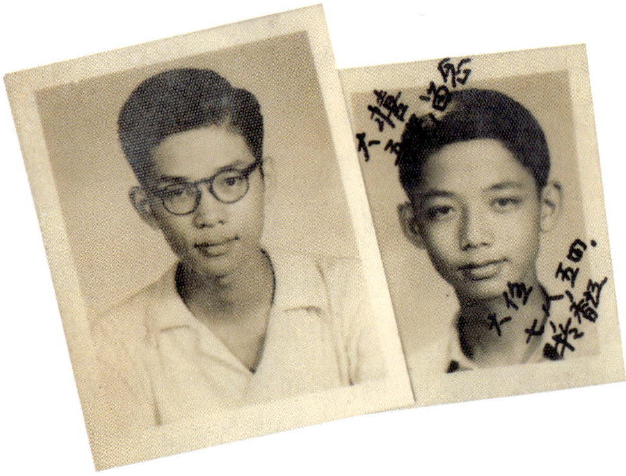

唐大禧和弟弟唐大任

四五个月不见，祖母与亲人们对他自然十分惦念，知道大禧喜欢读书的父亲这时希望大禧留下来，去读当时香港著名左派的私立华文学校“汉华中学”。

可是，春节后新学期伊始，父亲迟迟不提大禧上学的事，大禧心中一沉，“读书一事又要泡汤了”，正在此时，大禧接到了钱峰的来信。

大禧在岭南文物宫的出色表现，传到钱峰的耳朵里，大家都称赞钱峰介绍了一个十分难得的优秀人才，再加上广州各式各样的专题展览不断，钱峰就写信给大禧，盼他再回广州工作。

祖母与弟弟唐大任

大禧没有半点犹豫，踏着春天温暖的脚步，打点了行装就去尖沙咀火车站买了到广州的火车票。这次是祖母与弟弟大任来送他，由于大禧已告诉他们自己在广州的情况，知道他找到了自己的理想，家里人也放心些了。临别时，祖母一再叮嘱大禧有空就回香港团聚，大禧也不住地点头。

就在大禧这次到广州不久，深圳海关封关了。两地不能再自由进出，内地人赴港必须去公安局申请通行证，手续十分烦琐。回到广州的大禧怎么也没有想到，后来他会烧了香港的身份证，等他再次回到香港，已是二十多年后。大禧与香港的家人联系极少，与香港的亲朋好友也逐渐失去联络，包括给他寄过3个月生活费，一直鼓励他的知己王丽平也是在这几年中失去了联系。

人生如梦。之后香港于他，似乎是一场曾经美丽的、少年的梦，美丽出于少年青春的萌发，那么朦胧，又那么短暂。那里还有他情窦初开的暗恋：初一读仿林中学，有一位皮肤白皙红润十分美丽的女生从上海转学而来，座位就分配到他旁边。他对她的仰慕，那种朝思暮想，那种悄悄远远跟着她放学想知道她住在哪里的感觉，还有，偶尔手边碰一碰的怦然心动……

一切一切，都随风而去了。

1953年夏17岁的大禧到广州，可以说是一个大转折，践行了他一生追求理想的人生轨迹，也圆了他的艺术梦。但是转折，往往是始料不及的，很多东西没有顾及，也就多了许多遗憾，但是，又有哪一个人的人生是早就预计好了的呢？

每个人的人生都会有遗憾，正因如此，才会追忆似水年华，而那曾经的痛苦，也变成了丝丝五味杂陈的回味。而偶尔翻起一些纪念物，几幅老照片，又会想起逝去的亲人，远去的老友，也难免有些许的不舍与失落。

从大禧到广州圆梦的那一刻开始，他一分都没有怠慢，一刻也没有荒废，他把青春献给心爱的艺术，他的人生从此与艺术结合在一起。他的艺术，也紧贴着中国近代发展史的时代脉搏，创作出许许多多富有时代特征的骄人之作，这是他的幸运，也是中国美术史的幸运。

岭南文物宫
讲解员合照

唐大禧是一位大时代的幸运儿："天将降大任于斯人也，必先苦其心志，劳其筋骨，饿其体肤，空乏其身，行拂乱其所为，所以动心忍性，曾益其所不能……"大禧生于危难，长于战乱，既缺少家庭温暖，又不能安心读书，好在上天赐予了他充溢的灵性及深刻的领悟力与敏锐的洞察力，各种苦难与历练又成为他艺术人生的滋养，更使他能敏感地找到未来发展的方向，而日后这种敏锐会使他的作品去伪存真，使他成为时代的弄潮儿。

大禧从汕头去香港，又从香港到广州，这是历史的选择，日后大禧说起这个选择时，说："我无怨无悔！"

第二次来到广州，正是木棉花开的时节；春回大地，万物复苏。

因为他几个月前在岭南文物宫的工作经历，对适应内地生活，在广州长期工作有了信心，所以大禧要敬枢带他去找地方租房子，终于在中山五路找到一处较为合适的居所。因为地方不小，于是他找了几个月前一起办展览的其中一位同事合租。

当大禧安顿下来后，他便去劳动局找钱峰报到了。钱峰高兴地说："我盼星星，盼月亮，终于把你盼回来了！"大禧望着他只是开心地笑。

"哎呀！你可不知道，岭南文物宫的宣展科盯上你啦！老要我催你回来……"

被人夸奖与重视总是件赏心的事，大禧继续乐滋滋地听他说。

"你明天就到宣展科上班，今年公私合营，手工业社会主义改造，发行公债，宣传新宪法，还有公安展览……忙都忙不过来！现在国营单位编制紧，你先过去干着，我这边给你留意，一有编制我就告诉你！"

第二天，唐大禧就去岭南文物宫宣展科正式上班了。说是上班，却是"临时

岭南文物宫讲解员合照

工”，而且“临时”了五年。

之前的“广州市劳动安全卫生展”已让宣展科的人知道了大禧的能力。大禧不善言语，也不好交际，是个真正的实干家，有能力，却又从不计较，年纪轻轻的反倒像一头老黄牛，一天到晚吃的是草，挤出来的却是热乎乎、香喷喷的牛奶。

哪个单位不喜欢用这号人呢？

话说回来，青年唐大禧虽是好用，但这个从资本主义花花世界主动回到内地工作的人，无论是外表还是骨子里流露出的气质总显得有点与众不同。那是阶级斗争绷在弦上的年代，防敌特，防渗透好像是日常工作。岭南文物宫的领导经常安排女共青团员蔡丽贞与唐大禧一起协同工作。二十出头的丽贞，西关大户人家出身，读书时受左派影响参加了学联，思想进步，学习聪明，在宣展科无论装饰设计、写美术字，还是布展业务都很拿手。她与大禧的分工是大禧负责画画，她负责写美术字，二人配合十分默契。丽贞不仅业务精湛，政治觉悟也很高。她是共青团员，每周都要参加政治学习，工作中便时常向大禧传达最新的党政方针和社会精神。对青年唐大禧更具感召力的是从丽贞身上不自觉流露出的对党和国家的无限忠诚和无限热爱，以及由此生发出的对工作一丝不苟、力求完美的做事态度。唐大禧回忆说，蔡丽贞对青年时期的他在性格磨炼、意志品质的锻造上起到了非常积极的作用。那时，展览任务多，人手少，加班加点是常事，布展人员的吃住基本在场馆里。“轻伤不下火线”是那时的职业精神，大禧试过有一次连续三天三夜通宵达旦地苦战，最后画到体力不支、呕吐晕厥。但心中仍牵挂着能否如期完工，展览能否顺利举行。那时培养起的责任感、使命感和担当感一直延续到唐大禧后来的整个职业生涯，成为他生命的底色。

18岁的大禧在团队中以“能吃苦、能坚持、业务强”著称。虽然是“临时工”身份，但这五年的“临时工”经历被大禧称为“我的大学”。日后他这样评价自己的成长之路：

我的“大学时光”是在广州文化公园宣展科度过的，我的“研究生时光”是在广州雕塑工作室度过的；是我不具学历、没有文凭的大学之路。

说是“广州文化公园宣展科”，是因为不久，为适应社会发展的需求，“岭南文物宫”更名为“广州文化公园”，这个名字一直沿用至今，原来的名字则没多少人知道了。据统计，几十年下来，广州文化公园办过的各类展览达两千多个，留存下广州市民文化生活的诸多记忆。

正是这一个接一个的展览，给了大禧练兵的好机会。几乎每个展览都要配画或者插图，或者连环画，至少也要画幅大的招贴海报，既有线描，也有色彩；写书法，写各式各样的美术字……总之，林林总总，包罗万象，都要求在极短的时间里拿出来。如何用最短的时间、最少的篇幅、最精练与最具代表性的形象概括要表达的内容，又要有吸引力、感染力？这些问题每天都萦绕在大禧的心头。此时，香港公信美术专科学校打下的造型与色彩基础，曾经做过雕塑，给报社投稿以字组形，还有香港街头的橱窗设计带来的启发……甚至可口可乐等海报招贴画这些经历的影响都派上了用场。

最关键的，是大禧善于找规律。

他认为最生动、最关键的莫过于对人的表现，而表现人离不开人体骨骼、肌肉的解剖，他不断研究人体骨骼，手边一本《人体解剖学》被他研究通了，万变不离其宗——从此，他就可以随手画出人的任何势态，且动态生动，结构准确，即使人物穿着衣服，衣纹也都是贴着结构，不会空洞。换个角度来说，就是研究掌握基本规律后，举一反三、学以致用。他的画多为默写——因为一切都已了然于心，所以他笔下的形象生动，动态自然而富于美感。所以大禧会说："这是我的大学。"

难怪另一位中国当时已然成功的雕塑大家潘鹤来看展览时，会惊奇地打听：这些画，是谁画的？

大禧获得越来越多的掌声，越来越受到同行们的重视与青睐，包括美院科班出身的画家，也包括当时的省美协主席、从香港回归广州的著名画家黄新波。

这样的生活，大禧一过就是几年。

唐大禧这块金子，开始发光了。

锃亮这金子的，是火红的年代。

这个社会正面临一个大变革，无论是体制还是心灵。那时候的运动可是一个接一

1953年唐大禧（右）在文化公园与同事合影

更名后的广州文化公园

个，那是彻底的大革命荡涤旧世界的污泥浊水，直至人灵魂的深处，表现在形式上是不断更新的标语和板报。城市、乡村满是政治宣传的高音喇叭，后来还加上小喇叭，拉线进入各家各户，叫“有线广播”。

四处红旗招展，猎猎飘扬，时时都有游行。

广州当时的游行路线往往是市中心与最热闹的路段，那时段所有车辆都会停行。游行通常由西门口出发，沿中山五路、中山四路转入当时的市中心北京路，一直走到北京南路天字码头才结束。此时的大禧已住在北京路一个临街的小单间，这是广州文化局分给他的宿舍，在“广州人民美术社”[①]的二楼。他的小单间连着小阳台，正是观看游行的极佳位置。

从香港过来的大禧就生活在这激情燃烧的年代里，他的生命，他的青春合着激越的节拍在燃烧。

给青年大禧艺术养分的，还有这几年间来华展出的俄罗斯与欧洲油画原作。1955年，规模巨大的“苏联造型艺术美展”来中国大城市巡回展览，此时俄罗斯巡回画派等社会现实主义文艺理论已经在中国盛行，这种艺术为政治服务的主题性创作的审美样式简称“苏派”，在之后的几十年里，深深影响了中国美术，也影响了大禧。

那时候新华书店已难觅西方各艺术流派的画集，什么西方古典主义、印象主义、后印象派到立体派等都不见踪影，当代艺术更被视作西方颓废生活方式的表达而斥之如洪水猛兽。唯一主流的就是社会主义文艺创作为工农兵服务的方针，它以毛泽东在延安文艺座谈会上的讲话为主线，贯穿所有的艺术活动。

苏派美术以列宾、苏里柯夫、列维坦等为代表，雕塑家则有穆希娜、马尼泽尔等，他们追求崇高、纪念碑式的作品，艺术家都要深入生活，作品要表现劳动人民的生活与苦难，歌颂光明。大禧把他们的作品背得滚瓜烂熟，同时，也对当时苏联《星火》杂志里面的插图颇有钻研，书店、图书馆等都是大禧休息日必光顾的地方。

1954年至1955年间，广州文化公园也展览过一些东欧社会主义国家如罗马尼亚、捷克斯洛伐克等国的民间艺术，其中一个外国木偶展览给大禧的印象最深，因为他还是其中一个操作员，负责老虎木偶表演。这只木偶的关节结构自然生动，设计科学，表演起来栩栩如生，甚得好评。相对本地木偶的呆板僵硬，只会眨眨眼、张张嘴，这些小技巧真是先进得很，研究欧洲木偶里面的结构与组成也

① 广州雕塑院前身。

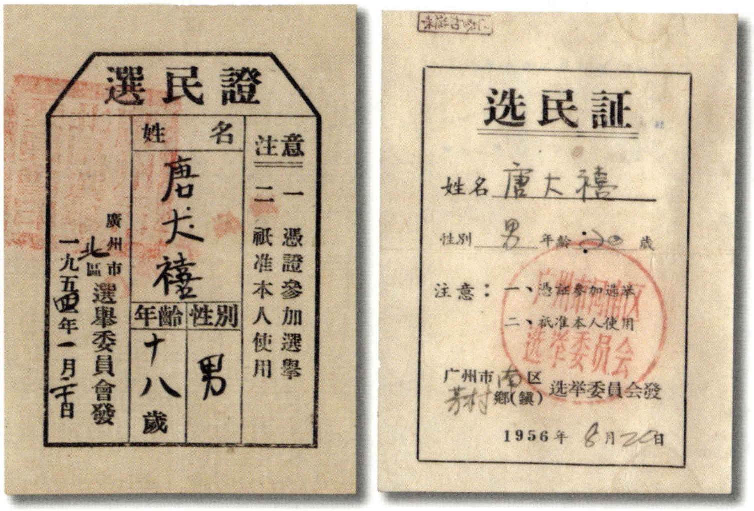
選民證
姓名 唐大禧
年齡 十八歲
性別 男
注意 一 憑證參加選舉 二 祇准本人使用
廣州市北區選舉委員會發
一九五四年一月[illegible]日

选民証
姓名 唐大禧
性别 男 年龄 20 岁
注意：一、凭证参加选举 二、祇准本人使用
广州市南区芳村乡(镇)选举委员会發
1956年8月20日

唐大禧定居广州时期的选民证照

给了大禧很多启发。当时文化局的领导看到大禧的艺术创作天分，想调他去木偶剧团工作，但被大禧谢绝了。

1956年广东省青年美展征稿，唐大禧知道后，开始构思自己的参展作品。这是大禧第一次参加内地的美展，因为广东省青年美展在岭南文物宫举办，宣展科的画家们都特别重视，希望能一展实力。

这两年大禧在广州文化公园宣展科将素描、线描、油画、水墨、水彩等画种都尝试过了，大量的创作为他打下了较坚实的造型基础，于是，大禧对自己的造型能力有了充分的自信。由此以造型为首要的雕塑，就成为他选择的艺术创作方向了。那雕什么题材与人物好呢？

20岁的大禧受人生阅历所限，没有太多的生活素材，他努力搜寻记忆库中的影像。20世纪50年代的中国内地，人民解放军的形象因作家魏巍的一篇报告文学而更加深入人心，被称为“最可爱的人”。大禧在日常的美术工作中也经常接触到军人题材，他希望能在自己相对熟悉的素材范围内选择并有所创新。这样一想，他脑海中一下浮现出三年前在深圳海关检查行李的那位皮肤黝黑、身材健硕、严肃认真的解放军小战士。那是大禧第一次近距离看到全副武装的解放军，由于检查过程曲折烦琐，时间较长，他对那位小战士的表情动作至今记忆犹新。“嗯，就以小战士为原型做个解放军！”灵感袭来，大禧茅塞顿开。“但是，我又觉得不能死板地只做一个解放军的塑像，要让作品有看头，要赋予作品一定的内容特色和艺术特色。”大禧在香港的美术学习期间，接触过“联想”的概念，其实他的这种想法也很符合中国画论中的“迁想妙得”，“迁想”指的既是由此一物象联想到另一物象，更是画家将自己独有的思想感情“迁移”入对象之中，

1956年创作的
《追踪》

与对象融合。在“迁想”达到主客观统一的基础上，才能“妙得”出对象的神韵气质，在作品里表现出独创性和典型性。“迁想妙得”是典型的形象思维方法，实质上就是艺术创作的“悟性”问题，与艺术家的学养紧密相连，学养越高，觉悟点越多，越丰富，越容易开悟迁想而有所妙得。但是没有受过学院派美术教育的唐大禧那时根本不懂这些理论，他的“迁想妙得”完全是自发的，是天性和天赋的本能释放。

唐大禧的第一件参展作品由此诞生。雨衣，钢盔，正在放哨的战士，贴着雨衣的是层层树叶，让人联想此时他正冒雨潜伏在草丛，这件作品更着重面部五官的刻画——他好像已经发现异常的目标，屏住呼吸，侧目而视，紧紧地盯住前方的可疑处。作品不大，却充满张力，仿佛有种一触即发的爆发力……大禧为这件作品起名《追踪》。

宣展科画家们的“头儿”是李骞，这位老资格的鲁迅艺术学院出来的实力派画家是大禧的第一个伯乐，当劳动局的钱峰向他介绍大禧时，是他坚持要收留大禧的。恰好此时又有一位重量

1956年《追踪》在广州展出

级的画家刘汉从部队转业，他与李骞是好朋友，经常来往，便与大禧认识成为好友。李骞、刘汉两位重量级画家合作了一幅油画《挑战》参展，获得了这次青年美展的"一等奖"。

两位老大哥很重视他们心目中的"才子"唐大禧的处女作，不仅为大禧出谋划策，见他没有地方做雕塑，刘汉让出了在芳村的房子，李骞则努力给大禧从繁忙的工作中安排出时间以用来创作。大禧终不负众望，以二十天的时间一鸣惊人，完成了这件让他日后走上专业美术创作之路的作品。

1956年广东省青年美展开幕，大禧的雕塑作品《追踪》展出，引起的关注出乎意料。作品首先便得到雕塑大师潘鹤的高度关注，之前他已知道唐大禧这么个能人，这次再看他的作品果真不一般。当时潘鹤已在省美协工作，也参加了青年美展的评选，对整个美展的工作比较了解。在画展临结束的时候，他给大禧回了封热情的信：

唐大禧同志：

你的信已收到，预祝你考试成功。你参加青展的作品现已评定为二等奖，将发给你小小奖金，我希望你继续努力，把成绩巩固并跨前一步。在《追踪》来说，虽然是你第一件作品，但确实显露出你在这方面的才能，构图新鲜明晰，并能概括了全面的动态。在形象刻画来说，亦显露出你在人物心理方面探索的努力，并取得一定的表现能力。同时最宝贵的就是你对立体有着敏感的能力。这一点是雕塑特有的技巧，往往一般初搞雕塑的人，都缺乏这方面的理解。因此我也预期你在雕塑上有长足的发展。

但艺术这一门事业很奇怪的，很多人在童年或少年时代显示了才能后便一直停留不前，这也许是缺乏毅力或社会所做成。因此，希望你坚持下去，在今天的社会是定能获得顺利的发展。

并请告诉刘汉、李骞同志，他们合作的《挑战》现已评为一等奖，不日送京参加全国展。这次一等奖共四幅，二等奖共八幅，三等奖共十四幅，优秀奖四十多幅，入选送京的约二百多幅，并准备编一画选。

好了，时间不多，你们回市时，请常到这里坐。

此致

敬礼

潘鹤

七月四日

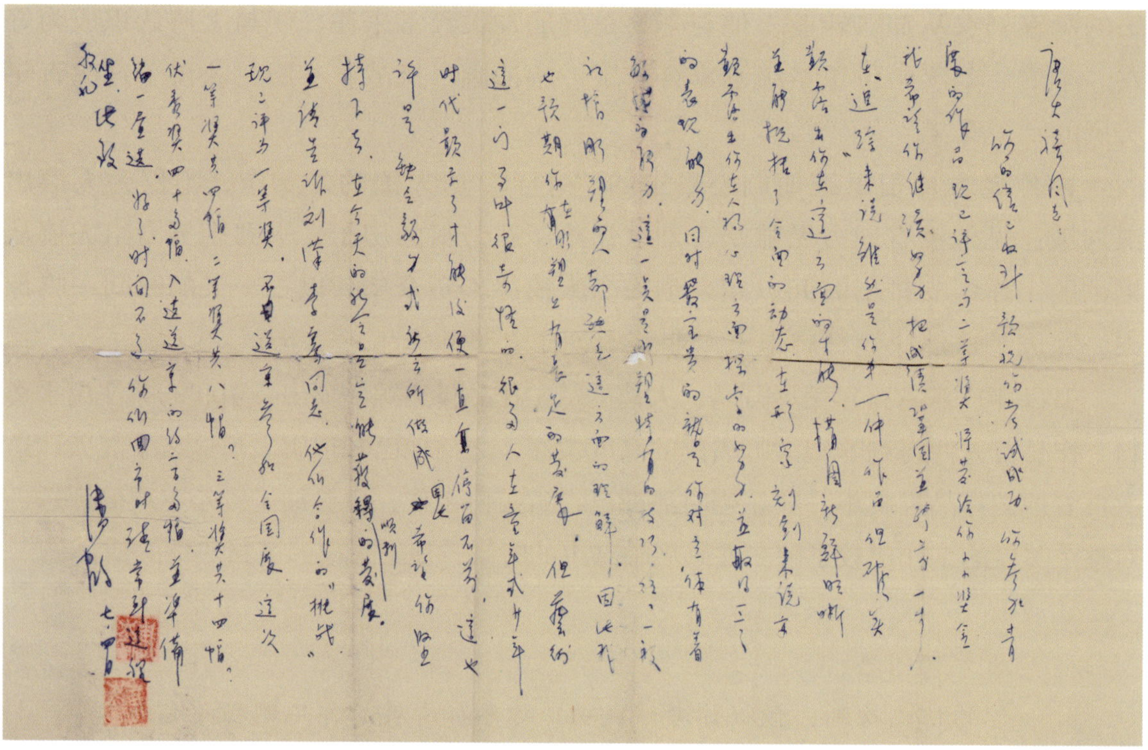

1956年潘鹤的回信

不久，大禧的《追踪》参加了在北京举行的全国青年美展，初试啼声的大禧由此引起全国同行的关注。

这一年，大禧20岁。

1957年，唐大禧再接再厉，他创作的大幅素描《我们在这里播种》入选“华南美术作品展”并到广东汕头市等地巡展，同年他应邀创作油画《虎门销烟》在岭南文物宫展出，之后被虎门销烟纪念馆收藏。

这年，经潘鹤介绍，大禧加入了省美协。潘鹤成了大禧的老师，潘鹤的雕塑作品在此时已经渐渐走上了高峰，1956年他创作的《艰苦岁月》引起全国轰动并被中国美术馆收藏，这件经典之作成为中小学义务教育教科书《美术》收录的作品之一。

潘鹤当时是受解放军原总政治部委托，为建军30周年美术展而创作的，想表现第四野战军解放海南的情景。潘鹤舍弃了浅白地表现战争胜利场面的思路，决定以艰苦中坚持的场面来表现。结果草稿因为“没有表现革命高潮和胜利”被否决了。不服输的潘鹤坚持了自己的思路，最终形成了一个老战士和小战士的形象构思：在艰苦岁月里，老战士吹奏起悠扬的笛子，嘴角微溢着笑意，小战士托腮倾听，憧憬着未来美好的生活——积极乐观的精神，深深地感染了所有观看的人。

潘鹤的成功，在一定程度上影响了大禧今后在雕塑道路上的跋涉与探索。潘鹤在当时艺坛可算是响当当的领军人物，他的雕塑手法很接近法国近代雕塑大师罗丹的“泥性”，也有点像中国画的写意画法，影响力较强。潘鹤的学养与造型，也成了大禧崇尚的人物，他常向这位年轻的省美协领导人兼老师级的人物请教。

同样被大禧称为老师级的人物还有前面提到的国画家刘汉，刘汉作为军队转业到文化公园的著名画家也是造型艺术的能手，他最擅长默写，很多形象储存于心，创作起来也就得心应手。他创作的连环画《红旗谱》日后风靡全国。

自《追踪》开始，大禧还被当时广东美术界的领军人物黄新波关注，美术圈的很多人亲切地称黄新波为“波叔”。

“波叔为人风趣，地下党走过来，也在香港待过，特别关心爱护新生力量，敏锐发现崭露头角的青年。他的版画多为象征主义，受德国版画大师肯特的影响，中华人民共和国成立初期曾想为了适应新社会，改良写实主义风格，但未获成功，反显呆滞。他发现我不随便称许他的东西，于是找我谈话，说我知道你不喜欢我的东西，不要紧，我以后再改回去。果真，后来他便创作了一批《年青人》之类的作品。他为人就是直率、没架子，他对我却有大爱！”

这是大禧回想波叔时所说，说时，眼里满是真挚的感恩之情。

1980年黄新波去世，在追悼大会上，有位推崇大禧雕塑的同辈向大家提议由大禧为黄新波主席翻制面谱，被大家所接纳。从未做过面谱的大禧当时有点顾虑，但由于敬重黄新波，他毅然接受了，他带着工具和刘仁毅赶到殡仪馆火葬炉口，把黄新波主席的脸谱用石膏模翻下来。后来，新波太太临终前还曾写信给大禧提及此事，表示感激之意。

大禧忆及在宣展科那几年，总是感慨那时的风气之好，人与人之间的纯朴、热诚。那时每天加班是常事，即使下班时间也会一起读读书，读读报，学习学习。大禧此时也看了不少苏联文学作品，如《钢铁是怎样炼成的》《共青城》《静静的顿河》等，还啃过俄罗斯文学家列夫·托尔斯泰、高尔基、契诃夫的大部头名著，还爱读普希金的抒情诗集……此外还有俄罗斯巡回画派及列宾、苏里柯夫、列维坦等画作，这些来自辽阔苏俄大地的革命现实主义、浪漫主义文学和艺术作品对他影响深远。

这是大禧充满浪漫与热诚的青春时光，他每天过得很充实。由于深圳海关封关，他回香港需要申请并办理很多手续，他也好几年没有回去了，与家人都是通过书信往来了解各自的情形。20世纪50年代广州的生活还可以，但接近60年代开始供应不足，时有挨饿。人们将此理解成中国正在进行社会主义革命和建设的实验，理解国家的难处。

1956年算是中国的春天，特别是文艺的春天。4月毛泽东在中共中央扩大会议上阐述“十大关系”，政治经济较为宽松；5月，毛泽东进一步提出“百花齐放、百家争鸣”，大家可以各抒己见，社会主义热情空前高涨。由于环境宽松各抒己见，难免出现各种意见，再加上苏联出兵匈牙利平息社会主义阵营的“叛乱”事件，整个社会主义阵营向“左”转，中国也出现了1957年的“反右派”运动；接下来与苏联老大哥反目，我们大办人民公社把农民的土地收归国有，跑步进入共产主义——公社办食堂、“大跃进”，公社放“高产卫星”虚报产量，导致前后几年国家经济困难。

这个年代是精神战胜物质的时代，“人有多大胆，地有多高产”，强大的宣传需要艺术作品作为武器，并且鼓励充分发挥艺术的感染作用。这段时间，广州筹备成立广州雕塑工厂，批量生产毛主席小像与工农兵像。年轻的大禧才能受到省美协领导的重视。时任省美协主席的黄新波指派当时的省美协秘书长何克敌为他的培养专员，邀大禧参加省美协组织的下乡采风活动。

1958年，大禧第一次参加省美协组织到粤北山区的连南瑶乡采风。

那里还是刀耕火种的少数民族部落：一排排木屋建在深山里，一千多年前他们的祖先为了躲避官府的追逼一路走向大山的深处。大禧以前虽在乡村生活过，但这种山里的异族风情却深深打动了他，他在寻找他们生活中最不平常的一瞬间，希望将那闪光点通过艺术的手法凝成永恒。

大禧整天与他们在一起，劳动，担水，吃饭……

日常生活中有许多美丽生动的画面，但总感觉欠缺一点什么，还没有找到创作的最佳灵感。很多画家下乡采风，也只是简单地把当地的人物、风情等组合成画面，始终只是流于表面，或只是形式感的堆砌。

终于，等来了能触动大禧的机会。

农历六月初六是瑶族的“火把节”，也叫晒衣节，每年梅雨季结束，瑶族人会把箱底的衣物拿出来晾晒，瑶族对这个节的重视仅次于春节，这一天，村民们会在山上的梯田里插上无数的火把，夜幕降临后同时点燃，燃烧的火把在山坡上形成巨大的凤鸟吐火图案。妇孺老幼穿上节日盛装，早早等候在山顶坡上，一边嬉闹谈笑，一边等候天黑点燃火把。

快乐的时刻到了！

随着竹笛、芦笙吹响，还响起了欢快而有节奏的鼓声，瑶寨人穿着节日盛装，簇拥着族长首先点燃了中间最大的篝火，随后大家一拥而上点燃各自手中的火把。广场熙熙攘攘，一片欢腾，此时此刻，就在点火的一刹那，大禧的心也被点燃了——这不就是一个爆发点吗？

燃起的，是活力，是欢乐，是希冀，更是民族绵延不绝、生生不息的象征！

大禧顾不得看人们举着火把围火而舞，牵手而歌，赶紧把这个闪光点记下来。

他把燃火凝固为一对依偎着的男女青年，姑娘伸出火把接过小伙子递过来的火，期盼、喜悦地凝视着火把的燃起。火与姑娘的目光再与小伙子的目光三点贯通，连成一个欢快期盼的气场，吸引着观者的视线；燃烧着的火把打破了稳定的三角形结构，火光的升腾又有一种向上的力，使希望的生命之光得到升华。

作品完成，已近秋天了。

秋天是收获的季节，大禧把作品命名为《丰收之夜》，没有局限在火把节。好的作品，总是代表一种人类的共性，可以有多种解读。这一年大禧到连南瑶寨写生，画了多幅山寨风情和人物的油画、水彩画。

第二年，《丰收之夜》参加广东省美展，好评如潮。那时难得有反映少数民族题材的佳作，展览刚结束，该作品就被广东省民族事务委员会搬回去陈列在他们的入口处，也没问作者同不同意。作品被搬回去陈列，说明作品很受大家的喜爱，大禧第一次感到有被省级单位重视，所以他也很高兴，虽然自己只留下了一张照片。

1958年创作的
《丰收之夜》

不久成立广州雕塑工作室，中央美术学院雕塑系教师钱绍武一行来访，偶然看到这张照片，“作品不错啊！”遂与大禧倾谈起来，这一谈就是几十年，成为同道至交。这张照片被钱绍武带回北京交给《美术》杂志发表，顷刻广受全国同行赞誉。

以后，这件作品没了影踪，大禧自己保存的照片也不知去向，只剩当年《美术》杂志上发表的照片，令大禧能够不时重温流淌在生命中的感动。

1958年，广州文化公园宣展科筹备广东公安展览，大禧在这里结识了他几十年的挚友刘仁毅。刘仁毅那时是一个美术青年，高中毕业没考上大学在家画画，被临时抽到宣展科工作，同时也在创作一幅版画《游行队伍过来了》。画中的游行队伍正阔步前进，一个小孩拼命追赶，试图跑到最前面看看游行队伍的正面雄姿。画风气势磅礴，又充满动感与张力，大禧深受感染，他与刘仁毅一见如故，自此惺惺相惜。

几十年后，刘仁毅这样回忆：

“那时我在省公安展览筹备处（广东省公安展览筹备办公室）打零工，没几天，就被一个埋头工作，沉默寡言的青年人吸引了。他将画板立起来，是画石膏素描的架势，而其他人都是平放着的。再看画面，人物造型准确，姿势极有空间感，令我十分吃惊：这是何方神圣？这小子旁若无人，不时翻阅文金扬的《人体解剖学》。

画连环画也用得着这个？我心里嘀咕，却很受启发。

他就是唐大禧，我们年纪相仿，很快就认识了。我只是个美术爱好者，而他已经有雕塑作品问世，是省美协会员了。展览开放展出之日，我便回家去了，无所事事。过了几个月，大禧邀我到湖边新村的省美协工作室参观他的新作《丰收之夜》。我看见的泥塑是一对瑶族青年正在点燃火把，充满了喜悦与希望。当时大禧才22岁，但作品非常成熟，作者的才情与追求已经显露无遗。在以后数十年的艺术实践中，他的美学意识由始至终，一以贯之。无论顺境或逆境，他都顽强地、千方百计地为实现他的艺术理想而奋斗。”

这一年，大禧还与同在文化公园宣展科工作的范孝颐走到了一起。比大禧小三岁的小范热情奔放，而这恰是敏于行讷于言的大禧所短。也不知是否“取长补短”，不久，他们成了家并有了一个可爱的女儿——丹崖。

小丹崖乖巧、懂事，小宝贝对着父亲的粲然一笑，往往使辛劳一天的大禧颇感欣慰，尽洗疲惫。

1959年，筹备多时的广州雕塑工作室成立，隶属广州市美术公司。工作室主任是尹积昌。尹积昌（1923—1998）是著名雕塑家，国家一级美术师、中国美术

1959年，唐大禧与前妻范孝颐

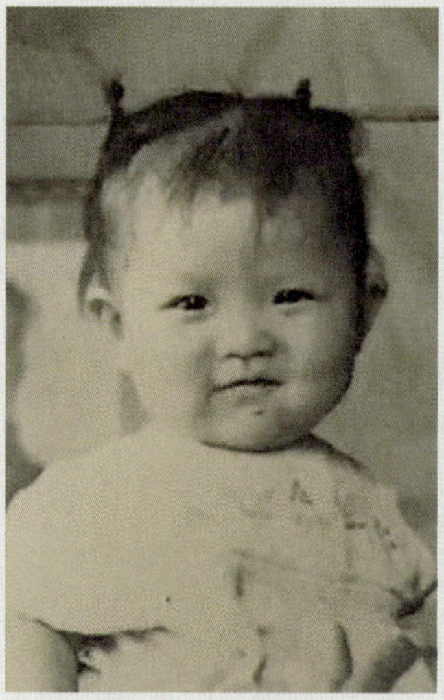

女儿唐丹崖

家协会会员。1956年负责筹组广州雕塑工作室，长期任该室主任，该室改名广州雕塑院后任艺术指导。尹积昌曾先后任全国城雕委艺术委员会委员、市美协副主席等职。著名雕塑作品有《五羊石像》《孙中山纪念像》《广州起义纪念碑》等。当时黄新波主席力推大禧进广州雕塑工作室，尹积昌也欣赏大禧的才华，于是为调大禧进广州雕塑工作室还与文化公园进行了一场“拉锯战”——文化公园不舍得放走大禧，并承诺马上给大禧转正，试图留住大禧，几经磋商，最后的解决方案是广州美术公司用两个能干的美工将文化公园的唐大禧换到了广州雕塑工作室。

几经周折，唐大禧终于如愿以偿，踏上了专业创作的艺术道路。

这一年，他23岁。

唐丹崖胸像

## 五　雕塑室岁月

唐大禧说过他的“大学时光”是在广州文化公园宣展科度过的、他的“研究生时光”是在广州雕塑工作室度过的。

如果说在“大学”是什么艺术门类都搞，算是打基础的话，那么，“研究生班”就是大禧专门对某种艺术语言与艺术样式的探索了。

1959年的秋天，唐大禧带着省美协给他开出的介绍信，踏着轻松的脚步来到了安静的越秀北路，找到了未有门牌的新建的广州雕塑工作室，这是广州古老城墙的一隅，十分清静，建筑物疏落，榕树茂密。大禧找到了著名雕塑家尹积昌主任，大禧在公共场合曾经见过他，但他总是匆匆忙忙地顾不及与人打招呼，这次见到，知大禧有事找他，便格外和气地招呼大禧坐下，大禧自我介绍之后，他开口说：“欢迎！这事黄新波主席已与我打了招呼，你的情况我都了解，我们这里是研究单位，正在招收有才能的人进来培养和工作，新波主席对人才非常重视，他已经了解你的情况并把你交给我进行考察和培养，我们这里的人是干部级别，你进来就是创

1993年唐大禧（右）与赵少昂（中）尹积昌（左）合照

1989年唐大禧与尹积昌合照

《耶稣》 1960年

1959年在广州雕塑工作室放大车间与同事合影

作干部的称谓，希望努力学习，有合适的工作我们就会安排你。”大禧道谢之后就告辞，心情无限愉快，择日上班。当时经国家批准雕塑工作室进口了一批外国雕塑图书，自此，大禧如鱼得水，上班时就在资料室阅读，利用这里的优越条件多看雕塑图书。

在广州雕塑工作室期间，面对众多的外国资料，最初感到无从下手，只是慌忙地翻阅，慢慢大禧感到应该从容地阅读，了解各国的雕塑情况，借助图书的中文简介认识各国雕塑家的名字，经过几个月的摸索大禧选定了一批比较喜欢的雕塑家，其中有罗马尼亚的马莎贝尔和南斯拉夫的奥古斯丁契奇等，尤其对马莎贝尔的风格最为喜爱，曾经把马莎贝尔的《耶稣受难像》用泥巴临摹下来作为人体美的典范，马莎贝尔的雕塑主要有人和马，他有很多马的佳作，把马的鬃毛梳成辫子，马尾打成髻，打扮得漂漂亮亮，大禧感觉奇怪的是人体和马有一种莫名的相通，大禧便想到有关人类赞美马的论述：马是人类的朋友，马能驮着人类到达远方，雕花的马鞍，艳丽的背毯，饰物叮当，尽显人们爱马之心。它奉献出全部，速度、耐力、爆发力。它体内野性熊熊燃烧，是古老神话的火花，英雄豪杰的骄傲，文明进程的筋骨。历史随着哒哒的马蹄声前进，即使今日，它仍令人心折于无畏之美，这就是马。

在人与马的研究中，大禧从国外引进了马的解剖研究成果，弄通了马的结构，特别是马蹄的结构，塑造马的形象也是大禧最新学到的学问，使得往后在有关马的创作中得心应手。

神骏图

跃马

秀马

镶入地下部份

立马

1959年在广州雕塑工作室放大车间（前排左起：朱光市长、尹积昌，后排左起：曾肇权、陈本宗、石泉安、彭天暖、廖加复、唐大禧）

1960年在马口英雄纪念碑前与广州雕塑工作室同事合影

初到雕塑工作室，大禧还参与了两件集体创作《向秀丽像》与《马口英雄纪念碑》。向秀丽是广州市何济公制药厂的职工，1959年1月她为了扑灭着火的车间奋不顾身献出了生命。而广东英德马口也是因为一场大火，在国家财产危在旦夕之际，一群英雄义无反顾冲入火海，最后13位英烈牺牲而浩气长存。这两个事件震动了广东，更震撼了全国人民，人们为他们崇高的品格与英勇行为所感动。广州雕塑工作室集体创作的这两件作品凝聚了集体主义精神，起了很好的激励与弘扬正气的作用。

据说广州雕塑工作室的成立与时任广州市市长朱光很有关系，朱市长很有文艺气质，以写诗见长。他很重视城市的文化建设，更重视一个城市的文化精英及文化人才的培养，那时候开始重视城市雕塑，朱市长认为祖国的南大门要有几件代表城市形象的城雕，于是他促成了广州雕塑工作室的成立。当时，尹积昌主任在中南美术专科学校招收了一批毕业生，组建了最早期的雕塑创作班子，在尹积昌主任的领导下陆续在中山纪念堂屹立起了《孙中山纪念像》，在越秀山建造了《五羊石像》，在海珠广场建立了《广州解放纪念碑》……这些成了广州具有标志性的景点，一座城市的文化建设与沉淀，让历史记住了市长朱光，记住了尹积昌主任及其雕塑创作队伍。

20世纪50年代初，广州美术方面最突出的就是电影广告画，从香港来到内地的大禧都啧啧称赞："那些电影广告画画得真好，在全国都是一流的！”承办这些广告画的京华广告公司就是广州美术公司的前身，陈启华、刘秉礼这两位老师傅是电影广告画的主要创作者，他们在当时的美术界被公认为是“高精尖”的传承人，“一个行业、一个地方，如果有一两个这样的业务高手，就会带动一批人，将这个行业推向一个高潮”。唐大禧深感在广州看到的那些精美的电影广告画对同时代的年轻美术工作者有着重要的启蒙作用。

当时还没有文化局这样的单位，全国也只有三个城市有雕塑工作室：北京、上海和广州。

之前，尹积昌在北京路找一个店面成立“广州人民美术社”，里面陈列很多石膏像。后来还有伍千里在中山路租了个店铺，打出广告：“五千元画一幅画”，其实，那时候五千元就是后来的五角钱，但在当时算是比较有名的。这种窘况在20世纪50年代中后期才逐步得到改善。

因为成立了广州雕塑工作室，再加上中南美专也从湖北搬迁到广州，改成了后来的广州美术学院，广州的美术环境慢慢向专业化、正规化靠拢了。

作为中国政治、经济与文化中心的北京是雕塑人才最集中的地方，尤其是中央美术学院雕塑系。那时的领军人物是刘开渠（1904—1993），他一直关注国内的雕塑动态。知道广州成立雕塑工作室，他自然很高兴，特别是看到上面有唐大禧的名字，因为他已看到这个年轻人的才华。在尹积昌去北京开会时，刘开渠特别叮嘱尹积昌，务必让大禧创作雕塑从学习古代雕塑史开始。所以大禧那几年先后去过龙门、云冈、麦积山、敦煌、大足等许多处艺术圣地，对古代佛教艺术做深入的考察。中国民族文化的积淀深厚，对古代雕塑及雕塑史的深入研究，使唐大禧在批判继承的艺术道路上，走出了深度和新意。

“中国古代雕琢大型的石窟，作品雍容大度，阔达雄浑，端庄俊美，大都是越百年的浩大工程，其文化意义不由分说。但就像万里长城那样，其悲剧命运也是凄惨的。工匠们世世代代在凿石中消磨着生命，就是这样成就了伟大的石雕。这些举国经年的创造从不曾留下雕塑家的名字。都成为集体的伟大创作。雕刻家的集体人格和集体牺牲精神，体现着我们民族的伟大精神。我们民族是个悲壮、凄美而深沉的载体，令人联想蹁跹。谓之‘厚德载物’矣……”

这是唐大禧考察回来后写的感悟。

广州雕塑工作室除了“走出去”，还有“请进来”。

前面提过的中央美术学院雕塑系的年轻教师钱绍武，1947年考入国立北平艺专，1951年毕业于中央美术学院后赴苏留学，1959年回国任中央美术学院雕塑系主任。他那时常来广州与雕塑工作室同行交流，也是他发现了唐大禧的《丰收之夜》并推荐给《美术》杂志发表。此后他一直关注大禧的创作之路，日后还为大禧写文章提出“唐大禧现象”，对大禧的艺术之路做了相当程度的总结与肯定。那时来访的中央美术学院教授还有广东籍的傅天仇等人，大禧总是不失时机地向他们请教。

1959年，中华人民共和国成立十周年。歌颂祖国，缅怀先烈，继承遗志成为文艺工作者创作的主线。湖北歌剧院以贺龙元帅的大姐贺英的革命经历为原型创作了大型歌剧《洪湖赤卫队》，不久还拍成电影广为传诵。这年，大禧也不约而同地创作了雕塑《赤卫队员》，后来又以女游击队长为造型，塑造了一个英姿飒爽、充满朝气的英雄女性形象《今日长缨在手》。1959年9月举办第一届全国运动会，体育健儿的身影也打动了大禧，随后，他创作了《水球队员》。

《水球队员》

《水球队员》是大禧首次创作人体雕塑，他打算做一个约两米高的人体，有了初步的构思后，大禧当即开始着手创作，其时参与人体创作的还有中南美专毕业的诸位同事。很快《水球队员》就在大禧的一双巧手下轻轻松松地做出来

唐大禧第一次创作人体习作雕塑《水球队员》

1963年创作的
《劳模蔡老二》

1963年创作的
《白衣战士》

了，可谓得心应手，反观其他同事的创作，有半途而废的，有些甚至连架子也没搭好就放弃了。

不知是否上帝的偏爱，赋予了大禧一双发现美的眼睛和一颗细腻敏锐的心。

日后，大禧回想起来《水球队员》这件作品，是这件作品使大禧顿悟，豁然开朗，是一种自我的觉醒，也是这件作品使大禧更加坚信自己拥有艺术的天赋。

当地体委的同志见到后，就选上了大禧创作的《水球队员》，翻成石膏后，放到了越秀山游泳场。

因为材质只是石膏，又在户外，风吹日晒雨淋，一年多后，《水球队员》塌了，十分可惜。

这段时间大禧参加下乡运动及到各行业体验生活，以劳动模范为原型创作了《劳模蔡老二》《白衣战士》，还有一《文》一《武》两个带象征性的雕塑，爱国工程师《詹天佑》石膏浮雕，还有表现农民丰收喜悦的群雕《祖国万岁》——这个群雕采用民族样式，同时也吸收苏联纪念碑雕塑的宏伟气派及苏联著名雕塑家穆希娜创作的《工农联盟》风格，以革命现实主义与浪漫主义

1962年创作的《文》

1962年创作的《武》

1963年创作的
《詹天佑》

相结合的手法创作，对场面式的城市雕塑创作做了一次很有意义的尝试。

大禧还把创作题材的目光投到海外，值得一提的是《南丁格尔》与《卡斯特罗》。

英国人南丁格尔是护士精神的代名词，她在大禧心中也是柔美动人的天使。

他塑造的《南丁格尔》一袭长裙，带着永恒的笑靥、端着药碗向我们走来，她的头略微左倾又微微向下，那温柔亲切的形象，犹如一束光，照亮了漫漫长夜。

《卡斯特罗》是大禧心目中英勇无畏的斗士。1962年，因苏联在古巴部署导弹而陷入危机，为支持古巴孤军奋战社会主义阵营掀起“要古巴不要美国佬”的热潮，似乎把抗争的希望都寄托在古巴的精神领袖、民族英雄卡斯特罗身上。

大禧塑造的《卡斯特罗》雕塑共有两件，一件没戴帽子，激昂、强健；另一件戴着贝雷帽，刚毅、内敛。

任何一个时代和民族都需要英雄的存在，他们的侠肝

1963年创作的
《祖国万岁》

1962年创作的
《卡斯特罗》

《卡斯特罗》（戴着贝雷帽）

义胆、浩然正气和奋不顾身构成一个民族向往正义、追求崇高的价值底座。

大禧曾给古巴驻广州领事馆写过一封信，表达愿意送一件《卡斯特罗》的雕塑作品以表敬意。领事馆曾打电话给他询问此事，问他捐赠的目的，电话之后便没有了下文。直至2020年7月的一天，已经84岁的大禧又接到古巴领事馆的电话，说他们愿意接受赠予，问大禧还愿不愿意赠送。领事馆解释说，十多年前，大禧的那封信领事馆一直保存着，只是卡斯特罗曾表示不要为他立像，防止个人崇拜的不正之风，所以，领事馆对大禧那封友好的来信不知如何回复。时间过了这么久，领事馆认为在一些外事场合可以适当出现卡斯特罗的标志，所以便再次致电大禧，希望还可以接受艺术家的好意。大禧虽然感到有些意外，但仍不失风度地表达了谅解，并延续之前的赠予意愿。这通电话后的第二天，古巴驻广州总领事丹尼思在下属的陪同下来到大禧的他山石屋，她赞叹艺术家的高超技术和对古巴的友好之情，双方进行了愉快的交谈，并带回了雕像。事后，大禧笑谈："如果领事馆再晚几年打电话来，就不一定找得到我了。"

2021年春节前夕，古巴驻广州总领事馆为唐大禧颁发了勋章，以表彰他期盼两国世代友好的殷切之心，以及为此做出的努力和贡献。

1964年创作的《南丁格尔》

# 六 欧阳海

创作完《卡斯特罗》后，大禧将目光转到中国人民解放军队伍中涌现出的无数英雄人物身上，欧阳海便是其中之一。

1963年11月18日，解放军某部炮兵班正绕着衡山行军，突然一声火车的汽笛声划破宁静，队伍里的军马受惊跌倒在铁路上。火车快逼近了，尽管在几十米外已经刹车，但由于火车速度较快，在巨大惯性的作用下继续往前冲。这时，炮兵班的班长欧阳海意识到必须将惊马即刻从铁轨上拉走，因为队伍里有迫击炮，如果呼啸而来的火车与军马相撞而出轨，就有可能与行军队伍押解的武器迫击炮发生碰撞，后果不堪设想。千钧一发之际，欧阳海一跃而上，奋力将驮马赶下铁轨。不幸的是，欧阳海被火车车轮拖了20多米远才停下来，战士们连忙跑上前去，呼喊“班长！班长！”，但欧阳海已经奄奄一息，他睁着眼睛努力地想说话，一句话也没说出来就牺牲了。随即赶来抢救的军医合上欧阳海的双眼，躯体被抬上救护车，战士们行军礼，含泪目送班长欧阳海永远地离去了。

1964年创作的《欧阳海》

崇尚英雄的大禧通过报纸和广播听到了欧阳海的故事，内心澎湃良久，充满创作激情。他亲自来到湖南衡阳欧阳海生前所在部队驻地体验生活。

几十年后，唐大禧回忆这件优秀作品的创作亲历：

《欧阳海》之一

获悉我前来的目的，营部为我腾出一点地方住下。连与营差不多靠在一起，和战士接触很方便。此后我便天天与战士在一起，与他们交谈，听他们讲述前班长欧阳海的故事，为他们画速写，工作便很快开展了。

1963年夏天到欧阳海生前所在的部队驻地体验生活

从仅有的一张照片中，看出欧阳海是一个相貌纯朴的农家子弟，不习惯照相，双唇松弛微张，而天生一对大眼和剑眉配着尖俏的脸，这却是他的俊俏所在。我决定先为欧阳海塑一座半身像，通过战士找点土木材料和黏土。只需几天工夫，一个艺术形式上的欧阳海，就在我和战士们的互相印证中产生。

“果然有两下子！”战士们向我投来钦佩的目光。

我需要为欧阳海的半身像拍一张照片，那时我们没有照相机，知道营部有一部坏的“海鸥”120双镜头反光机。相机借来之后，凭借手头现有的工具，我竟能胆大心细地拆修相机的快门，终于把照片拍下来。

我进一步的打算，是根据搜集到的各方面叙述，做一个能反映现场状况的雕塑构图。

我一直思考该如何将这个过程提炼到雕塑作品中。我做了好些构图，总觉得按照真实情况，做成欧阳海推马屁股的造型不好看，最后将欧阳海与驮马设计成三角形的构图，但干部和战士们看了都认为不对劲，他们直接的感受就是要求我还原生活真实，我却不愿意那样做。一时难以默契使我匆匆告辞。随后不久，铁路旁边的衡山峰上，有一座雕塑屹立，造型果然是推马屁股的。

我回到广州继续做构图，当时我还特意向潘鹤老师请教了生活真实与艺术作品之间的关系，他认为要超然，他对我说，设想几十年后，人们对事件已一无所知，而你的作品是否还能起作用，关键是艺术作品自身的艺术建构，即有没有具备与人沟通的因素，这才重要。

是的，我坚持了三角形的构图造型，经过了半年多的努力，终于完成了这件作品。

作品《欧阳海》入选了“庆祝中华人民共和国成立十五周年全国美展”，先后在全国几大城市巡回展出，在北京展出时摆设在中国美术馆中央大厅中心，观众反应热烈。消息传来，我知道这件作品成功了，相当欣慰。接着报刊刊登发表，也有评论说这件作品表现了中国人民开“顶风船”的气概。著名理论家王朝闻则把这一作品誉为“一团火”，我喜欢这个评价，它要烧热中国人民的心。再之后，金敬迈的小说《欧阳海之歌》在出版时也选了我的欧阳海雕塑作为封面，因为该小说在当年可以说风靡全中国，发行量非常大，所以我的欧阳海雕塑也随之进入到更广泛的群众视野，进一步提高了作品的认知度。

几个月之后，中国美术馆寄来了一份作品收藏通知书，说明将发给创作者收藏费三百元。

我太高兴了，曾经粗略盘算过三百元怎么用，我长期没有手表，首先是买一块进口的瑞士表，可不久，我被调到乡下“四清”工作队，埋在心中的“奢望”不敢再提，只是偶尔放假回单位还有打听过收藏费的事。

不久“文化大革命”开始，当我看到自己的名字高悬于单位的大字报，心里不禁一怔，脑际一阵空白。再细看下去，大字报中果然列举不少有关我的“白专道路”“名利思想”的表现，“打听收藏”“瑞士表”竟成为生动的例子。

继而，首都“红卫兵”到广州串联，一夜之间，广州街头贴满了大字报，指控小说《欧阳海之歌》封面的雕塑有很多的问题，从雕塑的凹凹凸凸的阴影中可以看出很多“牛鬼蛇神”，甚至还有“蒋介石”……对于这些小孩子水平的行为，我没有害怕，而只是一笑置之。

20世纪80年代初，单位把被扣的收藏费主动向我做了说明，说依照政策七扣八除，兑现给我的钱已所剩无几。我的儿子是“文化大革命”开始的那年出生的，此时他已经16岁了，喜欢踢足球，这钱够他买个足球也好。

1996年，广州兴建雕塑公园，雕塑《欧阳海》得以放大铸铜竖立其中，我完成放大工作在作品上署名时，算了一下，竟过了三十二年的时间。雕塑竖立后，游人观众不少，但知道欧阳海故事的人却不多，人群中偶有知道的人便会出来解释几句，都说得不太具体但精神却没有错。

我想历史就是这样演绎的。

创作这件成名作时，唐大禧28岁。

大禧有所感慨，想起从香港到内地这10年，回忆起与丽平分别时的赠言：“预祝你成为新中国的雕塑家。”“如今，我实现了，你可知道？”

这件作品的成功在于作者的艺术塑造，它不是如实、机械地照搬当时的情景。欧阳海推马屁股是真实，但是艺术上如何表现即将飞驰而至的列车？这需要通过人物造型引起观者的联想。

因为，没有联想就没有艺术。

尽管连长看了大禧的初稿很伤心：“跟你讲了这么多，你还那样做……”但大禧最终坚持了自己的艺术观点。

于是，唐大禧的《欧阳海》表现的是高于生活的一瞬间，英雄一只脚蹬着一边铁轨，身体倾尽全力扑向右后方，与驮着钢炮凌空跃起的烈马形成一个巨大的“人”字，英雄的眼仿佛喷出烈火，那是刚毅与无畏，高扬的手臂粗短而有力，仿佛挥手叫停即将呼啸而至的列车；此刻，你仿佛能听到列车的轰鸣，人马嘶叫，英雄的呼喊，这凝固了的、千钧一发的瞬间，是如此具有动人心魄的震撼力！

难怪当时全国最著名的文艺评论家王朝闻曾发表文章，对大禧这件作品给予很高的评价：

《欧阳海》之二

### 一团火——介绍雕塑《共产主义战士欧阳海》

当代英雄欧阳海，人称“一团火”。这不是说他的脾气火爆（暴），一点就着；而是说他那革命的感情，像烈火一般炽热。平时练兵时是这样，担负艰巨的工程任务时是这样，临到生与死的考验时，仍然是这样。这种越烧越旺的热情，是英雄成长的标志，也是照耀着人们前进道路的火炬。这种热情鼓舞着人们的革命斗志，成为人们为革命事业献身的推动力量。

在这英雄辈出的社会主义时代，革命群众不仅要求革命文艺及时地把各个战线上的新英雄人物再现出来，而且就是同一个英雄人物，随着革

1963年创作的《欧阳海》胸像

1981年与王朝闻
先生交谈中

命实践的前进，随着人们对同一英雄人物的认识的深化，也要求一再通过各种艺术形式的新作品，反复接近他们，以表现和培养人民对无产阶级代表者的无限敬爱，对反动事物无限憎恨的思想感情。这就要求艺术在塑造同一英雄形象时，越来越深刻地反映出他那崇高的精神面貌。

雕塑新作《共产主义战士欧阳海》，没有重复其他艺术品既有的成就，它发挥了雕塑艺术的特长，创造性地表现了革命英雄“一团火”的精神面貌，同时也相应地表现了人民对英雄的敬爱，得（受）到了观众的欢迎。

猛一看，这件雕塑在形式上占压倒一切的优势，是人和马的冲突。再一看，观众的注意（力）不会终止在人和马的冲突上，而是被引进更为广阔的生活境界里。着重描写人和马的冲突，是为了表现英雄的崇高品质；这才是重点中的重点，核心里的核心，人和马的冲突不过是它的表现形式。这件作品为了尽可能形象地慨（概）括英雄伟大的精神面貌，尽可能让观众仿佛亲身经验（历）着欧阳海当时的内心活动，所以，要尽可能让观众仿佛看见没有直接出现、却是英雄此刻严重关心的事物——劈头盖顶而来的火车。作品在描写英雄尽力推战马的同时，那高扬的左臂，烈火一般的眼色，仿佛正在高喊“站住”的神气的描写，不仅可能使人想象出英雄面对着的火车，而且可能使人深切感受到英雄在千钧一发的顷刻，那种一心要制止、实际上很难避免的翻车惨祸即将发生时的焦急心情和最后的希望。正因为这样，欧阳海那种不怕自我牺牲的坚强意志，誓死保卫人民生命和国家财产的火一般的热情，共产主义的理想所培养起来的崇高品质，就更易为观众所体会。

金敬迈小说《欧阳海之歌》封面选用唐大禧雕塑作品《欧阳海》

雕塑家为了歌颂英雄的“语言”更生动，更丰富，更有感人的力量，达到用英雄的品质来教育群众的政治目的，没有按照事实本来的样子机械地模仿人和马的冲突，而是在真实反映现实的基础上，依靠想象，按照现实可能有的样子，进行了合理的虚构。在事实上，当欧阳海要在几秒钟内把不听话的战马推出轨道，迅速消除翻车的客观条件，他是不是会在这燃眉的顷刻分心，注视和制止已经逼近而且不可能停止的火车的前进呢？在第三者看来，这种心里（理）和行动对于避免翻车的目的有什么实际作用呢？但是在雕塑上，正是为了真实表现英雄毫不利己、专门利人的高贵品质，也就是为了更具体、更细致地表现出英雄唯恐翻车惨祸发生，希望它能避免的心情，那就不仅要求有形的人物和无形的环境的联系得到动人的再现，而且要求对人物行动的再现更概括也更深入，突破雕塑记录一个瞬间现象的局限性，从而综合地再现出两个瞬间所出现的现象。为了突出表现由英雄高度的革命责任感所引起的情绪状态，雕塑作者没有模糊艺术形象和创作素材之间的区别，形象没有机械地模仿事实，而进行了合理而自然的虚构，这完全是可以容许的。就特定主题而论，这完全是必要的。

虽然这件雕塑不是描写欧阳海直接对（与）美帝国主义的斗争，虽然作品里没有直接出现什么阶级敌人，但是一般由特殊来体现，欧阳海的精神品质影响，在革命教育上是带有普通（遍）性的，因而这种作品对人们世界观的改造和新的革命实践，完全能够产生鼓舞和推动作用。这一作品使没有生命的粘（黏）土具有（被赋予了）英雄的生命，表现了“一团火”的革命气概，即使观众自己没有觉察到，作品已经在心灵上布下了革命的火种，这就适应了观众要求艺术塑造革命英雄形象的需要。而这种客观需要，不仅将促使这种反映革命现代题材的新作品不断出现，而且还会促使它的思想和艺术水平不断得到提高。

——节选自《美术》1965年第4期

# 七 人民的苹果

1964年，28岁的大禧一举成名。但刚完成《欧阳海》，他就被单位通知下放到农村搞“四清”。正值创作盛年的大禧，此时却被耗费在这些无谓的事务中了，致使他的创作生涯受到极大的影响。

1965年11月，上海《文汇报》发出由江青、张春桥策划，姚文元撰写的《评新编历史剧〈海瑞罢官〉》，点燃了无产阶级“文化大革命”的导火索。

接踵而至的是1966年5月16日，中共中央发出通知，号召炮打以刘少奇、邓小平为首的资产阶级司令部，席卷全国达十年之久的无产阶级“文化大革命”正式爆发。

中华大地开始了一场横扫一切牛鬼蛇神，荡涤一切资产阶级污泥浊水的大革命。

在广州文化系统的“大字报”中，大禧看到批判自己走“白专道路”，不合群、不与别人合作创作的“个人英雄主义”等罪状，连自己跟别人说过想拥有一只瑞士手表也被揭发成“有资本主义享乐思想”，也有人说他是从香港这个资本主义香风臭气里回来的人。

“文革”以正义的名义，给那时的人们创造了一个发泄羡慕嫉妒恨的出口。

而“文革”开始时的大禧同样感到孤独，而且彷徨。当时谁也不知道这将是一场怎样的革命，怎样的规模，会搞多久？

南国的冬夜，寒风凛冽，这里没有北方的供暖设备，所以冷起来令人无处可逃。

大禧怎么也睡不着。辗转反侧间，他想起了远在香港的家人，尤其是疼爱他的祖母……

算起来，自1954年春节来到广州，已8年没回过香港了，一来是忙于立足，忙于创作；二来也避嫌。毕竟当时的香港是自由港，且台湾等反对势力一直在活动，阶级斗争那根弦紧绷着，港澳过来的人士几乎都被认为是美蒋特务，不是刺探情报就是

1963年弟弟唐大任出国前全家留影

伺机破坏，一不留意会放个定时炸弹什么的。大禧想要是回香港探亲，又担心再回来时给自己的身份问题惹来麻烦。

唉，想想也就算了。

大禧与香港家人的联系，只有通过偶尔写封家书。他知道弟弟大任已从香港皇仁学校毕业，去了日本和美国继续读书，父亲仍在经商，不好也不坏，同父异母的弟妹都长大了。

这两年形势紧张，香港来信也少了。

他想起祖母，“嫲嫲”，年少时乡间小学塌顶时祖母哭喊着“大禧！”“大禧！”的声音尤在耳际……

大禧不禁又泪湿枕巾。他想起最近一次见祖母是在1958年，那时他还在文化公园工作，尽管还不是正式编制，但每月有固定工资——能够挣钱啦！他要把自小养育他的祖母从香港接来广州长住。

而此时大禧也有了女朋友，准备婚事。

更关键的，是大禧想报答祖母的养育之恩。

祖母在来信中听说她一直牵肠挂肚的大禧发展得不错，又有了女朋友，当然十分开心。她也想到广州看几年不见的大禧，也看看未来的孙媳妇儿，说不定还可以帮忙带带重孙子什么的。

于是回信说她还能走，不用来接，自己坐火车上广州好了。

大禧兴冲冲地去白云路广州火车东站接祖母，祖孙相见十分亲热，大禧扶祖母上了人力三轮车，放好行李便一道前往中山六路的住所。

遭受婚变的日子——在分居的这段时间里，女儿丹崖与儿子颂武每周都会到雕塑工作室宿舍看望大禧，大禧便引导他们学习画画

一路上，祖母细细端详大禧，不住地与他说香港家人的情况。

一路只顾着说话，三轮车很快就拐入了小巷。一个急转弯，三轮车转得比较急，车还没停稳，可能当时太激动了，大禧的一只脚就踏到地上，一下子，就摔倒了！

好在大禧还年轻，打了一个滚翻，就要站起来。大禧内心顿感不安，此时他再次听到了儿时祖母呼喊“大禧！大禧！！”那急促而凄厉的声音，恍如隔世，就像是那次乡间祠堂坍塌祖母呼喊的回响……“难道是一个不好的兆头吗？”

久别重逢的祖母就这样来了广州，又与日夜思念的孙儿大禧生活在一起，大禧也调入广州雕塑工作室。不巧的是，祖母的到来正赶上中国内地物资最为贫乏的几年。

祖母每天天未亮就到菜市场排队买肉，迟一点就会被排在前面的人买光，牛奶等营养品也难觅踪影，其他如布匹、日用品及轻工业品也十分缺乏。国家开始实行配给制——各家各户一本粮簿，每人的衣、食、住、行都有票证定量、限量，一个人多少肉多少菜、多少肥皂、毛巾等大大小小，什么都是凭票供应。

这可苦了香港过来的祖母。她甚至有些不理解，开始她还会想是暂时的困难，国家碰到什么难处了……但时间一长，到了1962年，祖母觉得要买菜没菜卖，要买肉没肉卖，实在在这里生活不下去。

渐渐地，老人家有了怨言，大禧感到祖母不适应广州的生活，不敢再挽留祖母，但自己又不能送她回香港，只得买张火车票，送祖母到白云路广州火车东站。临行前，祖母为大禧做了一件唐装的棉袄，祖母说：“广州的冬天比香港冷得多，要注意保暖。”

大禧望着祖母拿着小小行李，踉跄走进月台，步履蹒跚孤单的身影，不禁热泪满襟……

这匆匆的一别，竟成永别。

几十年过去，大禧得以在改革开放后重回香港，寻回故地，居然在原居住地附近见到了晚年照顾过祖母的惠秋姑姑。多年失去联系的惠秋姑姑紧紧拉着大禧的手，泪水也在不住地流。她向大禧诉说，祖母一直念叨着在广州的大禧，知道内地“文革”很乱，不知大禧是否受到冲击，弥留之际问起大禧是否曾经回来，他如果回来一定要叫醒她。

寂寞的冬季

1966年，30岁的大禧，的确是又惊又怕。这年夏天，照例是吵吵嚷嚷，乱七八糟，中山四路的广州市文化局正在开斗争大会，批斗老局长陈仲达。那是大禧第一次看斗人：平时斯斯文文颇有风度的老局长戴着报纸糊成的约80厘米的大尖帽，被推上了乒乓球桌，推搡之间高帽戴不稳，掉下台面，头两次还让他自己捡起来，后来就不让他捡，让他用头去地上顶那个高帽，重新戴上。会场哄笑；然后有人上去发言，带领在场的所有人高呼“打倒陈仲达！”的口号，场面鼎沸，老局长的人格受到极度践踏。大禧着着实实地吓着了——怎么能够这样斗人呢？！斗老局长的内容，其中有一条还是“你为什么保留马来西亚身份证？你是不是想变天？是不是还想潜回去？”然后就把他上升为叛国、投敌，一定要斗倒他、批臭他……

这里一边斗，大禧心里一边怕，不自觉地与自己联系起来：我的香港身份证可不是也留着吗？大禧的心已凉到脊梁骨。

中午回到家，大禧慌忙找出自己的香港身份证，一把火烧了。烧的时候看到自己身份证上的照片十分不舍，那是他十三四岁时候的样子，正从童年向少年阶段转变，原来的娃娃脸开始变长，鼻骨长高，脸颊出现俊朗的棱角。没有将这张珍贵的照片保存下来至今令大禧惋惜不已。他慌张地点燃了身份证，眼神中透露着不舍，但更多的是惊恐与不安。这燃烧的火苗仿佛一场迟来的成人礼，急速地蜕变着大禧的心灵，蜕变的过程异常痛苦，却又无处寻找安慰，更不敢声张。他感到香港

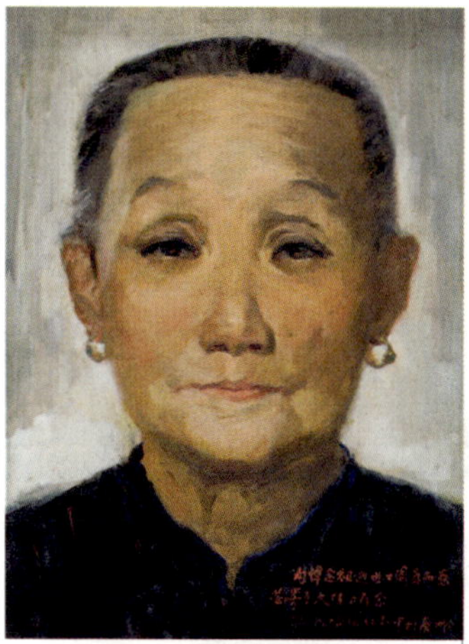

唐大禧用油画画的祖母肖像

的家再也回不去了，童年的美好再也回不去了，他过往的天真烂漫都已灰飞烟灭，烧毁香港身份证，是大禧的“青春葬礼”。

他烧掉身份证后的第3天，就听说老局长陈仲达在洗澡间上吊自杀了。老局长的离去，给大禧的心灵带来极大的震动。但最痛苦的，莫过于此时他接到父亲寥寥几个字的来信，说祖母已过世，大禧的心中本已凄风苦雨，听闻此消息，更觉雪上加霜，极度恐慌与悲痛的心情令他窒息。大禧只能在无人的深夜，遥望南方的星空，向天上的祖母送上深深的祭念……

之后，他给祖母做了一个雕塑，平时很少画油画的大禧还给祖母画了幅油画肖像，寄托他无比的思念之情。

在这个政治挂帅的年代，“大革命”时期的首个红色根据地——江西省的省委书记程世清提出在“八一”南昌起义发生地江西省南昌市筹建“毛泽东思想万岁馆”，以艺术的方式宣传毛泽东思想。在“万岁馆”前面的八一广场上，还要分别建两组大型群雕：《全国人民大团结》与《亚非拉人民大团结》。

这需要在全国范围内调集一批优秀的雕塑人才，里面当然少不了因《欧阳海》在全国闻名的唐大禧，并要求大禧担纲，领衔创作的还有广州美院来的雕塑系年轻老师梁明诚等。

大禧去南昌创作，当时还带着6岁的女儿阿丹，

《全国人民大团结》

住在当年南昌起义周总理住过的房子，睡在周总理睡过的大铁床，孩子心中感到无限的快乐。一来南昌点着名要他，二来大禧因为创作完《欧阳海》后，这几年不是“四清”就是“文革”，运动一个接着一个，白白荒废了几年十分宝贵的创作时间。尽管来人说南昌那边的创作条件很艰苦，也吓到一些原本想去的同事，但大禧还是义无反顾地踏上征途。

很快，大禧就创作出《亚非拉人民大团结》的群雕小稿并获得通过，为了风格吻合，《全国人民大团结》小稿也由大禧统一协调，然后开始放大，由大禧领衔制作。

一年多后，这两组气势恢宏的灰色群雕屹立在南昌八一广场，市民争相来这里与群雕摄影留念，成为一个时代的记忆。

可惜，谁也没有想到这两组群雕日后会消失得无影无踪。10年后，随着粉碎“四人帮”，随着那份彻底否定“文化大革命”的文件出台，一夜之间，清晨市民在广场看到的是一堆残垣断壁——它们已被炸药摧毁……

摧毁的不只是大禧与一众艺术家的心血，还有一个时代的印记。

“万岁馆”，终不可能万岁。

1968年年底，大禧完成了江西南昌“万岁馆”群雕回到离开了一年多的广州。随后，便被转到“敬建办”，参与到星火燎原馆（农民运动讲习所旁边）的筹建工作中。在敬建工作间隙，他又独立创作了作品《长征》，抽空画了国画《人民的苹果》。这两件作品算是他十年动荡中的意外收获。

在星火燎原馆的筹建中，大禧与同行共同创作了许多革命题材的雕塑展品，这也激发了他个人的创作欲望，他利用业余时间构思如何表现红军二万五千里长征，具体到过草地的情节。经过反复易稿，大禧把人物压缩到一老一少：刚毅沧桑、背着辎重扛着枪的老班长搀扶着年少体弱、拄着拐杖的小战士，尽管步

《亚非拉人民大团结》（局部）

《亚非拉人民大团结》（局部）

履蹒跚，眼里却充满理想与希望……

该雕塑命名为《长征》，作品着重刻画艰苦背景中人物丰富的内心世界，透出的是信念、信仰与精神。

“文革”期间，在四川有个叫《收租院》的中国现代大型泥塑群像，创作于1965年的四川省大邑县刘文彩庄园。它因阶级斗争需要而诞生。它根据现场虚构创作7组群像：交租、验租、风谷、过斗、算账、逼租、反抗；以情节连续形式展示出向地主交租的过程，共塑造一百多个真人大小的人物，应了形势之需，一出现就风靡全国。很快就复制了一组拿去北京展览，每天观众上万人。广州市文化局很快也派出包括唐大禧、林彬在内的学习小组赴北京中国美术馆学习，不久又在中国美术馆的安排下，广州学习小组赴兰考考察，准备以焦裕禄的事迹为题材做一组群雕，这是大禧第一次做泥塑，那些雕塑要求做得很真实，眼睛里还安上了玻璃珠，配上对白、音乐，就是那时的声、光、电效果了，这组群雕完成后在中国美术馆展出。

1972年创作的《长征》

完成北京的学习工作后，大禧一行回到广州，通过对焦裕禄事迹的创作与实践，他们已经掌握了传统民间艺术泥塑的制作方法，很快就复制出一套相似度极高的《收租院》群雕，在广州文化公园展览。那是1969年，每个单位的职工都要接受“阶级教育”，因此复制版的《收租院》在广州的认知度也非常高。只是这些配合形势的艺术创作，之后都没有保留下来。

为庆祝中华人民共和国成立22周年，广州决定于1971年10月1日，举办“第一次广东省美术、摄影展览”，由于大部分艺术家们都聚在一起，在为星火燎原馆、广交会创作主题作品，大家只能利用零碎时间，创作自己的参展作品。

1973年，北京将举办“全国中国画、连环画作品展”，这可是全国性的大展，艺术家们知道这个消息后都不约而同地构思与创作起来。恰在这时，大禧在报纸上看到一篇人民解放军路过苹果园，不吃一个苹果的报道。故事大概的内容是1948年10月，辽沈战役中的东北解放军集结在辽西锦州，此时正是苹果成熟时节，部队要求战士不准吃，哪怕是熟透掉到地上的苹果。尽管指战员又累又渴，但隐蔽在苹果园的战士们严守纪律，一个都没吃。毛泽东是在电报中得知此事。中华人民共和国成立后他多次说：“不是战士们都舍不得吃，而是因为那是人民的苹果，我们的部队才有希望。”

这就是大禧创作《人民的苹果》的故事背景。

原本从事雕塑创作的他，此时决定画一幅国画参展，就画毛主席说的“解放军不吃人民的苹果”的故事。尽管当时已有不少艺术家创作过这个题材，但大禧都觉得不够理想。

于是，大禧以他熟悉的雕塑造型入手，构思了一个可爱的小女孩在母亲的怀抱里递给解放军苹果的场景。画面中，解放军叔叔没有接苹果，但并不是生硬地拒绝，而是微笑着拍拍小女孩的后脑，带着扑面而来的生活气息，还有军民间深深的鱼水情——这三个人物与背景间留下相当多的虚白与距离，宛如一组生动的雕塑。

作品《人民的苹果》先后被中国美术馆和天津博物馆收藏，40多年后的2018年，“其命惟新——广东美术百年大展”在北京中国美术馆首展后回到广东美术馆展出，像失散了40多年的孩子又回到自己身边。在这幅《人民的苹果》前面，来了一位坐着轮椅的老奶奶，在展厅里寻到大禧，十分激动地拉着大禧说：“你还记得吗？当年你到广州市第一幼儿园写生，是我领着你去挑这个小姑娘的。”原来，当年唐大禧为创作画里那个给解放军送苹果的小女孩，曾专门到幼儿园找小女孩写生，老奶奶就是当年幼儿园接待大禧的老师。

唐大禧当年创作了这幅国画《人民的苹果》，一经展出就获得广泛好评，被多次出版和印刷成宣传画，广为传颂。

好的作品总有成功之处。

这幅画的主体是三个颇具雕塑感的人物形象：扛着轻机枪的年轻战士魁梧英俊、笑容可掬，怀抱小女孩的大嫂手挎着一篮大苹果，在大嫂怀里的小女孩热诚地用双手捧起苹果递交给面前的解放军战士。三个人物间呈现温馨的情感交流，具有强烈的感染力。大嫂身后是争奇斗艳熟透的苹果树与连绵不绝的苹果园，主

《人民的苹果》（国画）草稿

角解放军背后是钢铁洪流，里面由一组一组的人物构成，细节可圈可点：紧跟轻机枪是重机枪，由四个身强力壮的战士扛着，他们的视线都聚焦在前面战士摸着小女孩的头，更增加这一细节的力度；再后面是村里一个小八路打扮的小孩提着苹果篮，仰起头仿佛央求扶着他的战士收下哪怕一个苹果；旁边的老大爷与小孙子也送上苹果给行进的战士，战士递起的却是婉拒多谢的手势；右后方还有村里的姑娘拉着女兵亲切推让，还有是一组组给战士们递苹果的老百姓，一群小八路欢乐地奔向后面威武雄壮的滚滚铁流……

这是一支正义之师，我们仿佛听到铁马金戈，仿佛听到欢声笑语。

最让人费解的是惯于搞雕塑、捏泥巴的唐大禧是如何创作出这幅国画《人民的苹果》的？对水墨的运用，那笔法、那味道，如何能叫人相信，唐大禧的国画是自学的？

回想怎么会画起国画，大禧说那时与一大帮油画家、国画家天天混在一起，也经常看他们画画，看着看着，就明白其中的道道了——比如琢磨那具体的技法，穿土布衣服怎么表现，穿棉布又怎么表现。所以那个抱孩子的大嫂的衣服，那个土布的质感都表现得很充分，他用湿笔染墨之后，又用干笔来擦，从而表现出棉裤松松茸茸的，塞满棉花的感觉。

善于总结与琢磨，找到艺术规律的大禧，这年，他37岁。

1973年创作《人民的苹果》（国画）

# 八 群山欢笑与海的女儿

1971年中华人民共和国取代台湾的联合国席位，1972年美国总统尼克松打破二十多年对中国的封锁，首次访华，两个大国握手，随后中日邦交正常化，1973年“文革”中被打倒的“走资派”邓小平复出任国务院副总理，标志着国民经济开始整顿、建设，国家由乱转治。

1973年，大禧接连创作了两件重要作品：国画《人民的苹果》与雕塑《群山欢笑》，前者入选“全国中国画、连环画作品展”，后者入选“1974年全国美展”，在全国业界均得到广泛认可。

大禧的作品，有一种洞察力——他总能很快在纷繁复杂之中找到“关键词”，所以他许多作品是一个时代的概括与写照。在美学命题上，有一句著名的话叫“距离产生美”，说的是人们在欣赏自然美、艺术美等审美过程中，最好保持特定的、适当的距离，如时间距离、空间距离和心理距离。比如秦砖汉瓦、古景旧迹等时间越长，越能给人以深沉、古朴之美。这就是审美的时间距离在起作用。

我们现在回看20世纪六七十年代，唐大禧的《欧阳海》《人民的苹果》等作品无一不是那个年代的典型写照，这既需要艺术家有非凡的时代感应能力和对国家、民族命运的思考，又需要具备对历史、对未来的前瞻性。

作品《群山欢笑》同样把握住时代的脉搏。对于这件雕塑作品，2008年大禧曾写一文，讲述《群山欢笑》里的故事与艺术原型的悲欢：

1973年创作的
《群山欢笑》（稿）

与其说我在1973年创作的《群山欢笑》描写了一代人的炽热青春，不如说是特殊岁月里一幅壮丽的山水画和青山魂。

群山欢笑（工作照）

那时候党号召我们文艺工作者下乡深入生活，我被安排到了新会古兜山水库。

水利是农业的命脉，水库的兴修自然成了许多知识青年下乡体验生活的重头戏。知青身上有股特殊的气质，大多数的知青年龄都不大，他们胸怀壮志，辞别亲人，跟当地的农民一道战天斗地，挥汗如雨，有着极强的理想主义色彩。其中的一个女孩子，还是工地上的模范人物，常常被请去讲话和作（做）报告，红极了。那时我们大家都还年轻，我常常被他们的生命活力和真诚热情所感染，这群年轻人的精神风貌，凝结在了我以她（他）们为原型创作的《群山欢笑》里。

也正因如此，我和他们走得很近。而他们，也喜欢围拢来，叫我一声“唐老师”，看我在工堋（棚）完善雕塑。创作完成后我回了广州雕塑院，他们偶回广州，也会约集三五前来看我。

不料，我们的来往遭到了非议。

那时候还是“文革”期间，每个单位都派驻军管，设有一名解放军宣传队，简称“军宣”。有一次，“军宣”找我谈话，说那么多女孩子来找你，她们是什么人？又说组织安排我下乡，目的是要我好好地改造思想，搞好创作，而我却和一群知青混在一起，来来往往，须知道他们复杂，云云……

奈何，久而久之，我们也就疏淡不来往了。

很偶然，也还见到了那个在水库工地红极一时的女孩子。她回城了，却截了一条腿，面色苍白，用支架走路，蹒跚艰难地出没在拥挤的肉菜市场。我感慨人生的无常和变数，也默默在心里问一声：年轻的你们呀，今安好？后来，我从别人口里得知，他们中的大部分，已在“偷渡潮”中悄悄偷渡去了香港。

1999年去美国旅游。一日，我行走在美国的某个城市，金发蓝眼的人潮里，居然听闻耳边轻轻地一声“唐老师”，我蓦然一愣，转身过去，惊讶得一时无语。二十八年过去，在美利坚合众国的大街上，眼前的这张笑脸居然是他们中的一个！我的第一感觉是她老了，而她的第一句话却问起那件叫《群山欢笑》作品是否还在，我连连回答："还在，还在！"我瞬间想起二十八年前第一次见到她的情景：下乡第一天去到古兜山水库时，已是傍晚，我来到住处，负责接应的两姐妹热情地招呼我，听闻我已吃过晚饭，便忙着帮我烧洗澡水，一边说农村卫生条件差，要煮水洗澡，一边跪在地上扒开炉灶上面的一层土灰，然后用竹筒吹火，开始烧水……其中的姐姐就是眼前的这位。

再过一天就是戊子新年，新世纪的第8个春天了。我摩挲着自己颇有年月的作品，也追想那一代人曾经炽热却被遗忘的青春，那群山远处，永远的欢笑……

作品中的几位女性人物表现的是一种不畏艰难的精神，一种挑战自然的豪迈。妇女顶起半边天，她们用本以摆弄锅碗瓢盆的手开天辟地，炸山开路，高峡出平湖。

作品中，一位姑娘扛着柄都微弯的大锤，可知铁锤有多重；旁边的姑娘支着秃了头的粗壮铁钎，可知打的洞有多深；最精彩是中间那个小姑娘，蹬着球鞋，系着宽大的皮带，肩上绕着从悬崖爬上爬下的麻绳，此时的她双手捂着耳朵，身体不自觉地后倾，期待着炸山开路的轰鸣声，她们在欢笑，那欢笑，在群山中回荡……

象外之意，余音不绝。

优秀的艺术作品，总是具有超越时空的永恒魅力。

1974年10月1日至15日，《群山欢笑》参加为庆祝新中国成立25周年广东省文化局在广州举办的"第三届广东美术作品展览"；其后成为广东210件选送作品之一，参加北京的全国评选，最后成为59件入选作品中的其中一件，在北京"中华人民共和国成立25周年全国美术作品展览"中展出。

那次展览在当时堪称中华人民共和国成立以来最大规模的全国美展。"文革"开始后，原来的文化部被取消，代之以国务院文化组，中国有逢五、逢十大庆的习俗，这次适逢中华人民共和国成立25周年，为了展示"文化大革命"在各行各业取得的成果，还有人们破旧立新后所谓"崭新的精神风貌"，提前一年多就进行作品征集与精心创作，经过层层筛选，最后画展涵盖了中华人民共和国成立后一百多位著名画家的作品，画种包括油画、国画、版画、连环画、宣传画、雕塑等，题材丰富，水平颇高。很多当年入选的青年画家如陈逸飞、陈丹青、汤小铭、陈衍宁等日后都成为中国画坛的精英。画展选编印刷的大量画册、年画单张及多集《工农兵形象选》在全国各地广泛发行，当时的报纸、杂志也广泛刊发，所以画展的影响力可谓空前盛大。

1974年，大禧还与潘鹤、梁明诚合作，创作大型群雕《占领总统府》，这是一群意气风发的解放军群像，他们站在硝烟尚未散尽的南京总统府楼顶，手抚旗杆，脚踏青天白日旗，笑看山河。

这段时间，饱经“文革”破坏的中华大地迫切需要修复创伤。1975年1月13日，全国各族人民期盼已久的第四届全国人民代表大会（以下简称“四届人大”）召开，重病在身的周总理做了历史上最短的《政府工作报告》，这个

1974年潘鹤、梁明诚、唐大禧合作工农兵雕塑（成为珠江电影制片厂片头标志）

1974年唐大禧与潘鹤、梁明诚合作《占领总统府》

1974年创作的《占领总统府》

1975年创作的
《两代》

报告引起最大共鸣的就是实现“四个现代化”——农业、工业、国防和科学技术的现代化，在当时以及之后相当长的一段时间，成了中国人民共同的理想与奋斗目标。四届人大会议后周恩来总理病重住院，邓小平接受毛泽东的委托主持中央日常工作。为解决“文化大革命”造成的严重问题，对各条战线进行整顿，落实党的各项政策，坚决反对派性，大力促进安定团结，使党和国家的各项工作都有了明显的好转。

1977年创作的
《渔女》

这两年，中国的政治运动是一个接一个，大禧与其他艺术家也避免不了地受到不同程度的影响。尽管如此，大禧还是创作了《女民兵》《渔女》等作品，特别是在庆祝中国人民抗日战争胜利三十周年之际，创作出反映中国人民抗日战争胜利的雕塑《壮丽诗篇》，这是他多年的夙愿。

风在吼，马在叫……策马扬鞭的战士高举胜利的旗帜，吹起昂扬的冲锋号，这是何等的壮烈与豪迈！

大禧生命中，似乎特别钟情于马，如之前的《欧阳海》，如这里的《壮丽诗篇》，如日后的《猛士》《未来属于我》等。他喜欢表现马的自由不羁和洒脱，尤其是动态中展现出的飘逸激奋和昂扬。

1976年，“四人帮”被粉碎，中国结束了十年“文革”，结束了以阶级斗争为纲的内乱，步入改革开放。唐大禧，也步入了他创作的黄金时期。

这一年，大禧40岁。

1977年，中国的局势逐渐明朗，终止“文革”内乱的中华大地开始焕发出勃勃生机。年初，他又与潘鹤、梁明诚一道应中国人民革命军事博物馆之约创作反映中国人民抗战的群雕《铜墙铁壁》；不久，在夏天，他应北京一位老雕塑家之邀随一群来自全国各地的艺术家赴东海、渤海一带采风，沿途总感受到当年拍摄的电影《海霞》里的情境。电影反映的是20世纪70年代的海岛女民兵，那时海峡两岸是对峙状态，两边炮击不断。沿海地区全民皆兵，边生产劳动边武装守卫，就连妇女儿童也组织起来齐齐参与。

对于威武的海岛女民兵，领袖毛泽东还有首诗题照：

飒爽英姿五尺枪，
曙光初照演兵场；
中华儿女多奇志，
不爱红装爱武装。

沿海采风，大禧一路画了不少速写，回来后整理思绪，发现最打动他的还是那位飒爽英姿的女民兵。

她是大海的女儿，一脸南方女儿的秀美，头戴弯檐斗笠，腰上系一条有着红五星图案的军用皮带，一手扶着身上背的钢枪，一手扶着生产用的滑板，身材矫健，昂首望着远

《女民兵》骑单车出发时的风姿

1975年创作的《女民兵》速塑

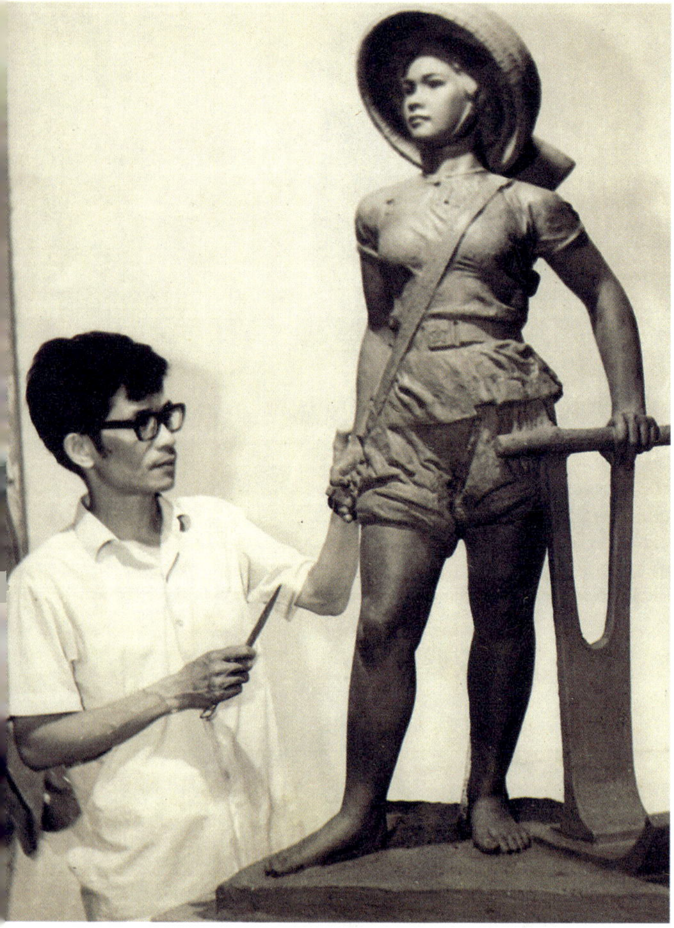
1977年创作的《海的女儿》

方；海风吹拂着她的衣衫勾勒出优美的曲线。因常年的海边劳作她总是高高地卷起裤腿，露出健壮的双腿，这是青春与力量的美好象征。这种裸露在当时是很大胆的，因为在禁欲主义盛行的“文革”时期，即使是半裸露或有关人体美的隐喻也因“私字一闪念”、动机不纯受到批判。

好在此时，社会风气已渐趋入正常审美评判。

1977年，北京，“庆祝中国人民解放军建军五十周年全国美展”展厅，当大禧把《海的女儿》送入展厅布展，正好遇到一群全国雕塑界的老前辈与同行，他们看到女民兵流畅优美的大腿造型，不约而同地戏称：“唐大禧走私啦！”这一年，大禧41岁。

1978年，南京决定在当年国民党屠杀共产党及进步人士的刑场——雨花台建立高十米的大型群雕《英勇就义》。来自广州、上海和杭州的雕塑家在南京集结，开始了前期工作。大禧在完成广州的一系列任务后，也即刻被广州雕塑工作室派往南京，与大家一起参与到雨花台的创作中。

1978年唐大禧与大型群雕《英勇就义》合照

雕琢雨花台《英勇就义》

1977年与创作的《张謇》合照

南京，又称“石头城”，历朝古都。自三国时期孙权迁都于此便一直虎踞龙盘，“十朝古都”，秦淮烟雨，“隔江犹唱后庭花”……南京有太多讲不完的故事。民国时期，南京作为国民政府所在地，又经历了许多风雨，1927年至1937年十年间，国民党在南京雨花台枪杀了无数仁人志士，先烈们的革命精神，传诵后世。

群雕《英勇就义》的小稿是著名雕塑家林毓豪执笔，南京市政府邀请全国名家来到雨花台参与创作。

群雕高10米，宽14米，由179块巨大的花岗岩拼成，总重量达1300吨。这与烈士们刚毅坚贞的气质吻合——由无数英魂铸就的铜墙铁壁。

《英勇就义》塑造的是9位在刑场上临近就义的革命烈士，他们戴着镣铐，互相搀扶依偎着，他们有气宇轩昂的工人，有大义凛然的共产党人，有视死如归的知识分子，有蔑视刽子手的知识女性，还有稚气未脱的报童……尽管年龄不一，身份迥异，但是他们都昂起高贵的头颅，表达坚强的信念：“砍头不要紧，只要主义真！”无所畏惧地迎接即将到来的死亡和革命的最终胜利。

南京雨花台的工作历时两三年才最终完成，这期间，大禧应民国实业家张謇后人之邀，为张謇塑像，塑成后立于江苏南通。

《张謇》

# 九 猛士

思想，也有耕耘的季节与收获的季节。

——维特根思坦

（《文化的价值》重庆出版社，

2006年第一版43页）

唐大禧的内心，一直都有英雄的情结，又或者是一种悲剧情结。

古希腊哲学家亚里士多德说：悲剧艺术具有最高的美学价值，悲剧贯穿于人类的生存过程与方式之中，能在人的心灵深处引起最强烈的震撼与共鸣，最深刻、最普遍地反映并关怀着艺术美的载体。于是，古今幕幕悲剧跌宕尘寰、催人泪下。那泪水淌在脸上、渗入心房，源源不断地汇聚成人类历史的哀怨长河，浇灌出一朵朵美轮美奂的艺术奇葩。

可有几人问过，那无尽的泪水为谁而流？又为何而流呢？

当大禧在金陵日夜塑造他心目中的悲剧，那些视死如归的英雄形象时，他又开始构思另一件日后享誉业内外的名作——《猛士》。

1979年创作的《猛士》

这是一个策马凌空、裸露矫健身体的女性，在飞奔中她拉弓搭箭，那箭，仿佛将刺破长空，直射黑暗。这是何等的勇气，何等的气势！

关于雕塑《猛士》的创作，唐大禧在这件作品展出后不久的1980年，写过一篇文章发表在当年第6期的《作品》上，兼答读者：

《猛士》之一

《猛士》之二

从“四·五”天安门运动到“四人帮”倒台这段历史，我们党和国家经历了一场转危为安的生死大搏斗。无数可歌可泣的英雄事迹深深地激励着我。我眼前展现了“大风起兮云飞扬”的图景，脑际回旋着许许多多“真正的猛士”为真理前仆后继、英勇献身的坚强形象。他们是正义和理想的化身，是意志和力量的结晶。于是，我展开了想象的翅膀，仿佛是时代——那奔腾的战马，赤诚——那征战的猛士，真理——那力挽狂澜的巨弓……这就是我创作《猛士》的思想基础和象征意义。

1979年3月，我便按照自己的构思，着手制作雕像。

艺术不能依据生活中的偶然现象，也不是生活表面现象的罗列和杂陈，而是对生活的浓缩、凝聚。

我构思中的人、马和弓都是一种虚构的安排，而生活中的每种服装都是某一具体身份的体现，一个穿鞋踏袜的人，又怎能手挽寓意性的巨弓在飞腾呢？我觉得用象征的手法，用裸体的形式，更能体现我所要表达的意念和思想。

人体艺术作为一种表达思想的语言，在美术领域里是常见的，通过对人体的自然美与力的描写，把生活中的现象加以升华，使之寓意更深，以表达纯洁和崇高的思想理念。作品《猛士》的初衷就是赞颂捍卫真理的战士，以及他们赤诚崇高的思想境界。

在构思中，我选择了女性的短发型和头上的小白花这两个细节。在那悲痛的日子里，小白花凝聚着亿万人民的泪水，小白花寄托着人民的哀思和力量，小白花成了时代的精英（记忆）。这两个细节是典型的、真实的，对于升华主题，点染时代特点都会起到一定的作用。这是在作品中匠心勾画的一笔。

《猛士》展出和发表之后，反应是比较强烈的。我收到许多观众和读者的来信。有的同志在信中说，《猛士》使他“透过健美的身躯，看到中华赤子的灵魂，看到了中华民族永生的典型”。

北京有位青年同志在信中写道：“看了《猛士》，真高兴，也很受感动。虽然有些人对《猛士》发表了许多所谓不合中国时宜的议论，而我面对作品，却总是沉浸在一种深峻的，感奋的，悲壮史诗般的气氛中。”他继续写道，“我有一个哥哥，是一个优秀的共产党员，就是在这场浩劫当中被活活折腾死的，他至死不屈，正气凛然……我终于在《猛士》中，为哥哥的忠魂找到了艺术形象。”

《猛士》能使人联想到光明与正义，它没有失却我原来的创作本

《巴黎公社社员墙》纪念碑（局部）

意，我感到由衷的高兴。当然，也有的同志对这个作品有某些非议，甚至持否定的态度，我以为这是一种正常的现象。艺术上的是非功过应该也只有通过百家争鸣的方法解决。当年（1980年4月16日）的《羊城晚报》评价说这个作品“动机虽良善，效果却不佳”。

更有一种意见指责《猛士》“侮辱了女性”“亵渎了英雄”，认为不符合我们民族的历史、传统和习惯，其实，在美术领域中，无论古希腊雕刻，还是中国的敦煌壁画以及其他石窟艺术，都存在大量全裸和半裸的人体艺术作品，其共同特点就是用裸体来表现和歌颂神圣。法国巴黎拉雪兹神父墓地有一件著名雕像《巴黎公社社员墙》，是为纪念保卫巴黎公社而牺牲的那些无产阶级英雄们而树立的，雕塑家卓越的构思正是通过一个女神般的裸体形象来展现英雄的品格，作品肃穆崇高，表现了无产阶级英雄的正义行为和献身精神。

《猛士》的创作也尝试以这种寓意手法，表现当代无产阶级为真理而战的纯洁和英勇无畏精神。鲁迅先生说过，裸体艺术“有别于春宫图”。马克思对于希腊裸体艺术，就给以很高评价，认为它们“仍然能够给我们以艺术享受，而且就某方面说是一种规范和高不可及的范本”（见《马克思全集》第十二卷第763页）。周恩来同志年轻时期在法国勤工俭学，就曾向国内的战友推荐法国艺术，其中就有裸体艺术的名作（见《新华月报》文摘版1980年第一期）。

黄色庸俗的东西和真正的裸体艺术，是不可同日而语的。至于说，人体艺术是外国的，不适合我们民族的文化传统和习惯，我以为民族的文化传统和习惯，也不是一成不变的。敦煌、龙门等石窟有裸体飞天和菩萨，是我们民族文化的珍品，这正是封建时代的艺术家吸收了外国文化的结果。封建时代尚可如此，难道今天的无产阶级时代还要倒退？害怕吸收外国进步文化，包括裸体艺术？对外国艺术形式的批判接受，为我所用，正是发展我国民族文化的一个不可忽视的任务。

还有一种意见认为：“对张志新这样的英雄，用裸体形式表现不妥当。”《猛士》的形象塑造，是概括生活的结果，是经过发酵和提炼的。我曾经从众多的生活原型中选择一个略带“蛮气”的中学生形象做参考，塑造时着意追求“凌厉”的气质。无疑，在创作过程中，张志新同志的事迹和精神，也使我为塑造猛士形象开拓了新的境界，并融注到典型的创造中去，这应该是允许的。由于张志新同志的精神形象深深地影响了我们每一个人，以至于容易在作品中找到共同点，这无疑正是人们的思想对于时代的回响。艺术形象虽然可以有各种各样的生活原型作依据，但艺术形象决不等于生活原型。

艺术形象来源于生活中的很多形象，而不是一个具体的形象，是似曾相识的陌生人。读者误认为作品中某某人物就是生活中的某某人，这种情况是屡见不鲜的。如《红楼梦》中的贾宝玉，《青春之歌》中的林道静等，都曾在读者中引起了各种猜测……其实，所有这些人物都是经过概括加工的艺术典型，而不是生活中的真人。《猛士》不是给生活中某一具体真人塑像，不是给张志新烈士塑像。因为它是寓意性的美术作品，只能描写更为抽象的精神和意识，是人民力量的象征而已。读者根据各自不同的经历和素养，会有不同的理解和认知，有的联想到“四·五”英雄，有的联想到张志新、官明华等烈士，也有人能将作品看作是一种精神力量的化身，这更贴近于艺术家的创作理念——艺术欣赏中的“再创造”。

然而，张志新是真正的猛士，但《猛士》中的猛士并不就是张志新。把艺术与生活等同，最终必然导致艺术的消失。这个教训，是应该深深记取的。

我过去雕塑的作品比较注意写实，《猛士》的创作，是一种新的尝试和探索，但限于水平，肯定存在一些不尽完善的地方，如在人物造型方面，还可以进一步提炼、概括，乃至运用适当的变形夸张，以加强艺术造型的美，把人物形象升华到新的高度，使作品更富于浪漫主义色彩。

对艺术作品存在不同的看法是难免的，只要我们坚定不移地贯彻“百家争鸣”的方针，通过商讨、切磋，取长补短，一定可以得到共同提高。

最后，谨向海内外关心《猛士》的朋友们、同志们致以崇高的敬礼！

唐大禧

1980年

大禧的创作总是以敏锐的目光捕捉代表一个时代的形象，所以他的作品有着历史的穿透力与洞察力。在他的创作自述中，我们已看出他的创作冲动与构思，并不只是以张志新烈士为原型，这个形象其实早在1978年就已经酝酿。经历过“文革”，他觉得时代在改变，在巨变的时代需要用一个作品去表达，而现实主义的东西根本就没办法表现，只能用象征手法，参照各种现代派的语言。用什么代表人类？他想到女性，像西欧的很多雕塑，都是用女性来代表广义的人，因为女性是人类的培育者。所以人类中的女性角色责任重大。于是如何用女性代表“人”，她在做什么？如何做？一直萦绕在大禧脑海。

“猛士！”一次，他想到了这个词，“大风起兮云飞扬，威加海内兮归故乡，安得猛士兮守四方。”

鲁迅有句话：“真的勇士，敢于直面惨淡的人生。”刘邦也说过，真正的猛士是会勇猛守卫四方。大禧还想起一句：“扬眉剑出鞘”，对！猛士应该拔剑，也会弯弓，于是，他基本上找到可以发挥的依据——那个时代的脉搏，又要有超越时代的精神内核。

最开始大禧的小稿是有一朵小白花的，那小白花是1976年4月5日“天安门事件”中用来悼念周总理的，后来在放大的时候，大禧逐渐把它虚化了，大禧不喜欢局限于只表达某一事件，又或者只表现某一个人，他把她视为人类——人类为了真理，才有这种能量，这种能量多难啊！她要骑在马上，又要射箭，还要射得准，那这个猛士的能量有多大？！

这就是象征的永恒力量。

1979年3月，唐大禧的《猛士》已经成形，而这年的3月21日，中共辽宁省委才为张志新彻底平反昭雪，并追认为革命烈士。张志新（1930—1975），中共党员。曾任中共辽宁省委宣传部干事。张志新怀着对党、对人民的赤胆忠心，在“文革”期间，反对“四人帮”的倒行逆施，遭受了残酷的迫害。她坚持真理，公开揭露林彪、江青一伙篡党夺权的阴谋活动，被定为“现行反革命”，于1969年9月被捕入狱。1975年4月4日惨遭杀害，年仅45岁。

1979年5月，《光明日报》记者陈禹山从一位在共产党员杂志社工作的朋友处得知张志新被平反的线索，立即向部主任汇报，得到批准后，连夜动身前往沈阳采访。中央媒体记者的身份，使他有机会看到了包括卷宗、档案几乎所有和张志新有关的材料，为了掌握更多的第一手资料，他还到羁押张志新的监狱，观察烈士住过的牢房和受迫害现场。连续四天四夜，不停地采访记录，随后挥笔一气呵成了震动全国的长篇通讯《一份血写的报告》，烈士张志新一夜成名。全国陆续也出现了很多以张志新为题材的美术作品。

1979年10月，《猛士》参加“庆祝中华人民共和国成立三十周年广东省美术作品展览”并获优秀作品奖，人们很自然就把“猛士”与张志新烈士联想起来。

“我们的烈士怎么是裸体？！”要知道那个年代我们才从极左的愚昧中走出来，人们还戴着思想的枷锁，美盲的烙印。

最初是广东省文化厅一位领导撰文抨击《猛士》不合国情，接着数百封群众来信呼吁“给英雄穿上衣服”，还有公安局的领导说：“现在社会很不稳定，开始有夜总会，人们要穿牛仔裤……你们搞文艺的不要帮倒忙……”而在中山大学从事史学研究的女教授李以妆则奋笔疾书予以反驳，接着广东省文学艺术界联合会（以下简称“省文联”）主席欧阳山、省美协主席黄新波也公开给予赞扬，欧阳山还把该作品列为文联创作的成绩。很快，几乎全国有影响的报刊乃至海外媒体也相继参与对《猛士》的争鸣，当时十分畅销的刊物《花城》《作品》还以《猛士》作为封面，给予正面的评价与支持。

毕竟《猛士》是中华人民共和国成立以来第一次采用女性裸体来表达艺术的作品，是一个“破冰之作”，是冲破旧樊篱的呐喊，这次关于人体美学的公开大讨论，预示着新时期、新思想、新观念和新思潮的到来。

这场论战官司一直打到时任广东省委第一书记的任仲夷那里，这位中央派来锐意改革的精英只说了一句："我看这件作品没有问题！"

一语拨千斤。这之后讨论才暂告一段落。

1979年，大禧43岁，正值盛年。

这年，他还经常去南京，应邀与林彬、朱致耀合作为南京莫愁湖公园创作《莫愁女》。

莫愁女，源于中国古代民间传说，最早的是两首古乐府诗，其中一首为：

莫愁在何处？
莫愁石城西。
艇子打两桨，
催送莫愁来。

稍后，描写莫愁的是齐梁时期梁武帝萧衍的《河中之水歌》，流传最广，影响也最大：

河中之水向东流，
洛阳女儿名莫愁。
莫愁十三能织绮，
十四采桑南陌头
……

相传，南齐时洛阳女莫愁，貌美善良，聪明勤劳，采桑、养蚕、纺织样样都会，还和父亲学了一手采药、治病的本领，但家境贫寒，卖身葬父，被建康（南京）富豪卢员外买来成了儿媳。后来丈夫征调去了辽阳边塞，杳无音信，家业又在变乱中破败，只好和儿子相依为命。按说，莫愁在诸多变故中应是愁肠百结，但她化愁为不愁，把精神寄托在帮助邻里、扶贫济难之中，经常为乡亲们采药治病，以此为乐。她死后，乡邻们在痛惜、同情和怀念之中，把她居所旁的石城湖改称"莫愁湖"。

1979年创作的《莫愁女》

1979年《广州解放纪念碑》创作现场唐大禧与女儿唐丹崖、儿子唐颂武

莫愁女的身世之苦是广大劳苦大众的缩影，而她笑对人生、助人为乐的善良美德，表达了底层民众的良好意愿，所以她得到千古赞颂。

大禧创作的《莫愁女》，年方二八，挎着装着桑叶的篮子，颔首低眉，浅含笑语，纤纤细腰，婀娜多姿；发髻上插着的小菊花，平添几分桑田野趣。这是一个动人的农家女，永远那么开心、无愁亦无怨，是大禧他的匠心与巧手，赋予这块高2.3米的大理石雕塑以生命的体温。同时，大禧也画了《莫愁女采桑》的国画。

1979年，在全国一片“城雕热”中，广州也想重塑海珠广场上的《广州解放纪念碑》。

说到重塑，原本1959年适逢广州解放十周年时，广州市政府决定在海珠广场公园中央建广州解放纪念的石雕像，当时由广州雕塑工作室的负责人、著名雕塑家尹积昌主持创作。1962年，作为广州的标志性雕塑之一，广州雕塑纪念碑与海珠广场的“珠海丹心”一同列入

1979年创作的《广州解放纪念碑》（初样）

潮州开元寺（左起：苏华、王永祥、唐大禧、林墉）

"羊城八景"。但由于"文化大革命"红卫兵"造反派"认为那个解放军身披披风、手拿鲜花很像苏军的形象，于是把它砸碎了。现在广州市政府决定重建，于是广泛征稿，后来还在广州文化公园搞了一个征稿展览，林林总总"广州解放纪念碑"的方案有好几十个。

大禧创作的"广州解放纪念碑"方案有两个，第一个方案是解放军双手将枪和鲜花举起；第二个方案则是解放军一手举枪，一手把鲜花挽在胸前，两款都是高耸的长枪与昂起欢欣自信的头，把观众的视觉引向上方，显得更加昂扬与崇高，有一种欢庆广州解放那一刻的喜庆气氛。大禧斟酌后，按第二个方案做成初样送去参加征稿展览，但并未被选定，不想，多年后，这件作品竟被中国美术馆收藏。

1979年，大禧的作品《海的女儿》在全省美术作品评选中被评为优秀作品，这一年，年富力强的大禧进入了省美协领导层的视野。

大禧当选省美协理事，代表广东文艺界出席在北京召开的第四次全国文艺工作者代表大会，再出席第三届美术家协会全国代表大会并当选为全国美协理事。

时光迈进了20世纪80年代……

"文革"的阴霾，开始逐渐散去。

1980年，大禧有机会返回家乡潮州。机会源于始建于唐朝的潮州开元寺的修复，开元寺是当地重要的佛教场所，一千多年来都保存得很好，但在"文化大革命"时期却被破坏，里面的塑像全部都没有了，大雄宝殿里空荡荡，神台被打扫得干干净净。

千年开元寺百废待兴，但最缺的是资金。

于是，佛教界找到潮汕同乡香港富商李嘉诚，李嘉诚答应捐资修复，首先重塑大佛像。潮州工艺师杨

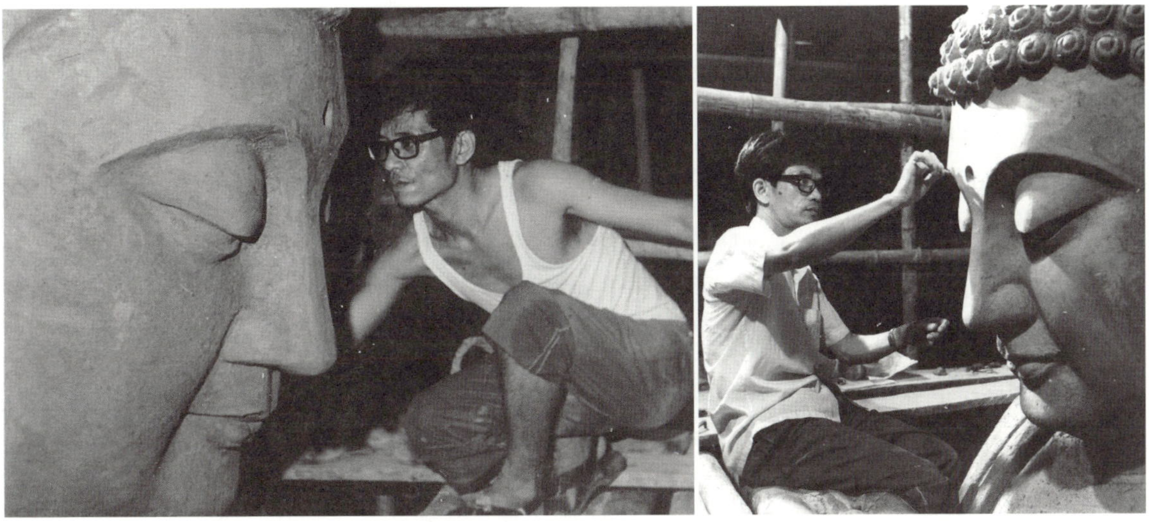

唐大禧在开元寺创作佛像

坚平是唐大禧的好友，他知道大禧早年间就去到云冈石窟、龙门石窟、敦煌石窟研究佛像，而且，还参加北京《焦裕禄》、广州《收租院》的泥塑群雕创制工作，所以，他向主管部门推荐由大禧带队完成开元寺的佛像再造任务，并亲自来到广州邀请大禧去实地考察。大禧最终接下任务，带领着当地民间工艺厂六个年轻师傅开始了两年多的泥塑工作。他们先用木头、树枝做内支架，然后用泥巴掺着软化的稻草以及沙子，一起锤炼成型，这叫作大泥；等它干后，可能会有很大的缝，再用稻草缠好，缠的时候有几种缠法；之后再用泥把它补好，又让它干……经过几层的反复，基本上大型就做出来了。等它干实了之后，裂缝都补好

唐大禧重塑的开元寺佛像

了，就在上面加细泥，就是细沙再加棉絮。此时可以塑造得很细腻。但细泥不要太厚，细泥很快就会干，所以要趁它没干之前，赶快把这些细部做好。

中国自古以来的泥塑，都是这样做出来的，但这个时候忌水，一泡水就完了，“泥菩萨过江，自身难保”。所以得待它干透，在外面上一层天然漆，之后泥塑会变硬，且密度很大，就再不容易进水了，最后再贴上金箔。

大禧每天跪着趴着，以这种办法，大约用了一年的时间，和几个潮汕青年一起把3个大佛做了出来。

大禧在开元寺重塑大唐遗风，也圆了他当年到龙门石窟、云冈石窟、敦煌石窟和麦积山朝圣时立下的造像梦。中国古代雕琢大型的石窟，作品雍容大度、阔达雄浑、端庄俊美，这些，在开元寺佛像中都得到了体现。

这期间，大禧常来往于广州与汕头之间。他想起，自1948年举家离开汕头到了香港，再回去汕头，已是1961年的事儿了。那年雕塑工作室要求大家下乡体验生活，大禧就与同在一起工作的好朋友刘仁毅一起，结伴回自己熟悉的家乡采风。

那个时候汕头还没有美术家协会，与美术有点联系的是《汕头日报》，因为上面常要登些美术作品，当时与《汕头日报》的美术编辑杜应强有过几次约稿的通信，于是大禧与刘仁毅刚抵汕头就先奔《汕头日报》去了。

杜应强很憨厚，爽直。

“终于见到日盼夜盼的名家了！”杜应强真诚地说。

唐大禧与重塑的雕塑

《新生》

《汕头日报》刊登的当年木雕《新生》

大禧起初以为他是说客套话，可一交谈下来，却觉得此言不虚了。

原来，杜应强很早就注意到唐大禧，从大禧的第一件参加华南美展的获奖作品《追踪》，到大禧加入省美协，再到粤北采风创作的《丰收之夜》，还有那幅《我们在这里播种》，这是一张素描，杜应强也知道，因为他说："我看过！你的作品我都很熟悉，熟悉到你的画如何构图，哪一笔怎么画，怎么表现，我都可以看出来……"

真正的知音啊！还叫知心，是内行，会看门道。很快他们就熟悉了，这是大禧在汕头交的头一个朋友，也是最好的朋友。大禧想杜应强在汕头报社工作，认识的人多，于是有天晚上向应强说了自己的身世，包括生母的姓名，住过的地方，等等。母亲在大禧的生活中实际是缺席的，但大禧还是时时想起这件事，便委托杜应强帮忙打听消息，但是因缺乏母亲的详细资料，也没留下照片，不知道她长得什么样，难度实在太大了，此后的十多年杜应强一直帮忙在寻找，但也没有什么线索。

1978年与杜应强
拜谒南京中山陵

1981年，佛像还没有开光，就已经轰动潮汕。很多人都来看潮州开元寺佛殿恢复的佛像，不禁交口称赞，并祈愿这大佛的恢复能够给潮汕大地带来幸福、平安、康宁。同时也称赞大禧与他的创作团队，说他们都是大好人，他们的造像功德一定会积累福报，得到佛祖保佑。

说实在的，大禧干这工程十分奔波劳碌，身体上确实很辛苦，但精神上却很愉快。因为他也相信这付出会为家乡一方水土带来福祉。尽管工程的报酬仅是送每位参与者一个台湾产的、最新式的台式电风扇。大禧还记得将风扇带回广州时家里人都开心极了，风扇电镀得很漂亮又有各种灯光，吹起来闪啊闪啊，一会儿变蓝，一会儿变绿。开起那个风扇，既凉爽又有色彩，的确很快乐。

有时世事也真奇妙，仿佛做了好事，冥冥中真的有福报。

就在大禧完成了开元寺的佛像后不久，大禧，真的寻回了失散四十多年的生母！

事情还得从大禧的《猛士》说起。

1980年大禧的作品《猛士》引起全国性的大讨论，当时作为改革开放前沿阵地的广东，其刊物在全国很畅销，《猛士》又作为封面刊登在《花城》《作品》等杂志上，这个影响就更大了。恰好有一天，大禧生母的弟弟，也就是他的舅舅，在《花城》杂志上看到了“唐大禧”的名字。

“唐大禧？”住在汕尾海丰县的舅舅想，这莫不是姐姐多年前失散的儿子？舅舅还记得姐姐失散的大儿子叫“大禧”，小儿子叫“大任”，他依稀记得大禧小的时候会画画，外公还给大禧奖赏吃饭“吃头箸”呢。因为那时个个亲戚都有这个印象……难道，世间的事情还真有那么巧？！

唐大禧与亲人们合照

于是，舅舅提笔写信，给远在新加坡的姐姐——大禧的生母说了这个消息，说在广州出版的《花城》杂志上看到一个艺术家的名字，也叫“唐大禧”。

不久，广州花城出版社收到了一封来自新加坡的信，信是大禧生母所写，询问唐大禧先生何方人士，她说有一个熟悉的人也是这个名字，没讲大禧是她儿子，请求出版社把信转给那个叫“唐大禧”的人，十分感谢，等等。

是舅舅寄给她的信，又勾起了她想寻回失散多年的儿子的心，勾起了她的思念之情。

收到信的大禧就像见到天外来客一样！四十多年了啊，而今……

悲喜交集！

当这一刻真的来临，大禧却出奇地镇定，他说自己已有预感，所以不会太激动——前段时间人们说他会有福报，他脑海里闪过一个念头，莫非这福报是寻回我失散多年的生母？果然不多时就接到了这海外来鸿。大禧只是粗粗一看，就判断写这封信的就是他的生母了。

大禧很快根据来信地址回了信，千言万语，也不知从何说起。大禧记得这是他平生第一次在信上写了“妈妈”的称呼，他说雕塑是自己创作的，现在广州雕塑院工作；简略说了一下自己的经历，以及爸爸与香港家人的情况，并告知生母自己的地址，希望母亲有机会从新加坡来广州与他联系。

不久，又收到母亲从新加坡的来信。

原来，母亲也想寻找他们，在母亲心灵深处，大禧与大任一直都在……母亲于1953年便移民去了新加坡。

1981年，大禧生母终于踏上回中国看望儿女的行程。几经劫难，失散多年的母子终于可以团圆了。她坐了7天的船，先抵汕头，住在她亲戚家，然后就约大禧见面，大禧去汕头先找到《汕头日报》的杜应强，陪同一起去见母亲，以为见证，抑或是“近乡情更怯”吧。

母亲已经等候多时了，大禧进屋后眼光就聚集在一个身体瘦小的女人面上，

唐大禧母亲陈清凤

1981年唐大禧与母亲陈清凤摄于从化温泉

“她看到我，就仰着头看着我，直直的，很久没有说话……”

大禧低声叫了声“妈”，她说：“你是大禧。”大禧点了点头，她继续说：“对不起，生育了你，却没养你们，你叫我阿姨好了。”

面对母亲的道歉，大禧说：“不要紧都已过来了，就好了。”

大家都控住了感情，没有流泪。

当大禧写信告诉在加拿大的弟弟大任找到母亲的消息时，大任觉得没有必要见，他的理由是妈妈离开时他才一岁多，对于母亲一点记忆都没有。那时大任在学心理学，是一个很理性的人。

弟弟大任已经是西方人的思维方式了，而大禧，还是东方人的思维方式。

母子相见不久，母亲提出去开元寺看看，要拜佛，上香，说是儿子做大佛积了福，要还愿。这个时候开元寺还没有正式开放。三尊大佛还在那里晾干，还没上漆、贴金。

在大殿里，母亲跪在大佛前，身影显得如此瘦小，母亲虔诚地深拜，每拜必磕响头，此情此景震撼到大禧，他似乎感受到母亲内心的情感在此刻全然迸发，母子间没有说出的话、没有交流的缱绻之情都熔在佛前点燃的香火里，弥散到整个空间，直至心里。

之后几天，母子二人才慢慢聊起来。母亲说，那时她年轻，与大禧父亲赌气，闹矛盾，大概交代了她为什么要走……真诚想求得大禧的谅解；现在她新加坡的老伴也去世了，她有点寂寞，也思念国内的孩子们。她知道国内比较穷，但是这次回来看到大禧之后，她觉得还算安慰——因为大禧的生活算是比较好了，还很有出息。弟弟大任在加拿大，生活也不会差。这些，似乎减轻了她一直以来的负罪感。

她说，在老伴死了以后，刚好她在想念他们的时候，就得到大禧的消息，得到线索，也是老天给她的恩惠了。认回大禧那几天，母亲好像寻回她母爱的本性，又或者是想补偿，每天都去市场买好吃的回来做给大禧吃，什么都要他吃多一点，这是久违了的、母爱的关切。

之后，母亲又随大禧回到广州一同生活了一段时间。

与母亲分别的时间到了，临走前，母亲一再叮嘱大禧有机会一定去新加坡看看。

大禧后来确是去了几次新加坡讲学。那是应南洋美专教授朱庆光之邀过去的。他给南洋美专讲课，讲怎样雕塑肖像的要点，讲如何抓特征、抓骨相，并以朱庆光为模特，进行现场塑像教学。一来二去，他认识了许多当地美术界的元老，都是和徐悲鸿、刘海粟他们一辈的。其中，有一位摄影家蔡斯文，一天，他

唐大禧创作的《刘作筹》

1994年9月唐大禧受到新加坡总统王鼎昌的接见

找到大禧热情地说，著名的华人收藏家、银行家刘作筹正在找合适的雕塑家为其塑像。在蔡斯文的介绍下，刘作筹与唐大禧相识。刘作筹（1911—1993），广东潮安人。早年入读上海暨南大学，跟随谢公展、黄宾虹习画。后居香港，服务于银行界，精鉴赏收藏，晚年将所藏书画700余件悉数捐予香港艺术馆。鉴于他的突出贡献，受捐方准备为他立像放在美术馆，但刘作筹因一直找不到令他信任的雕塑家而将此事搁浅，此时，见到大禧，他高兴地说：“找到你太好了，之前就怕做得不三不四，现在终于找到你，塑像的事交给你我放心！”大禧也欣然接受，他创作的刘作筹雕塑高2米，身穿长袍，手持书卷，坐在一把莲花太师椅上。交付香港艺术馆时，得到了馆方和刘作筹的一致认可，大家笑着说：“不仅容貌与真人像，就连神态气质都与真人无二，真是神来之笔。”两年后，82岁的刘作筹逝世，但这件刘作筹雕塑仍然栩栩如生地在向世人彰显着一代爱国文人的儒雅与淡定。因为这件人像雕塑在香港业内外一直享有很高的认可度，因此大禧此后又接到一些慕名找到他做像的香港名人的委托，如吕志和、李文达等。

大禧又认识了新加坡文化部的官员何家良，他询问大禧要不要常来新加坡，可以帮忙申请绿卡，再来就不用签证排队，方便很多。大禧在何家良的帮助下顺利地办了新加坡的绿卡。后来，在何家良的引荐下，大禧还受到新加坡总统王鼎昌的接见，因为总统对古典雕塑很感兴趣，所以与大禧交谈了许多相关话题。

此后，何家良还征求大禧意见要不要申请为新加坡国民，但必须放弃中国国籍。

唐大禧以年事已高为由，婉言谢绝了何家良的盛情。

几年后，随着母亲在新加坡去世，大禧与新加坡的“缘”便渐渐中断了。

1980年塑开元寺大佛，给了大禧如此的福报。这一年，大禧还“触了电”，与拍电影发生了联系，这部电影是《苦恋》。

这是著名作家、诗人白桦创作的电影剧本《太阳和人》，被长春电影制片厂导演彭宁看中改编并搬上了银幕。片中讲述旅美画家晨光历经波折苦恋祖国的一生。

在电影中，大禧与林墉做了晨光的“替身”，完成片中作为画家的晨光所作的画作及雕塑。那时，摄制组住进了东山宾馆。电影有个情节是画家为恋人绿娘做了一个雕像，于是摄影组要求大禧用两天时间，为绿娘的扮演者黄梅莹塑胸像，大禧说：“可以啊，做个雕塑嘛，也不难。”很快，一个含蓄古典、具有东方美的雕像《绿娘》诞生了。

1980年创作的《绿娘》

一双传神的凤眼，两条柳叶眉，肩上还有一条东方女性的大辫子；盈盈笑意中略有一丝苦涩，暗合片中的名字——苦恋。但这部电影后来并没有公映，大禧塑造的具东方古典美的传神之作《绿娘》，也少了与广大观众见面的机会。

大禧完成开元寺大佛像后，一时约稿不断。

先是为著名粤剧演员罗品超创作《林冲戏装》；接着，又应邀为潮阳市灵山寺造佛像；再去深圳，为蛇口南海酒店创作大型石雕壁画《蛇口的传说》；广东从化温泉建天湖旅游区，请大禧为之创作《天湖仙女》；又为深圳展览创作城雕《反弹琵琶》与《剑舞》。尔后，大禧画了国画《反弹琵琶》和《公孙舞剑》。

这年，是中国共产党成立六十周年，为此广东省举办庆祝建党六十周年美展，大禧为之创作两件木雕作品《鲁迅》及《匠心雕龙》，后者获美展三等奖。大禧这年还过足了木雕瘾，一口气创作了木雕《人比黄花瘦》《华佗》《青春无悔》等。

1981年创作的《天湖仙女》

## 十 启明

宇宙的伟大与宇宙的美丽，总在我们周围，总在我们自身！神圣境界精妙绝伦的景象，比比皆是又无时不在。可是，在称作人类的乌合之众里，懂得它的人是何其之少，何其之少啊！

——布德尔

（《论艺术与生活》世纪出版社，2009年第一版第65页）

1983年，改革开放逐步深入全国，很多城市在酝酿城市建设，中国文化部发出了兴建城市雕塑的决议通知，于是全国兴起“城雕热”。这年，大禧赴北京出席“全国城市雕塑工作会议”。

这时，大禧的家乡汕头图书馆正计划建一个标志性雕塑，于是，家乡人又找到了唐大禧。

图书馆是精神的殿堂，汕头在海边，大禧想海平线上，有颗星星叫启明星，不如就做一个有点象征性的东西——托起希望……

后排右三唐大禧

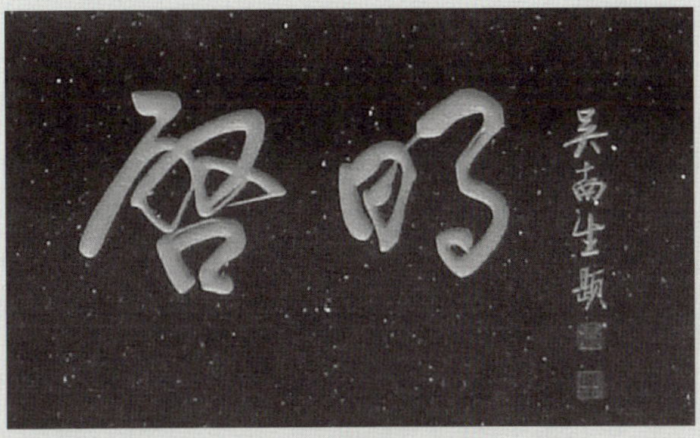


唐大禧与雕塑《启明》特写

吴南生为雕塑《启明》题字

1983年创作的《启明》

对，就叫《启明》！

这是大禧做的第一个城雕，大禧的艺术创作，在这里有了新的发挥空间。

《启明》，是大禧创作路上值得纪念与分析的标新立异之作，是对雕塑本体语言的探索，是主观的回归。

对大禧的创作，这件作品具有“启明”的意义，是他更大的“福报”。

为什么，雕塑可以以小见大?

为什么，艺术会走向当代?

为什么，大雕塑家罗丹的艺术已走向高峰，但后人还是在他的肩膀上又向前推进了一步，比如马约尔，比如布德尔，比如亨利·摩尔……

如果说古典艺术是“重现”的话，那么，当代艺术就是“重构”。

“艺术，是由选择构成。”（艾里克·普斯《经历艺术》）如何选择，成了一个艺术作品乃至艺术家成功的关键。当初大禧在香港选择了艺术，没有按父亲的意愿选择经商；之后，他选择到广州文化公园搞展览；最后选择去广州雕塑工作室，创作《丰收之夜》《欧阳海》《人民的苹果》《群山欢笑》《海的女儿》《猛士》……留下一串串闪光的足迹。

唐大禧在创作《启明》

这些选择是大禧的悟性。当代两位杰出的雕塑大家——潘鹤与唐大禧，都没有读过正规的美术学院，却成就卓然，我们的美术教育值得深思。现代雕塑奠基人罗丹（1840—1917）生于巴黎，自小因生活所迫进了美术工艺学校，因买不起颜料转学雕塑并熟练掌握其技巧，却三次报考美术学院落选，一个老迈的主考人在罗丹名字旁写上："此生毫无才能，继续报考，纯系浪费。"未来的雕刻巨匠，竟被巴黎美术学院永远拒之门外。他开始在欧洲广泛游历，亲爱的姐姐离世使他当了修道士，是院长看出他心中燃起的难以遏制的火焰，创造条件让罗丹有机会画画和雕刻，"用艺术为上帝服务"……22岁的罗丹开始了边工作边自学的奋斗生涯。雇不起模特儿，他就请一个塌鼻的乞丐——乞丐的丑陋使罗丹看到了在其被磨损的脸上有着人类共有的愁苦和凄凉，他想到了那位终生辛苦劳作而孤独的雕塑大师米开朗琪罗，从而使罗丹眼中的美丑有了不同意义。罗丹将思想内涵融入作品中，使雕塑成为强有力的语言，人们在思想上的感受远远超过视觉所观。作为欧洲两千多年来传统雕塑艺术的集大成者、20世纪新雕塑艺术的创造者，罗丹同他的两个学生马约尔和布德尔，被誉为欧洲雕刻"三大支柱"。有艺术评论家言："罗丹将雕塑艺术带到20世纪的门槛，而马约尔、布德尔则将它带到20世纪。"

1984年唐大禧与打石师傅陈孙明一起研讨技术问题

罗丹是考不上美院，而他的学生、助手布德尔虽然考上了却无法与死气沉沉的学院派教学共处，退学进了罗丹工作室，成为罗丹的学生和助手，一待就是十五年。

艺术，就是这样无不渗透着不苟同世俗的独立精神，唯其如此，艺术才会散发出与众不同的、永恒的光辉。

罗丹追求严格的真实，从真实中激发灵感。罗丹的作品已是20世纪新雕塑艺术的创造者，但布德尔还不满足，他认为，还可以把建筑的构成元素运用到雕塑中去。认为艺术不只是重现，更在于艺术家对物象的重构。他研究并汲取了古代东方的主观意象和哥特雕塑崇高的特点，使其作品在空间上显示出具视觉冲击力的体积感与艺术家编排重构后的曲线美，以此震撼人心。

布德尔的创作规律是“感动、理性、重构”，在创作时他基本不用模特，只是回想曾经在生活中捕捉到的感动，经过反复揣摩、分析、综合，以夸张的手法将最具代表性的元素重构成新的艺术形式，这是对生活美的升华；他的雕塑是内部结构与雄伟的建筑性和力量感和谐并存，同时带着冷峻理性的思考，在古典写实风格中，浸润着现代艺术气质。

布德尔说：“雕塑是对客体的再创造。”古典艺术与现代艺术，在布德尔的雕塑中完美地结合在一起。

1983年大禧创作的《启明》，选择了布德尔。

如果说之前大禧的创作之路有如罗丹，走的是追求生活真实的道路，并从现实真实中激发灵感的话，那么此时的大禧有了现代意识，他想选择一种比现实更有高度、带有主观情感与秩序的美。他把客观物象化为意蕴，含蓄心田，上升到优雅之美，此时，美已幻化为精神与气质的表达。

作品《启明》粗犷、大气，而豪迈中又不失细腻、精致，激荡着真实的情感，弥漫着美的芬芳；典雅现代，美不胜收。

1984年，放大后高5.3米的花岗石雕塑《启明》立于原汕头图书馆，并参加“全国城市雕塑设计方案展览”及“庆祝中华人民共和国成立35周年广东省美术作品展览”，获“首届全国城雕优秀作品奖”，之后又获“广州市文学艺术首届红棉奖一等奖”，后来又被美国堪萨斯州的中美文化雕塑公园收藏。

天意偶合，雕塑《启明》恰好安放在汕头市广州街街头，广州街正是唐大禧出生的地方。

这一年，大禧还继续以当代艺术的创作理念，创作了作品《新的空间》。

这一年，中华人民共和国成立35周年，1984年1月，邓小平视察了他1979年曾经在地图上“画了一个圈”的深圳、珠海，看到特区建设正以前所未有的速度进行，特别是建筑业一片兴旺发达。邓小平给特区题词：“深圳的发展和经

1984年在创作《新的空间》

《新的空间》（局部）

验证明，我国建立经济特区的政策是正确的。”而且肯定了深圳蛇口工业区的口号：“时间就是金钱，效率就是生命。”3月，中共中央决定再开放14个沿海城市，加快全国改革开放的进度，这无疑又给了中国一个“新的空间”。

大禧总是一个时代特征的捕捉者。

这一年，邓小平在接见香港知名人士时，代表中国庄严承诺“香港资本主义制度将50年不变”；新中国奥运代表团首次前往美国洛杉矶参加第23届奥林匹克运动会，实现中国金牌“零的突破”，中国在奥运会上的成绩令海内外同胞扬眉吐气，令世人震惊，被西方媒体称为“中国5000年来历史上的一次壮举”。1984年10月，天安门广场空前大阅兵，在其后举行的国庆游行上，北京大学学生用朴素、真挚的语言自发打出“小平您好！”的横幅，代表了人民衷心拥护改革的心声，让老百姓在“文革”多年极左路线禁锢解除后，感受到一缕蓬勃的生气。

平行、垂直，这是建高楼广厦必有的建筑脚手架，在横平竖直充满现代感的构成中，两个健硕年轻的城市建设者在凌空一端，一个以“大”字的造型提着建筑测量垂直吊线坠，而另一位则用手心细心呵护三角形线坠，通过线坠的稳定而取得测量的方位。这个作品的高明之处，是不用出现这条真实存在的垂直线，而通过观者的想象去补充，完成这条作者略去而又若隐若现的竖线，从而补足整个作品的空间构成。

源于生活，又高于生活，优秀的艺术就是能“无中生有”，妙在于虚白处做文章。

《新的空间》入选“第六届全国美展”并获全国美展铜奖，作品被中国美术馆收藏。

1984年，大禧48岁，也是大禧的

1984年唐大禧妻子沈妙玲在珠江口

"丰收年"。

为"纪念林则徐诞辰二百周年"创作3.2米高，手持单筒望远镜的《林则徐》铜像，立于深圳鹰咀山赤湾左炮台；

创作小品《海马》《龙虾》，立于汕头妈屿岛；

汕头国贸大厦邀大禧创作一批《天马》装饰浮雕；

大禧又与林彬合作创作作品《苏东坡》，该作品参加"全国城市雕塑设计方案展览"，后被放大立于广东惠州西湖；

同时大禧以线刻石雕《王朝云》，置于广东惠州西湖的王朝云墓。

创作《苏东坡》缘于大禧在广州雕塑院的同事林彬，林彬素来仰慕大禧，与大禧志趣相投，因为有很多共同语言，互相又不计较，所以俩人一起合作了不少创作。林彬是惠州人，有次，他回惠州时听当地领导说想打造惠州历史文化，计划在惠州西湖立惠州文化名人苏东坡像，于是便把活儿接了下来，回广州找大禧一起创作。

苏东坡，以世事沧桑的大历史坐标为参照，写出"大江东去，浪淘尽，千古风流人物"的绝世华章，本身就是流传千古的风流人物。苏东坡是中华民族的旷世奇才，也是大禧心目中顶天立地的英雄好汉。东坡一生几起几落，多次被贬，其中一次因反对宰相王安石变法被贬到那时号称蛮荒之地的岭南，来到偏僻的惠州。上天成就了他文学的千古绝唱，也给了他凄楚而颠沛流离的人生，但这些磨难，并没有打垮苏东坡，反而激发了他人生的"突围"，愈挫愈勇。

这才是豁达入世，超脱出世的苏东坡。

苏东坡来到惠州没有消沉，反倒积极地大兴水利，筑堤修桥，造福乡梓。他思念鱼米之乡江南，想念曾为官一方的杭州，便把惠州的丰湖也易名为西湖。至今，惠州人

《苏东坡》

还在享用谪官东坡留下的福荫。

但苏东坡在惠州西湖留下的，还有他深深的情殇。

东坡官场失意，情场也不尽人意。早年流放生涯中，结发爱妻王弗才27岁便匆匆离世，他写下了让人缠绵悱恻的挽歌《江城子·乙卯正月二十日夜记梦》：

> 十年生死两茫茫，不思量，自难忘。千里孤坟，无处话凄凉。纵使相逢应不识，尘满面，鬓如霜。
>
> 夜来幽梦忽还乡，小轩窗，正梳妆。相顾无言，惟有泪千行。料得年年肠断处，明月夜，短松冈。

之后，东坡在杭州西湖初遇歌妓王朝云，那天的感怀，让苏东坡写下“欲把西湖比西子，淡妆浓抹总相宜”这脍炙人口的名句。这位出身寒门幼年沦落杭州歌舞班的少女能歌善舞，聪慧过人，善解人意，成为苏东坡的侍妾，一直不离不弃，伴随着东坡的苦旅贬途。作家沈平道：“在岭南这个中原人眼中的蛮荒之地，王朝云于苏东坡而言，就像寒夜中，荒郊野岭的茅屋里那盏摇曳的灯火。”

是王朝云的相知支撑着东坡孤苦无着的人生。一天黄昏，东坡与众人在西湖散步，看着满天凄美的落霞，想到自己不公的境遇，东坡问起身边的人：“我这肚子里有什么？”有人说：“您腹中都是文章。”也有人说：“一肚子都是学问。”另一个说：“先生满腹都是见识。”王朝云浅浅一笑，落落大方地说：“先生满肚子的，都是不合时宜。”东坡闻言，捧腹大笑，赞道：“知我者，朝云也。”

只可惜，如此知己，却因不适南方“瘴雾”，染病而魂归岭南，时年仅34岁。

东坡让爱妾长眠在惠州西湖孤山南麓的一片松林里，墓边建六如亭并撰联：

> 不合时宜，唯有朝云能识我；
> 独弹古调，每逢暮雨倍思卿。

其声哀哀，长歌当哭。

正如东坡所写：“人有悲欢离合，月有阴晴圆缺，此事古难全……”

大禧塑造的东坡以花岗岩石雕成，一副文人士大夫的凛凛正气，浩然天下。基座上有著名书法家秦萼生亲书的“东坡居士像”，先生之德，供后人瞻仰。

东坡像立后，惠州西湖管理处知大禧善画，便再请大禧为王朝云画像，大禧感于东坡与朝云的真情，欣然应允，选择了以散落的线描方式为王朝云墓碑

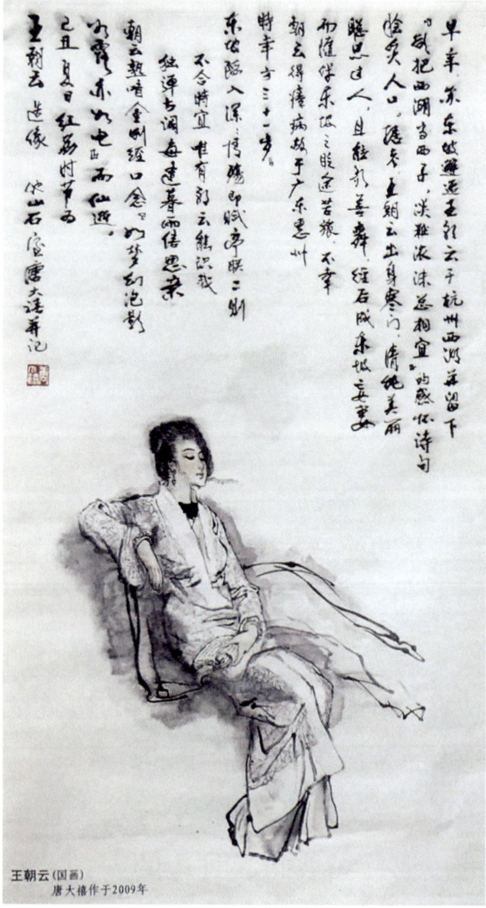


唐大禧创作的
《王朝云》（国画）

做一座线刻，于是有了《王朝云》线刻石雕，同时又邀著名女画家、书法家苏华题字：“如梦幻泡影，如露亦如电”（《金刚经》），这是王朝云谙熟的经文，并口念着而仙逝。之后，有人据族谱查证，苏华，乃苏东坡散落于岭南的苏家后裔，这也是一段佳话。

十年后，大禧把这幅自由散落的线条尝试改为国画，卓有成效。

1985年，位于珠江出海口的广东东莞虎门又约大禧把作品《林则徐》打造成3.5米高的雕塑，屹立在当年他主持“虎门销烟”的地方，眺望祖国南疆。

1985年共青团常州市委来人邀请，希望大禧为他们少年宫前广场创作一件城雕。那时大禧刚给汕头图书馆做了《启明》，之后参加“全国城市雕塑设计方案展览”还获得“首届全国城雕优秀作品奖”，这个带有创新概念的城市雕塑在全国影响很大，于是，共青团常州市委慕名找到了大禧。

共青团常州市委的干部说明了来意，这座雕塑由他们单位和常州市青年联合会发动全市青年集资建设，希望表达“未来属于青年，青年创造未来，象征常州新一代青年奋发进取风貌”的愿望，因此是否可以做两个共青团员或少先队员骑在一个火箭上面，期望这个“向科学进军”的雕塑具有科技感。又因为广场很大，希望做一个大雕塑。

广场很大？这对一直想做巨大雕塑的大禧真的很有吸引力，于是，大禧随这位共青团干部“飞”去常州看场地。

广场大是不假，大概有3个足球场的面积，大禧也赞成高科技，但共青团员或少先队员骑火箭似乎太直白，大禧开始酝酿新的构思。哲学家维特根思坦说过：“艺术家

大禧为常州市创作大型城雕《未来属于我》

《未来属于我》

的思维方式与他人不同，因为他与科学家追求的不是同一目标。”（维特根思坦：《文化的价值》，重庆出版社，第11页）大禧想到用昂扬奋进的奔马表现“向科学进军”的勇气与姿态。骑马的是一位健硕的少女，她双手托举着开启未来的钥匙。为了衬托广场环境，雕像准备建造高十米，连底座约高二十米。

常州市委书记说：“好啊，但我们可没那么多建造费用，要么缩小，造个小的。”

缩小？那可就违背原来的初衷了。

为了节省费用，大禧千方百计想办

法，最后，他想到了用敲铜的方法，这是借鉴苏联做大型雕塑的经验。即做一个铜外壳，里面用钢架作为支撑，合为一体后，便有如铸铜的效果。

好主意！常州市领导也欣赏这个方案，期望雕塑日后成为常州的地标，动感的雕塑有着青春的活力，象征青年一辈骑上奔驰的骏马，托起象征知识与力量的钥匙，奔向光明的未来。

在大禧的心中，有一位苏联时代最出名的女雕塑家——穆希娜（1889—1953）。她1937年为巴黎博览会创作了大型纪念雕塑《工农联盟》，并使其成为苏联的标志性雕塑。穆希娜1912年去巴黎，在罗丹工作室学习时曾向著名雕塑家布德尔请教，可以说是一位有男人气魄的女雕塑家。她创作时不拘泥于表现手法和材料本身，造型雄伟，塑造有力，风格独特且具有深刻的思想性和鲜明的时代感，富有才华和创新精神。她的雕塑作品曾多次获得国家奖，对苏联雕刻艺术的发展贡献巨大。特别是她最著名的作品《工农联盟》，工人与集体农庄女庄员高举镰刀和铁锤的雕像立在顶端，那好像前进而又上升的动势延长了向上的感觉。

两个人物在昂首前进的构图中，因向上举起的手势而取得平衡，并由于统一的意志和统一的步伐而达到了形象上的一致性，那富有装饰性的衣褶和飘带在风中扬起，极大地增强了雕像的动感，人物的面部具有深刻的生活气息，表现出当时苏联人民激越和愉快的精神风貌，成为新生的苏维埃国家的象征。

大禧作品中的追求，特别是里面的崇高与昂扬，与穆希娜不谋而合。

由于体量很大，工作强度也大，大禧找了当时广州雕塑院的年轻雕塑家俞畅一起放大。需要把一米高的小稿按部位切割成许多块，然后用坐标尺按1：12.8的比例放大。这是一项极为繁复而精细的工作，如果放大过程稍有偏差，就会影响后续的组装与焊接工作，影响到整体造型效果。

这件高12.8米的雕塑加上高10米的底座在当时对于常州市来说，是个超大级别的工程。以大禧为首的创作团队和以常州本地为主的制作团队在此过程中遇到许多棘手的问题，如经费不足、无放大场地、无专业技术工人等。这时，那位负责接洽的共青团常州市委干部便四处奔走，号召全市共青团员筹集经费，联系当地毛纺厂和飞机制造厂分别作为放大场地和敲铜焊接场

穆希娜城雕《工农联盟》

地……遇到的所有问题都是边做边解决。大禧先做石膏小稿，再放大翻成若干个水泥模子，把铜片放在模子上面敲。飞机制造厂的工人们说，这与我们的飞机蒙皮技术很相像，应该可以胜任，这便又省去了一笔从广州调技术工人的经费。居然真就这样做出来了。

《未来属于我》
施工现场

大禧回想那个时候的工作压力真的很大，尤其是在联系到常州市飞机制造厂后，厂方的第一反应是做不了，这么大一个雕塑，里面的钢架结构要经过仔细的力学计算，制作过程并不简单，如果后期出现坍塌变形等问题，不仅要承担责任还会招来骂名。这样“费力不讨好的事”没有点勇气还真不敢做。大禧担心创作流产，又无计可施。正在此时，常州市委、市政府责成常州市建筑设计院完成工程技术方面的计算工作，又鼓励飞机制造厂的领导和工人大胆尝试。“如果真的亲手制作完成常州市的地标性雕塑，于民于己都是件值得骄傲的事情！”飞机制造厂的车间主任颜建平是受过高等教育的专业技术人员，当年正值而立之年，朝气蓬勃又不失沉着冷静，他力劝厂方接下任务，亲自参与工程制作，以求保质保量完成这一光荣使命。“有挑战才有突破，有突破才有进步”，在这一点上，颜建平与来自广州的唐大禧产生了共识，虽然萍水相逢，却英雄相惜，他们决定一起“撸起袖子，加油干”！

20世纪80年代，人们的头脑中没有太多经济概念，每个月拿着几十元的工资，工程期间，每天有三到五元的差旅补贴，工人的伙食补贴是每人每天五毛钱。这样的补贴差距还让大禧和他的助手们有些不好意思，为了给招待方节省开支，他们经常借故不让厂里准备招待餐食，而悄悄跑到外面吃一毛二一碗的清真面条。从设计人员到技术人员，再到操作工人没有人为钱计较工作干多干少，每个人心中似乎都有一种坚强的信念支撑。当年负责敲铜工作的广州雕塑院刘仁

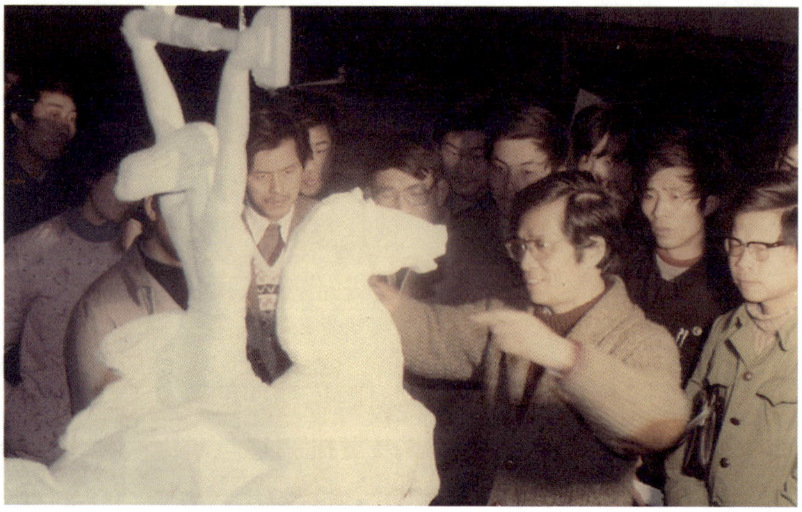

1985年唐大禧向常州市委各部门人员讲解《未来属于我》

溥师傅说："听说要去常州工作，我充满了期待，多少还有些好奇，有工作做本身就很开心，又要跟那里的人交流合作，这些都令我兴趣盎然，根本没考虑应该给我多少经济待遇。"

刘仁溥还真如愿以偿了，他在常州飞机制造厂结识了至今仍有联络的好友杨逸民。杨逸民那时二十七八岁，是飞机制造厂负责蒙皮操作的工人，他和五六位工友一起报名参与了《未来属于我》的敲铜工作，但中间其他工友被临时调到其他岗位，只有杨逸民从始至终完成该项工作。当他一块一块按要求仔细认真地敲铜时，他并不知道自己在做什么，等到最后组装完成时，他看到眼前这个高耸漂亮的雕塑，简直不敢相信这是通过自己的双手打造出来的。这极大地震撼了他平凡寂寞的心，在雕塑完成后，他大胆地做出一个决定：辞职南下广州，去看看外面的世界。杨逸民勇敢的气魄和专注的态度改变了他的人生轨迹，他成为当地第一批转型成功的产业工人，若干年后，他在商场上博得一席之地，成为常州市第一批拥有千万资产的民营企业家。他说，是广州来的

唐大禧与助手余畅在制作《未来属于我》

艺术家点亮了他的心，打开了他的眼睛，让他收获了意想不到的精彩人生。

虽然有很多值得追忆的闪光点，但大禧不无遗憾地说起，在该作品的焊接过程中却发生了一起工伤事故，飞机制造厂的一位焊接工人将一个焊件放在仍有少量残油的油罐上面操作，结果焊枪刚点燃，油罐便“嘭”一声爆开，崩起的油罐盖子擦过工人的半边脸。事故发生后，常州市委召开紧急会议，强调安全生产，市委书记柔中带刚地说，唐大禧给他们增加了许多麻烦，这让唐大禧承受了巨大的精神压力，不知道创作能否最终完成。连远在广州的亲人都担心在后续的工程施工中会不会再出什么问题，但是没有直接说让他放弃工程，只是念念叮嘱他以生命安全为要。困难还是一个一个被克服，硬是闯了出来。据说，往后杨逸民经常帮助那位负伤的工友。这让许多焦灼的心灵得到了安慰。

巨型城雕在今天司空见惯，但在三十多年前，却是非同一般的壮举。作品完成后，好评如潮，景观效果远远超出甲方的预期，共青团常州市委的组织工作获得从上至下的一致认可，该作品真正成为常州的城市地标。

大禧给作品起了个名字，叫《未来属于我们》，领导与群众当然都说好。有人说艺术大师刘海粟是常州人，领导就说何不请刘老给家乡的城雕题个字？于是大禧当即就把这几个字写了过去。没过几天，刘海粟的题字写好了，一拿回来，却发现少了一个“们”字。是他不写，还是漏了呢，就不知道了。不过，后来大家说，没有“们”字更好。

用《未来属于我》更好！就中文来讲，“我”，也可以代表“我们”。“我”没有数字概念。于是“未来属于我”成了作品的名字，刘海粟的手书也与雕塑工程碑记一起，刻在了长7.5米、宽2.5米、高7.7米的碑座上。

城雕《未来属于我》是1985年3月19日开工，当年12月25日竣工。从此就屹立在常州的青年广场了。那时常州的高楼不多，远远就可以看得到，年纪大一点的人都说，过去只要看到这匹马就知道自己是正儿八经进城了。现在很多常州人小时候对常州市区的印象就是青年广场的少女与马雕像，后来常州城市大发展，青年广场成了今天的江南商场，但奔马背上青春美少女双手托举打开龙城发展之路的钥匙形象已深入人心，成了常州人的骄傲，也成了常州城市地标。

因为少女高举的，是打开未来幸福大门的钥匙，讴歌的是这座新兴工业城市的浪漫情怀。

因为敲铜片，之前国内没有人这样做过，大禧后来还在全国城雕会议上介绍了创作与制作的经验。

1985年，大禧出席在洛阳召开的全国雕塑协会会议，大会由中国雕塑界的领军人物刘开渠主持，在这次大会上，唐大禧被选为协会理事，还代表广东参加在

唐大禧与刘开渠合照（参加第五次全国文代会）

1985年唐大禧在创作雕像《谢易初》

济南召开的第五次全国文代会；出席在北京举行的第四届中国美术家代表大会并连任理事。

这年，他创作石雕《谢易初》并立于汕头澄海华侨中学，创作胸像《裘锦秋》并被香港裘锦秋中学收藏，还创作了《人·自力·意志》参加中国体育美术作品展览。

这一年大禧49岁。

1986年春天，大禧第一次出访欧洲，他随中国美术家协会代表团出访法国，在赴法国途中，结识西藏美术家协会主席韩书力。大禧来到他青少年时期就无比向往的艺术圣地，看到许多名画、雕塑作品的真迹，之前，只是在教科书上看过图片，让他流连忘返。最让他印象深刻的，是在巴黎参观罗丹博物馆，这是罗丹晚年生活的地方，位于巴黎郊区，大禧在这里遍览罗丹几近一生的作品，细读着作品的每一个细节，感受大师的艺术魅力。

自法国归来，大禧写下他观罗丹雕塑的感受：

1986年在巴黎合照

1986年在巴黎与韩书力（左）合照

拜访法国美术界同道

罗丹的雕塑技巧打破了古典技法的羁缚并影响了西方雕塑的发展，罗丹因此被誉为西方现代雕塑的始祖。我很有兴趣去研究罗丹。这次有机会直接感受罗丹的原作，很大体会在于求得“挥写”与“应物”的和谐，要维持大写意泼墨与准确的物像造形（型）的有机结合，这也是绘画、雕塑技法的难点，做到真是谈何容易。

在技巧上，诸如“油性”“水性”“泥性”等材料属性都是绘画与雕塑需要掌握的问题，罗丹作品的最大特色是他的“泥性”，所以在欣赏罗丹的雕塑时，感受罗丹的“泥性”致（至）关重要。在罗丹的作品中，男性肌体最具突出成就。或血气方刚，或坚韧不拔，但凡此都“泥性”十足。隆凸的肌肉，结绳绞索般的结构；筋腱骨骼，锯齿式的排列，层次交叠。西方艺术所掌握的人体科学于罗丹来说驾轻就熟，运用自如。运用泥团水性，或施搓揉打就，或经刀削指压，再用泥浆刮抹，令一尊尊（作品）有骨有肉，血脉湍流，生命律动，内力迸发的成像栩栩如生。

罗丹雕塑看似随意却匠心独具，这就是艺术家的功力。

当我有机会钻进罗丹作品的腋窝和腿下去观察那些深藏不露的部位，看不清的地方还可用手触摸的时候，我惊讶地发现这些部位的结构严谨，没有半点苟且稀拉。形体的“围合”相当确切周全。艺术大师的严谨态度从中可见，师表无遗。

有人说罗丹不会做手。我认为罗丹雕塑人物的手，形态生动而见朴拙，风格极像罗丹其人。我固执地认为，以此特征窥探罗丹的品格，精确无误。

特别是作为《地狱之门》的主像，罗丹《思想者》的构图、哲思已是人所共知。罗丹最后把这像抽出独立放大，更是艺术的完善之举。罗丹自己描述他的这件作品：“他不仅用大脑、张大的鼻翼和紧闭的嘴唇思考，他还用胳膊、腿、背上的肌肉思考，用握紧的拳头和紧张的脚趾思考。”人体语言所透露的讯息和展示的力量，已臻极至（致）。



这是大禧亲临现场所产生的感悟，而这次与他心仪已久的罗丹作品《思想者》结缘，终于有机会临摹罗丹的代表作，终遂心愿。

赴法归来，大禧特别感受到大师罗丹的“泥性”，这与他多年创作实践的摸索不谋而合。从他的第一件作品《追踪》到《丰收之夜》，从《欧阳海》到《群山欢笑》，再由《猛士》到《启明》……无一不是“泥性”与形体的随机随形随塑。大禧在熟悉人体骨骼与肌肉结构的基础上，不受具体形的束缚，反倒如中国画的写意般运用“泥性”，泥团在他手上加上水性，在半干半湿之间或搓或揉，或刀削或指压，或泥浆刮抹，令泥土有了生命，有了灵魂。

这是很多所谓“科班出身”的雕塑家难以企及的境界，与是否上过大学、受过正规训练无关。它属于感悟，属于灵性，属于艺术的敏感，还有生命的燃烧……比如凡·高，比如高更，又比如，中国的八大山人。

八大山人原名朱耷（1626—1705），清初画家，江西南昌人，“八大山人”是他的号。他是明太祖朱元璋第十七子朱权的九世孙，本是皇家世孙的他遇清兵入关，清灭明后，他削发为僧遁入空门，一生坎坷。他曾一度精神失常，痛定思痛后选择背过身去，与世隔绝，终日作画，唯在画作中安放自己孤独的灵魂。

用他自己的话说：

墨点无多泪点多，
山河仍是旧山河。
横流乱世杈椰树，
留得文林细揣摩。

1986年创作的
《八大山人》

八大山人住南昌青云谱道院，擅书法，能诗文，用墨极少。画花鸟以水墨写意为主，形象夸张奇特，笔墨凝练沉毅，风格雄奇隽永；山水师董其昌，笔致简洁，有静穆之趣，得疏旷之韵。

朱耷是六十岁时始用“八大山人”署名题诗作画的。他在署款时常把“八大山人”四字连缀起来，仿佛“哭之”“笑之”字样，以寄托他啼笑皆非的痛苦心情。这是朱耷创作旺盛时期。晚年他在南昌城郊潮王洲上搭盖了一所草房，题名为“寤歌草”。当时诗人叶丹曾作《八大山人》诗一首，描写他在这里的生活情况——

一室寤歌处，
萧萧满席尘，
蓬蒿丛户暗，
诗画入禅真，
遗世逃名志，
残山剩水身，
青门旧业在，
零落种瓜人。

八大山人就是在这所草屋中度过了他孤寂、贫困的晚年，直至去世。

八大山人是中国写意画的高峰，对后世绘画影响深远。他的艺术成就是不落俗套，自有创造；他的大写意严整而能放。清代中期的“扬州八怪”，晚期的“海派”以及现代的齐白石、张大千、潘天寿、李苦禅等巨匠，莫不受其熏陶。

八大山人是中国的骄傲，也是南昌的骄傲。1986年适逢八大山人诞辰360周年，南昌决定在青云谱修建“八大山人纪念馆”，同时向全国征集《八大山人塑像》。

刚从法国回来的大禧做了小稿应征，不久他接到通知：大禧的作品在众多征稿中脱颖而出。

大禧希望用“泥性”去塑造他心目中的隐士，这个带有贵族血统的傲骨，又有不羁艺术家气质，“哭之”“笑之”的八大山人。

《八大山人》立于南昌八大山人纪念馆

人生的极大孤独，情感的极度专注，信念的无比执着。大禧在八大山人的身上，也看到了自己的影子，八大山人的悲剧精神，同样贯穿大禧的一生。

悲怆的大禧用心塑造着悲怆的八大山人，他似乎在与已故百年前的山人对话。作家沈平著有《塑说——唐大禧雕塑回望》，里面对这件作品有这样的描述：

> 唐大禧先生“塑说”的《八大山人》是以1674年黄安平所绘《个山小像》为蓝本，一袭僧人外形，深陷的双目是看破一切而回天无力的忧郁，而直挺的鼻梁与微抿的双唇却透出了桀骜不驯的性格品质，双手相抱，既表现了他的淡泊与清高，也折射出他仙风道骨的韵味。原有的斗笠，是他浪迹天涯的佐证，但为了不遮住面部光线，大禧将斗笠处理成挎在袖中，平添几分曾经沧海的散淡。他如诗哲般伫立着，周边绿荫环绕、湖波缥缈。于此，唐大禧颇感欣慰。

1986年，大禧为纪念孙中山诞生120周年，与林彬合作创作《孙中山像》立于惠州市中山公园中山纪念堂；同时，他为东莞虎门镇自来水

《男孩》《女孩》

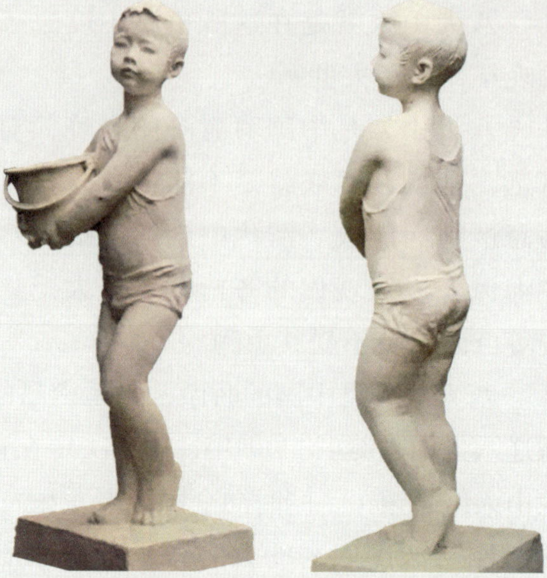

《男孩》

厂区创作石雕变体像《林则徐》，这是他第二次塑造正气凛然的民族英雄林则徐。

这年，大禧还为汕头龙湖宾馆创作《古龙》，这是把中华民族的图腾借用几何形体的元素以半抽象的手法呈现，更具标识性与装饰性。

他还以汉白玉雕了两个如真人般大小的雕像《男孩》《女孩》，两个天真活泼的儿童在河边捉鱼，充满童趣，不知是什么触动了大禧对自己苦难童年的回忆，从而催生出他对美好童年的向往。

这年，唐大禧50岁。

50岁，是古人知天命之年了。

转眼到了1987年，这年捷报频传：

先是作品《启明》与《未来属于我》荣获首届“全国城市雕塑奖”；

接着是《海的女儿》参加中国第一届艺术节美术展；

还有作品《猛士》放大立于广州老城中心区的广州人民公园。

人民公园民国时期称中央公园，因为它位于广州老城传统中轴线上，故得“中央”之称，它是广州近代最早建立的综合性公园，又被誉为“广州市第一公园”。公园布局为意大利图案式庭园，呈方形几何对称形式。园内古树众多，北侧有广州市人民政府的办公大楼和广州市人民代表大会常务委员会的办公大楼。1987年，广州市政府决定打开原公园的围墙，建成开放式公园，于是打算在一些地方放置几件有纪念价值的雕塑作品，人们想到了唐大禧几年前轰动全国的著名

荟萃小屋画展合照
（右起：关山月、何厚铧、陆昌、唐大禧、胡一川、尹积昌）

作品《猛士》，那时猛士的裸体石破天惊，很多“卫道士”还呼吁“给烈士添上衣服”，现在这座充满力与美、带着一个时代印记的雕像终于可以在大庭广众之下，让市民观赏了。

时代更迭，特别是观念，已经发生了翻天覆地的变化。

这年，大禧应澳门美术协会邀请，到澳门作中西雕塑学术讲座。澳门，中西文化的荟萃之地，四百多年前“租借”给葡萄牙，有很多地方与大禧少年生活过

在荟萃小屋合照（左起：唐大禧、潘鹤、陆昌，右一李兰芳时任广东省副省长）

左起：陆昌、李兰芳、唐大禧

与澳门美术家协会主席陆昌（左二）、西藏文联主席才旦卓玛（左三）、西藏美术家协会主席韩书力（右二）等人合照

1992年与才旦卓玛在澳门合照

荟萃小屋的展览厅（左起：林伟良、唐大禧、尹积昌、陆昌）

庆祝澳门美术家协会成立35周年（左起：唐大禧、韩书力、陆昌，右起：马若龙、郭士）

唐大禧手绘《荟萃小屋》设计稿

唐大禧与《文天祥》合照

的香港相似，尤其是街头与教堂雕塑众多，澳门人自小就感受这种氛围，这次大禧通过讲座演绎比较东西方文化的异同，还在课堂上示范速雕人物肖像《梁永华》，与澳门的同道们一起交流，尔后，在大禧的倡议下与澳门美术家协会陆昌会长创设沙龙式的咖啡画廊并由关山月题字“荟萃小屋”，在这“小屋”内举办过各式各样的美术展览，引起各界人士的关注，促进并推动了西藏与澳门的经济合作，成为一段佳话。

这年大禧还创作了一件重要作品《文天祥》。这件作品屹立在潮阳市海门镇莲花峰。

《文天祥》

　　惶恐滩头说惶恐，
　　零丁洋里叹零丁。
　　人生自古谁无死，
　　留取丹心照汗青。

这是南宋爱国名将、丞相文天祥《过零丁洋》中的名句，已是中华民族永远吟诵的悲壮诗篇。

南宋末年，元兵大举南下，南宋皇室南逃。文天祥等爱国将领且战且退，一路退守至南方潮汕地区，拟与宋帝会师。

1278年，文天祥驻兵潮阳海门，他到海门的莲花峰眺望帝舟，但见茫茫大海、无边无际，以为此地便是中国最南端了，故用剑刻石，名曰“终南”。

他迎风眺望，盼见帝舟，但“过尽千帆皆不是”，这是何等的怅然！

1987年创作的《文天祥》

至今，莲花峰的大石上还有大字“古莲花峰”，相传也是文天祥的石刻。

12月，在虎狼元兵的追逼下，文天祥率部到了附近海丰驻扎在五坡岭，20日中午，正计议军务并准备用饭之时，不料炊烟引来了大批追踪的元军，令众将士猝不及防。可怜将军邹沨等为保文天祥身中十多处刀伤力竭自刎；最壮烈的，是将军刘子俊苦战被擒，自称文天祥被元兵识破后，被活活丢进煮饭的大锅烹死……大部官兵惊骇逃散。

就在这里，宋兵被杀戮7000余人，那一天，五坡岭昏天黑地，尸横遍野，血流成河，惨不忍睹。宋军其余3000残兵随后退入捷兰埔，即今汕尾。在与元军进行了最后的决战后，宋军终因寡不敌众，全部战死，血染荒郊，从此，宋将不再。

英雄末路的文天祥战至昏死，终被元兵俘获……

明代为纪念宋朝英烈，在此建了“方饭亭”，亭前两侧的石柱上刻有明代潮州府状元林大钦撰题的对联：“热血腔中只有宋，孤忠岭外更何人。”在亭下两侧，则立有明清两代重修方饭亭的石刻碑记。

“孔曰成仁，孟曰取义，惟其义尽，所以仁至，读圣贤书，所学何事？而今而后，庶几无愧。”文天祥就义前所写

大禧在怀柔广阔的珠江出海口，生于沿海地区的唐大禧每见大海都有着一丝淡淡的乡愁

《衣带铭》诗句，就刻在方饭亭碑上。

呜呼！

之后几年，文天祥在狱中历尽煎熬，拒不投降。

1283年1月8日，元世祖忽必烈以宰相官职劝降，文天祥凛然道："既宋已亡，余当速死！"次日，文天祥英勇赴死，年仅47岁。

壮士一去兮不复还！文天祥的大义、忠贞千古，以《正气歌》存世。

潮汕这片热土更没有忘记壮士，1987年，广东省的老领导、广东省委原书记吴南生动议做一个石雕像纪念文天祥，选址就定在了莲花峰。

这是一座中华民族心灵的丰碑。

他的正气、悲怆、慷慨哀歌，也是大禧素心以求，引领他踽踽前行的那点点烛光……

大禧全身心地投入英雄文天祥的雕塑创作中，他心中的英雄如大卫，如宙斯。高12米的雕像由74块花岗石组成，屹立在4米高的巨大岩石之上，英雄左手握剑，右手拽着战袍，面向大海迎风远视；猎猎海风吹散他的美髯，阵阵涛声激发他的情怀，浓眉如剑，目光如炬的文天祥触景生情，神情却是空有一腔热血、壮志难酬的悲凉与凄苦……

大禧历时数月苦心孤诣地为他的英雄塑像，特别是对神情与情绪的刻画，有一种由静而动，触动内心的感动，站姿虽静，却有一触即发的冲动，蓄势内敛而又充满张力。雕像还用了大量的虚白来衬托形象与手等细节，如中国画的留白，使整个雕像疏密有致，更显大气磅礴。

同年年底，雕像完成。此时收到当时全国人大常委会委员长乔石的题字："铁骨丹心，凌风劲节"，广东省委领导吴南生撰文、著名书法家启功先生书的《文天祥史传》，著名书法家秦萼生题写的题额；还收集了1962年老舍先生到此的《春游》诗两首，一并刻到了4米高的基座上。

英雄壮志，千古传颂……

立像时，唐大禧随工程队来到潮阳市莲花峰零丁洋岸，他顺着文天祥远望的方向亦看到前方开阔的南海和两侧郁郁葱葱的山林，环顾四周，他觉得这里似曾相识。心情舒畅的大禧忽然若有所思地沉默下来，他寻着山林深处走去，原来这山林深处掩盖的竟是1942年的万人冢，“45年前的大饥荒，潮汕地区至少死亡2万人，活着的人将死去的人的尸体都捡来这片山林掩埋，这里就被称为万人冢。”在凭吊先人的哀思中，大禧感怀生命的无常与坚韧，他将这种深沉的情思酝酿发酵，不断地通过作品表达出来。“我们都是劫后余生的幸存者。”感慨中唐大禧的眼角泛起了晶莹的泪光。在战乱和灾荒中幸存下来的中国人民像一团火种，留存着民族的希望，今少年长成，终将照亮这个民族的未来并见证她的伟大复兴。

1987年创作的《碑》

在创作《文天祥》的同时，正是盛年的大禧还创作了《太阳·星星·月亮与我》立于广州市第一幼儿园；

创作《崛起》立于江门市外海大桥；

与林彬合作创作《邓演达》立于惠州市南苑湖畔；

还创作了作品《碑》。

石雕《月亮》

1987年8月，他创作的石雕《月亮》入选“庆祝中国人民解放军建军六十周年美术作品展”。大禧为他这件作品写了题记：“每个人的心头，总有最为牵挂的亲人，戍边军人心中，总有个‘明月’在照耀。”这是一件独具匠心的创作：一只细滑的年轻母亲的手，握着更为细嫩的、胖嘟嘟的小手，那是军人与家乡妻子爱的结晶。小家伙可爱的小手腕上系着一条细细的小手链，上面是军服上小小的“八一”纽扣，这是妻子对戍边丈夫的牵挂，细细的项链，连着千里情深。

这上面，或许有着大禧对祖母慈爱的回忆。

1987年创作的《太阳·星星·月亮与我》

# 十一 创造太阳

20世纪80年代，中国走上了发展的高速列车，各个城市都在急切想改变自己的面貌。拆除几十年来大片大片灰色的低矮平房及五六十年代建的几层楼高如火柴盒般毫无特色的方块建筑。恰逢兴起“城市雕塑”的概念，一时各地都大兴雕塑、浮雕。

大禧已是全国著名的雕塑家，自然很多人都慕名而来，一时邀约不断。

表面上看，似乎是好事儿，但特约雕塑毕竟不是雕塑家自己想做的作品，得考虑邀约方的要求，再在自己的创作意愿与风格之间取得平衡，所以难免有一些应景之作。而雕塑家按自己的构思做出来的草稿有时邀约方不满意，又要按其意思多次修改，有些甚至多次修改后都不满意而作罢的，这些都会耗费艺术家大量宝贵的时间与精力。

大禧也是迫于无奈，不停地奔波、劳碌。好在他是一个惜时如金的人，几乎所有的时间都在雕塑台前；也好在他也能做几件他认为值得做、也做出自己追求的作品，如有新风格的《启明》《未来属于我》、气质孤傲的《八大山人》、沉着大气的《文天祥》……

陆昌（1923年—2006年）曾任澳门美术家协会会长，澳门基金会信托委员，澳门特区政府文化咨询委员会委员。

郭敬枢（1934年—2006年）中共党员，副教授，曾任云南工学院电器工程及计算机科学系副主任、主任。1985年获云南省高等院校优秀教师称号。

1987年在珠海合照（左起：郭敬枢、唐大禧、陆昌）

1987年唐大禧、吴南生（左三）与新加坡著名画家陈文希（左四）等人在南澳合照

1987年与吴南生在南澳

他一直盼望做多一点能突破自己，更有风格的作品，但这样的机会太少了。

毕竟，大禧不是一个可以自由创作的艺术家。从成为世界雕塑大家的意义来说，这一点，对赋予天才的大禧，不能不是一个悲怆的意味。

在艺术为政治服务的从众环境中，很多时候，他只能作被动的选择；再加上大众整体审美水平不高，缺少文化氛围的熏陶……诸多因素，大禧始终没有做出令自己满意的作品。

一声叹息，深深遗憾……

1988年，大禧还是邀约不断：先是帮汕头澄海为纪念革命活动家、马克思主义哲学家杜国庠而创作《杜国庠像》，为广州起义纪念馆创作《叶剑英》，为广州市第一工人文化宫创作《天·地·人》装饰锻铜浮雕，还应邀创作头像《蔡斯民》与胸像《杨启霖》等。

这段时期，大禧还接到中国石油大学的邀约，新上任的校长想在山东东营的校区门口做一个标志性的雕塑，他想到了全国著名的雕塑家唐大禧。

校长派人来广州找到大禧，石油，石油该怎么做呢？学校的要求要有石油工业的特点，无非就是当时全国工业的代表“铁人”王进喜之类。

大禧想不落窠臼。

他想到了一个关键词：“开采”，对，开采石油，就是取得一种新的能源，这不就是第二个太阳吗？于是，他想到了这个创作的主题，是“创造太阳”！他把整个石油的意义想成了创造太阳。根据这个思路他做了一个初稿，准备把石油开采的管道糅合进去，既有行业特征又富于当代性。

大禧把这个意思告诉了校长，校长觉得非常好，认为可以试试看。于是大禧又想象了一下，加了点海洋元素，还有人类与自然的循环，等等。

中国石油大学校徽

很快，中国石油大学认可了这个设计方案，大禧投入新一轮的创作中。

《创造太阳》高10米，以少女托起不锈钢管道的简约造型，采用花岗岩与不锈钢结合的材质，抒发出一种“创造太阳”的喜悦与豪情，那个时候，能接受新鲜事物的确很不容易，好在大禧构思巧妙，既在意料之外，又在情理之中。

这个发光发热的雕塑很受学校的欢迎与喜爱，连中国石油大学的校徽也据此设计。雕塑立在学校一进门的广场上，经常有师生在此拍照。每年石油大学的学生们毕业，它的前面是最热闹的，穿着学士服的学生们一定要在《创造太阳》前面去扔帽子照相，他们会齐齐呼喊——“我们要去创造太阳啦！”

后来，中国石油大学在青岛建多一个校区，在校门口复制了一个更大的《创造太阳》雕塑。

1989年，大禧的《创造太阳》获广州市迎接中华人民共和国成立四十周年文艺创作评选荣誉奖，恰逢这年举办第七届全国美术作品展，《创造太阳》参展并获得铜奖。这年，大禧还出席了广东省第三届文艺家代表大会。

1988年创作的《创造太阳》

《创造太阳》
立于中国石油大学

这一年，还是钦差大臣林则徐巡阅澳门150周年，澳门方面早就筹备纪念活动，计划在林则徐抵澳所在地澳门莲峰寺外广场上立一尊林则徐的立像，同时在莲峰寺内立一个林则徐的变体胸像。

这个任务澳门方面自然又想到了唐大禧，这已是6年间大禧第三次为林则徐造像了。

第一次是1984年，深圳蛇口招商局委托建一尊《林则徐》铜像立于珠江口鹰咀山赤湾原左炮台遗址。

来广东执行禁烟的钦差大臣林则徐是中华民族较早睁眼看世界的人，大禧对他十分景仰。在去左炮台遗址选址时，他听说有人还在此处捡到过19世纪用的单筒望远镜镜片，于是，身披朝廷官服，腰挎战刀，手握单筒望远镜的林则徐在他心中成型。之后，这个3.2米高的英雄形象就守望在

《创造太阳》小稿

《林则徐》立于左炮台

珠江口，远眺大海，迎风而立，笑看山河沧桑，风云变幻。

第二次做林则徐雕塑是两年之后，1986年。这年，一位喜欢文艺爱读历史的虎门自来水公司领导，听说深圳蛇口有了林则徐的立像，那么，虎门作为“虎门销烟”的所在地，才是最该纪念林则徐的地方呀，于是辗转找到大禧，力邀他专门为虎门塑一尊《林则徐》石像。

雕塑石料取自福建绿麻石，与蛇口那尊稍做变体，左手扶刀，右手掀开迎风的披风，愁眉微锁，凝视珠江口海面，却是一派气宇轩昂，正气凛然。

第三次便是澳门莲峰寺向大禧发出的邀请。因为当年林则徐巡视澳门，就是在寺里接见的在澳门的葡萄牙代表；这次接见之后，寺内自发组织值理会，义务保护这次会见所有的纪念物，期望世代相传，教育后代，不忘历史。

大禧深被他们的行为与义举感动，与林彬一起

《林则徐》（局部）

《林则徐》立于澳门莲峰寺

1989年与林彬合照

《林则徐》立于虎门

创作了3米高的《林则徐》立像，由于这个像放在寺庙广场，没有前两尊眺望珠江口的气势，于是，大禧取静中有动的手法，注重林则徐的神情与气度的刻画，足智多谋，仪表大度；胸怀四海，无欲则刚。

1989年，广东惠州西湖筹建东征纪念碑，向大禧约稿，大禧分身乏术，也找林彬一起创作。

东征，是指1925年，第一次国内革命战争中广州革命政府所属部队在广东东江地区对盘踞在惠州的军阀陈炯明部进攻的战役。

5万东征军在蒋介石、周恩来、叶剑英等人率领下于2月份分三路向陈炯明部6万余人发起进攻。此时军阀陈炯明正向广州进逼。东征军先后攻占东莞、深圳等地，在击败陈炯明军后，东征军遂进入惠州，至此，第一次东征作战结束。

第一次东征的胜利，是国共两党合作组建新军队的胜利，此后，广东全境统一于广东革命政府管辖之下。这不仅使革命根据地得以巩固，也为后来的北伐奠定了

《东征战士》（局部）

1989年创作的《东征战士》

基础，具有重大的历史意义。

大禧以纪念碑的形式展开创作，层叠式的人物形象错落有致，扎着红丝带的战士推着小钢炮，炮弹上膛；有的托着战旗，有的举枪瞄准，蓄势待发，就等着最上面举着手枪刚毅的指挥员那一声进攻的枪响了，这是由英勇无畏的革命军人所组成的丰碑。

这4.5米高，由花岗岩石组成的作品，最后取名《东征战士》。

1989年大禧还应澳门博物馆的邀约创作胸像《鲁迅》，创作《斗拱树》立于广州雕塑院，创作《梅仙》立于广州市萝岗，为连州市创作《奋进》，还创作了小品《漱玉》。

1990年，中央美术学院雕塑系主任钱绍武举办全国雕塑训练班，邀请大禧去讲课。没有正式上过大学的大禧走上了中央美院的讲坛，他向学员们传授了多年积累的创作经验，还在课堂即席示范作品《女人体》，做了一个示范头像《雯君》，赢得了满堂喝彩。

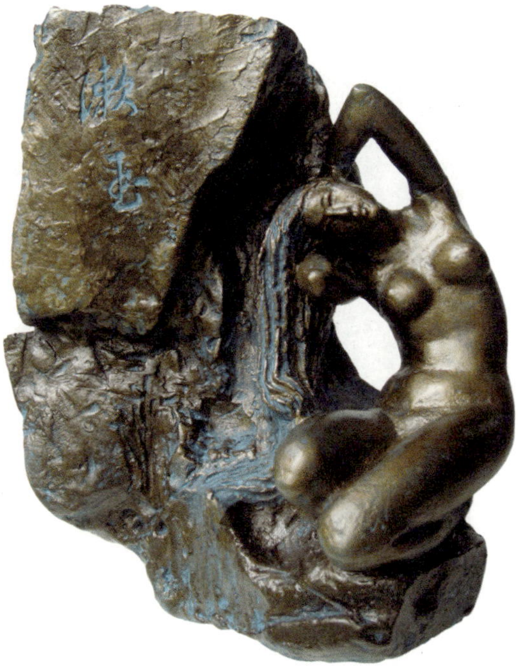


小品《漱玉》

课堂习作
《女人体》

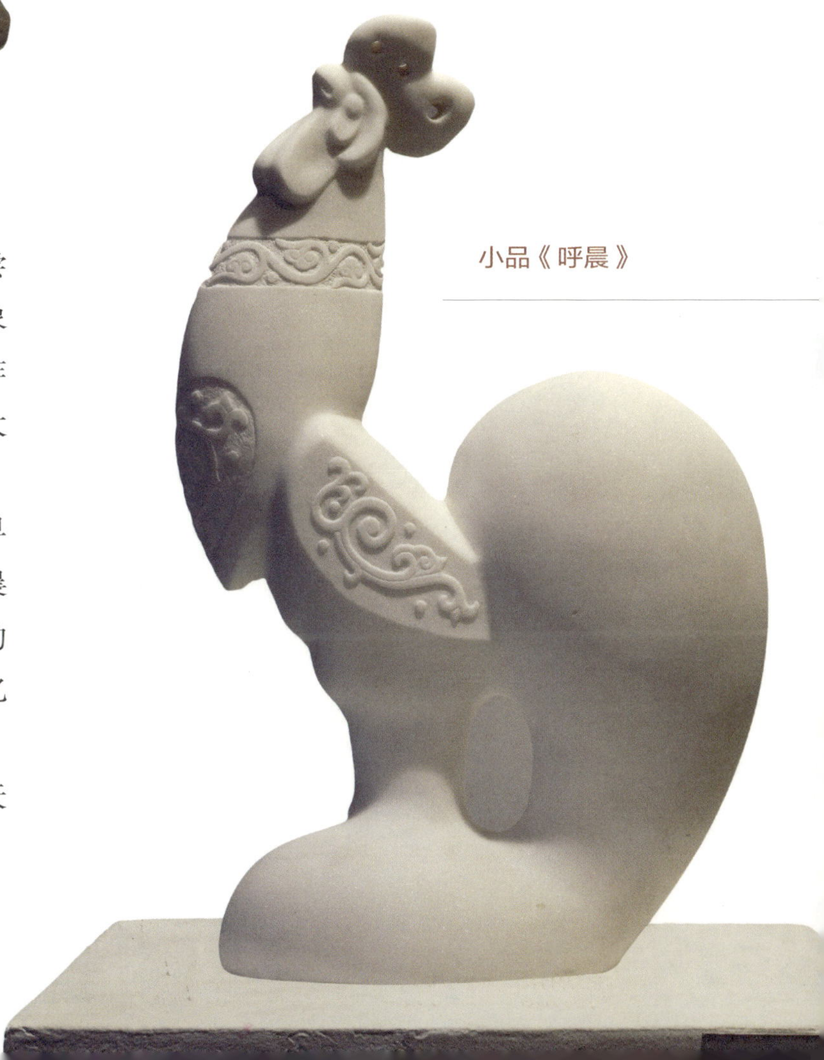

小品《呼晨》

这年，大禧也进行雕塑民族化的尝试，他以中国传统纹样为元素，以半抽象的方式，以早晨鸣叫的公鸡为素材，创作了作品《呼晨》。对这件作品的创作，大禧写下几句题记：

“20世纪50年代，每当天气晴朗的早晨，广播电台都会播放一首悠扬的《呼晨曲》，预告天清气爽，阳光和煦。这样的记忆久久留在我的心中。我把这样的记忆演绎成这座雕塑。”

后来，这件作品以《雄鸡一唱天下白》之名被立在了香港荃湾。这年，

2002年在修改《呼晨》

他还为香港荃湾的灵灰阁创作石雕壁画《观世音》与《辟邪》。

转眼到了1991年，年初，大禧接到广州东方乐园演艺中心之邀，创作大型石雕壁画《凤凰之光》，这件高11米，长20多米的恢宏之作，以凤凰为主体，背景兼有日月星辰，东方各式艺术门类之元素。

作家沈平在《塑说——唐大禧雕塑回望》一书中，对《凤凰之光》有这样的描述：

> 凤凰之光，闪烁的是东方文化的流光溢彩，如一团“火凤凰”。可是，当它还在舞动之时，忽然熄灭了。凤凰之光，犹如一颗流星，在划出一道绚丽的弧光之后，消失得无影无踪。

说的便是当年广州的东方乐园，曾一度吸人眼球的大型浮雕——凤凰之光。

唐大禧与浮雕《凤凰之光》（局部）

广州东方乐园位于白云山麓，1985年开园，它曾是广州人记忆中节假日的游乐之所，曾创下一天接纳3万游客、创收250万元的“天文数字”。这个纪录，20多年来尚未被国内任何一家主题公园刷新。但却如古语所云：“日中则昃、月盈则食。”进入2000年之后，乐园经营每况愈下。2004年9月，当该园高层向300多名员工通告停业遣散时，员工们震惊不已。

另一位也感到“震惊不已”的，便是《凤凰之光》的作者唐大禧。在此之前，有关方面曾向他通气乐园可能要拆并建国际会议中心。大型浮雕可能保留移入会议大厅。唐大禧则表示若乐园不留该作品，他将拆下来留作他用，接下来便是忐忑不安的观望。

谁知，一夜之间，乐园顷刻间被推倒铲平，“凤凰”的残片一块也没有留下，大禧的心情、心境，可想而知。

《凤凰之光》在施工中

1991年，为创作《凤凰之光》，唐大禧颇费苦心，这是他雕塑生涯中第一件大型浮雕，如今，只能凭借依稀的印象以及画册来重温昔日的“凤凰”。

《凤凰之光》以传统的浅浮雕手法为主，辅以刻线，通过这种深浅厚度的变化刚柔并济，使繁复的画面凸显主次。在内容上将东方文化元素以百花齐放的方式浓缩于此。作品构图有序，人物皆舞者，动作舒展，作为背景的鲜花、龙马、太阳、祥云等层次分明，疏密有度，线条流畅而飘逸，精准到位。虽然受到二维视觉所限，但画面层次感和空间感都表达得淋漓尽致。

《凤凰之光》是门面，在这种人流量相对密集的地方，展示一件这样的艺术作品，本身就是一种艺术家对公众进行美育的方式。它对面是川流不息的广从公路，人们途经于此，总习惯性地投去一眼，它是密集的楼盘与田舍之间一道独特的风景。

如果，有关方面稍稍顾及一点作者的版权及感受，如果，对于艺术作品多一点点眼光与觉悟，那么，大型浮雕也许就能抢救下来。那么，雕塑家也就少了一份刻骨铭心的遗憾，它毕竟艺术地展现东方文化，它毕竟艺术地见证了一段历史。然而，冰冷而有力的大铲车根本听不到“凤凰”在它铁钩下的“哭啼”，雕塑与推倒的残垣断壁一道，灰飞烟灭。

我们游历欧洲时，常常看到弥漫着历史文化气息的建筑，只剩下临街的那一面墙，却坚挺地昂首屹立着。而新建筑仅仅依附在它的后面，要借它的光，因为它散发着历史的沧桑与厚重。保留它，就有一份对历史文化的积累与敬畏，就能展示一份历史文化的尊严，那才是所在民族的独特魅力。人们去欧洲欣赏的，大多就是这一类历史文化的遗存，而不是在哪都能同化并速成的先进生产线。

真的希望，有朝一日，冰冷而有力的大铲车能听到类似“凤凰”的“尖叫”。

也不知是否命运使然，这两年大禧创作的作品，几件都是悲剧。

前面提到1966年“文革”时，广州市文化局被批斗的老局长陈仲达，因不堪受辱，含恨自尽。之后，他的儿子钟子硕在若干年后，也当上了广州市文化局局长，可刚上任后不久就调到澳门了，1988年钟子硕调回广州当广州市文学艺术界联合会（以下简称“市文联”）主席。他在澳门见到大禧，就跟大禧谈，他准备要回广州抓文联工作，要充实各个协会并筹备成立广州市美术家协会（以下简称“市美协”），希望大禧当市美协领导。

但大禧那时已任职广州雕塑院院长，日常事务已是应接不暇，大禧想投入更多的时间进行创作，完成自己心中的梦想。

但终究还是答应考虑钟子硕的请求，一来大禧很欣赏钟子硕的文艺才情，二来也感激子硕对自己的赏识，应该支持他的工作。

子硕上台，同时也在越秀山筹办广州美术馆，他想美术馆前

唐大禧与雕塑《艺之门》（局部）

《艺之门》

1991年与梁明诚在广州美术馆

《艺之门》（局部）





应该有个雕塑吧，于是点题请大禧创作《艺之门》。

大禧欣然应允。

他在创作《艺之门》的题记中写道：

古代大诗人屈原在诗中创造了“山鬼”这一被称作“东方女神”的形象。

“美女与野兽”蕴含着“以柔克刚”与“刚柔相济”的美学和哲思，

《艺之门》，亦作艺之道的解读罢了。

构思《艺之门》，大禧想到屈原，想到“山鬼”；他想的是东方哲思、阴阳、平衡、道、《文心雕龙》，托物寓情，赋比兴……

他想如何表达艺术，如何诠释艺术与生活之间的关系。他想用两个结构表达，一个，是代表门的框架，门拱有方形的，也有半圆形的。而在门的一侧，是山鬼，是美女与野兽的刚柔并济。

这是两个作品的综合构成，大禧是首次尝试。有了这个门框，人们可以在这里进进出出，框，如同一个舞台，界定了艺术与生活，艺术，既是生活，也不同于生活。而什么是艺术？我们或可从这个坐在虎背上悠然吹笛的少女身上，得到一点点的启迪。

艺术是一个宏观概念，它通过人的感受完成，这里面有一个捕捉与挖掘、感受与分析、整合与运用的过程，在这个过程中，有形体的组合、生命的过程、故事的发展等，人通过对客观或主观对象进行感知、意识、思维、操作等表达对世界的感受，再以语言、声音、文字、肢体、绘画、雕塑等形式呈现出来。

艺术呈现源于生活，又不是生活的翻版，艺术表达越是扑朔迷离，就越有魅力。人，总是向往与探究未知的东西，这种心灵感受在艺术上的表达往往是把客观物象化为意蕴，含蓄心田，艺术的张力也由此显现。

由疑产生求知，由感产生应，"感"只是手段，"应"才是目的。

美女与野兽，楚楚动人的少女为何坐在凶猛无比的老虎身上吹笛？

猛虎听到那无比悦耳的笛声了吗？

少女与老虎是如何相遇的？

她与它又有怎样的情缘？

……

这无数的追问，从大禧组合的形象上，从美女与驯伏猛虎的力与美、柔与刚的优美形象中，幻化出扑朔迷离的美，很好地传递出《艺之门》所涵盖的深刻内涵。

这一年，大禧55岁，之后画了美女与野兽《虎韵悠悠》的国画。

门，本意是指物体及某个地方的出入口，是分割有限空间的实体，是连接和关闭两个或多个空间的出入口。艺术地表现"门"的，还有法国著名雕塑家罗丹的不朽名作《地狱之门》。

1880年，法国政府委托罗丹为即将动工的法国工艺美术馆青铜大门做装饰雕刻。罗丹在构思这件作品时首先想到但丁的《神曲·地狱篇》，罗丹40岁起开始创作直到1917年去世，历时37年。这个创作激发了罗丹无边的想象力，在创作过程中，他的雕塑技巧也达到了登峰造极的程度。罗丹为《地狱之门》创作了数不清的塑像，如《思想者》《吻》《亚当》《夏娃》等，成了展示罗丹雕塑艺术的大舞台。

百年后，地球东方的另一个雕塑家唐大禧也以门为题，表达对人生的思考，如罗丹所说的那样："心魂追念向往那梦幻的王国，与无边的自由境界。"

1991年，大禧还创作了一件重要的悲剧作品《红花岗》。

这件《红花岗》也叫《脊梁》，长约0.6米，与真人大小相近，躯干扭曲而痛苦，是大禧有一次去采石场找石料时无意中的发现，这件红红的花岗石就随意地丢在一边。

那一刻，它与大禧敏锐的目光相遇了。

那一刻，大禧的心有如被雷电击中。

几百年前，当意大利人走出中世纪一千年漫长"心狱"统治的教会管制，走

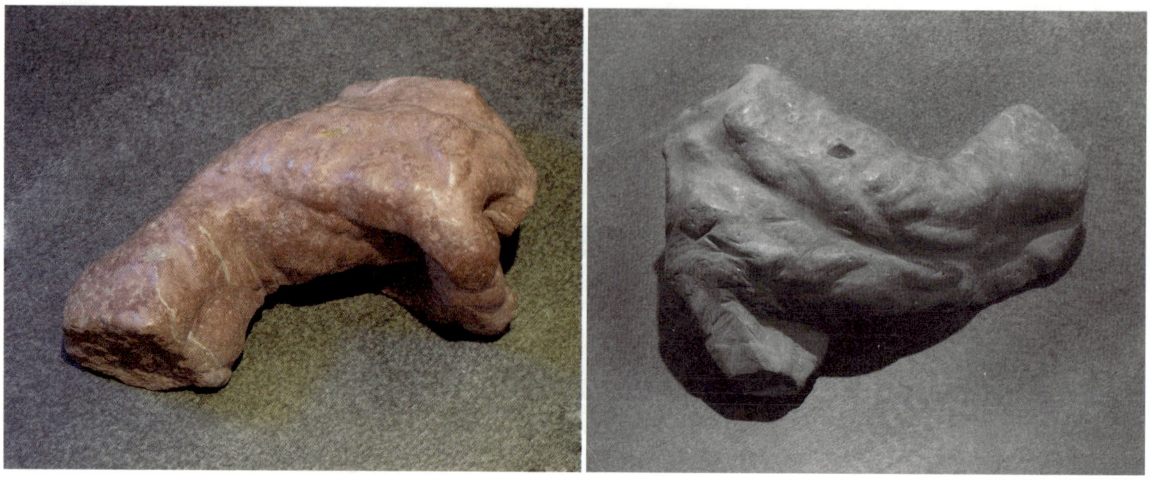

1991年创作的《红花岗》

出中世纪文学艺术的死气沉沉，他们打开了尘封几百年的仓库，看到里面古希腊、古罗马的雕塑是多么地惊喜！尽管那很多已是残缺不全，满目疮痍，却透出真实的人性之美，人们惊叹古希腊、古罗马的艺术、文学，开始广泛传播，意图达到古希腊、古罗马那时的成就，以此表达自己的文化主张。终于，催生了意大利乃至全人类的“文艺复兴”，揭开了近代欧洲历史的序幕。

这是文化的“再生”与“复兴”。

大禧的慧眼与雕琢，使这件“朽石”化为了神奇。这些年，大禧的很多作品都是约稿之作，难免受诸多的制约，这件作品，是他少有的创作冲动。

这是一件残缺之作，大成若缺，却是一种别样的美。

获诺贝尔文学奖的中国作家莫言说：“世界上的事情，最忌讳的就是个十全十美，你看那天上的月亮，一旦圆满了，马上就要亏厌；树上的果子，一旦熟透了，马上就要坠落……凡事总要稍留欠缺，才能持恒。”

著名作家毕淑敏也说：“生命有裂缝，阳光才照得进来。”

假如鲜花永不凋落、月亮永远圆满、太阳永挂天上，那么，人类就不能体会枯萎的无奈，残月的凄凉，还有夜空的神秘。

“人有悲欢离合，月有阴晴圆缺，此事古难全。”正因为有这些缺憾，才会生出这个包罗万象、卷帙浩繁的世界。

很多人都心心念念，追求圆满完美，殊不知，有缺憾亦是种高级美，更何况是赋予了美妙创意的不完美呢？

大禧把这件作品叫《红花岗》，这是一种隐喻。红花岗，是过去出了广州城墙东面的一个小山冈，因长满木棉树春天怒放红棉花呈现一片赤红而得名，20世纪初，这里曾是国民党屠杀共产党人及革命志士的刑场。所以，人们一看这个名字就会想到枪杀，想到烈士。但是，大禧作品完成时有个报社记者在报上写文章介绍这件作品的时候说："你看敌人多么残酷，把革命志士的头、手和脚都砍下来了……"那就是对艺术太不熟悉了，因为，他不知道雕塑艺术的格式有胸像、有头像、有立像，还有躯干（因为躯干的扭动让大禧联想到人体背部脊梁的动感），这些部位在雕塑中是可以独立成为一个艺术形式的。记者不清楚导致牵强附会，而一解释，就更糟糕了。

的确，这件作品传递的是悲剧，紧张的肌肉、扭曲的姿势都在诉说不屈与悲壮，这是一件令人感动与心碎的力作，而作品的天然性与雕琢的模糊性，更增加令人想象的悲情空间。

鲁迅先生言"悲剧是将人生的有价值的东西毁灭给人看"。古希腊悲剧巨匠索福克勒斯的《俄狄浦斯王》可以视作人类文艺史上悲剧美学诞生的标志。悲剧的客观基础是人的苦难和死亡。文艺作品中，悲剧通过两种社会势力、两种对立的意志、理想和实践准则之间的冲突表现出来。我们从悲剧文学史中可以看到，悲剧主角虽在斗争中遭受到失败或牺牲，却并不使人悲观失望，反而更加鼓舞人们的斗志。因此，悲剧精神的实质是悲壮不悲惨，悲愤不悲凉……

悲剧的美，在于向死而生。

不知是否大禧这段时间沉浸在这种悲剧的氛围中，第二年，即1992年，他的另一件作品作为残缺与悲剧美的延续，也是他由心而发主动创作的作品，这件作品，叫《绿殇》。

硕大的双面不锈钢染着翠绿，一块对称的娇嫩的堪称完美的绿叶，却如被子弹穿过般的穿了一个洞，洞边，是烟火炽烫的累累伤痕，这是真实的"将人生美好的

1992年创作的《绿殇》

东西毁灭给人看”，是自然之殇，人类之殇，是永诉不尽的美丽与哀愁……

我们的人生，我们身处的世界，不知每时每刻会发生多少这样的悲剧？

这件作品，参加了“1992年海峡两岸雕塑艺术交流展”。

1992年，大禧的代表力作之一《欧阳海》参加“广东地区革命文艺史料暨优秀代表作品展”。

为广州市规划局创作大型浮雕壁画《阳光·空气·规划》；

《鹰》

为珠海市中级人民法院创作石雕壁画《十大清官图》与石刻通雕《松》；

为汕头潮剧艺术中心创作铜像《谢慧如》；

为珠海市三灶区创作《林伟民》；

为贺新时代影音公司成立八周年创作《鹰》；

与儿子唐颂武合作《游乐马》立于东方乐园；

创作《陈延年》立于安徽省合肥市；

创作石雕壁画《挂绿图》立于广东增城；

创作大型壁画《埃及风情图》与《埃及浴女图》立于澳门；

……

《埃及风情图》

看到上面的成绩单，就知道大禧犹如辛勤的小蜜蜂。

1992年，大禧还做了两件重要作品——《花农》与《二胡》。

《花农》又叫《桃花女》，这件作品，似乎可以作为代表花城广州的城雕，而创作它的初衷，的确又是作为广州城雕定位的。

广州，其“花城”之名历经1700多年，从未被其他城市取代。广州地处亚热带，北回归线从中南部穿过，属海洋性亚热带季风气候，全年雨量充沛，长夏暖冬，气候温暖，一年四季草木常绿、花卉常开，加之广州人热爱种花、买花、赠花，年年花市兴旺，所以称为“花城”。

广州人爱花，那可是渗入骨髓的习惯，连菜市场都有鲜花档，阿叔阿婶上街买菜，很多都顺便买扎鲜花回家插插，摆在案头，一时暗香盈袖，花香满屋。

广州人以种花为业早在五代南汉，那时，珠江南岸庄头村一带就有许多素馨花田，南汉王刘怅的宠姬素馨，就是庄头的种花女。那时每早花农们采摘鲜花，在五仙门对面叫“花渡头”的渡口过江上岸，再到老城门下出售。广州最早的花市在藩署前，即现在广州北京路财政厅一带，后迁到双门底，除卖鲜花外，还卖古董、杂架、年宵品。而现在一年一度的“花市”，是近代19世纪才逐渐形成。

广州人喜爱桃花，尤其在春节花市，几乎家家都会买来放在客厅。桃花多开在寒冬，更在冬去春来的时候绽放，一般花农都会控制花开的时间，以春节大年初一盛放为最应节，一树桃红，的确为家里平添更多节日的气氛；待花瓣飘落，那更是落英缤纷，满地胭脂，宛若仙境。

广州北部郊区白云区流溪河畔，有一条石马村，机场高速

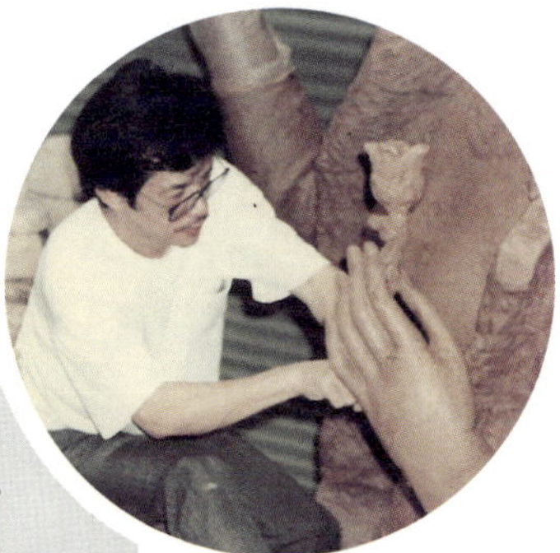

正在塑造《花农》

《花农》

《花农》（局部）

1992年创作的《花农》

从村边蜿蜒而过。石马村之名来自当地山冈，那里有一块类似骏马的巨石，传说石马乃天马，桃花则是瑶池王母的仙桃之核育就……美丽神话成就了石马村天然的历史文化底蕴。石马村开村于元朝，现在，依然是保存着清末民初建筑风格的古村落。从这条小村之中，走出了大作家陈残云，他曾是广东省作家协会主席，其小说《香飘四季》还曾热销一时。

说起石马，也真是神奇。这里盛产桃花，也不知是否与水土有关，这里的泥土很有黏性，且呈褐色，十分适合做雕塑。最早发现这泥土的是广州雕塑院首任院长尹积昌，从他做了《五羊塑像》后，这里的泥土适合做雕塑的消息不胫而走，一时“洛阳纸贵”。这石马黏土可为广州的雕塑繁荣做出了不少的贡献。

游走在清新幽静的古石马村，鸟鸣莺啼，树绿桃红，湖清柳绿。石马如世外桃源，一片片桃林隐藏着都市中的幽静，在城市的边缘，静静地傲放着自己的嫣红。石马村一年的热闹在临近春节时，广州市民们纷纷来这里买一株含苞待放的桃花，把盎然的春意带回家，并借它表达对新一年的美好祝愿，这是老广州的习俗。

1992年，广州原有的机场不堪重负，开始进行新机场的选址工作，最终选址在距市区28公里的花都区，这样就有了经过石马村的机场高速。当时的广州市领导提出建议，在机场高速到广州城区的入口处建一个城市雕塑，表达花城人民鲜花献客的真挚热情。这任务又落在广州雕塑院院长唐大禧身上。

于是，就有了4.6米高的《花农》铸铜雕塑。

铜雕同样吸收西方现代雕塑风格，整体简约、朝气、昂扬，尤其是桃花的处理，没有按真实桃花的模样，而是采取象征的方式，以结节笨拙的线条节奏衬托采花少女身形的健美与流畅。

只可惜，最后机场高速到广州的入口处因挤逼、没有足够的广场空间而容纳不了这座可爱的铜雕，着实是一个大大的遗憾。

可惜了，《花农》；

可惜了，花城少女。

1992年大禧的另一件重要作品，是《二胡》。

这件铸铜作品不高，只有0.5米，却以小见大，感人心怀。

在中国美术史上曾经有一件也是以二胡为题材的著名作品，那是一幅油画，题目是《奏出人间的辛酸》，作者是广东著名画家余本。

余本，1905年生于广东台山，13岁到加拿大当童工。1927年在加拿大安大略省艺术学院半工半读。1936年到香港，以作画与授画谋生。1956年回广州定居，曾任广东画院副院长，1995年辞世。

《奏出人间的辛酸》是余本的代表作，它以写实的手法塑造了一位海外华工的动人形象：裸露着健壮而又疲惫的胳膊，低垂着头，粗糙的手指紧紧压在二胡的琴弦上，因为拉得太投入，整个身躯都扭曲了。他用整个身心在拉琴，奏出如泣如诉的琴声；那极富内在激情的形体动作，是那么淋漓尽致地表露出内心的哀伤和悲愤，深褐色的画面深沉雄伟，有一股摄人心魄的力量。

另一个以二胡表达内心的人，是华彦钧，国人耳熟能详的“瞎子阿炳”。

阿炳（1893—1950）生于无锡市，自小因患眼疾而双目失明。其父为无锡三清殿当家道士，擅长道教音乐。阿炳8岁开始在私塾读了3年书，后随父当小道士学习鼓、笛、二胡、琵琶等乐器，12岁已能演奏并经常参加拜忏、诵经、奏乐等活动。18岁时，他已被无锡道教音乐界誉为演奏能手。阿炳刻苦钻研道教音乐，精益求精，并广泛吸取民间音乐的曲调，一生共创作了270多首民间乐曲，最著名是《二泉映月》《听松》。

在中国民族乐器中，二胡可能是最带悲剧色彩的了，至哀情处，那琴声是那样的感人肺腑……

瞎子阿炳的《二泉映月》，可以说是一部伟大

1992年创作的
《二胡》

的作品，一部民族的心灵史，它折射出人间悲欢，也道出了人之所以要站立的原因。

不知这些悲剧形象是何时进入大禧的内心的，又或者，哀婉的《二泉映月》的音韵在不时映照着大禧心灵深处那孤独悲怆的内心？

这个形象伴着委婉的旋律，在大禧心中逐渐清晰，再清晰。最后，以一个穿着民国长袄的艺人形象，悲剧般地展现在世人面前，余音袅袅，不绝如缕。

好的作品，往往会令人忘掉形式，被形式背后的灵魂所打动。

淡淡的忧郁，浅浅的陶醉，深深的寄托，浓浓的乡愁，满满的思念……都有。

他是余本笔下的华工，是瞎子阿炳，但，更是大禧的内心。

1993年，大禧又一次出国，这次去加拿大和美国，看望弟弟大任。

这一年，也是大禧值得安慰的一年，这时正逢可以购地建房子的时候，大禧和几个艺术界的同行每人均购了一亩宅基地，可以建造自己居住的房屋，这也是大禧多年的心愿和梦想。

大禧觉得此处建房子并不困难，他心想只要他把房子抽象化，化成立方体并把它放在斜坡上，问题就解决与简化了。他还有一种观念，觉得房子必须每个地方自己都能够到达。在这两个观念下，住处如“天马行空”般被设计出来。

以后，这个地方成为广州画家村，因为好几个著名的画家都居住在这里。大禧的家兼工作室在最后面，在这个小山冈的高处。

这些建了三年多的建筑很巧妙地利用了山势与地形。大禧费了心思，把它作为自己的得意作品来经营。其实，雕塑也带有建筑的成分，从这件建筑作品里，我们会看到很多独具匠心的细节，也看到大禧的创作理念，这是艺术与生活的最佳结合。





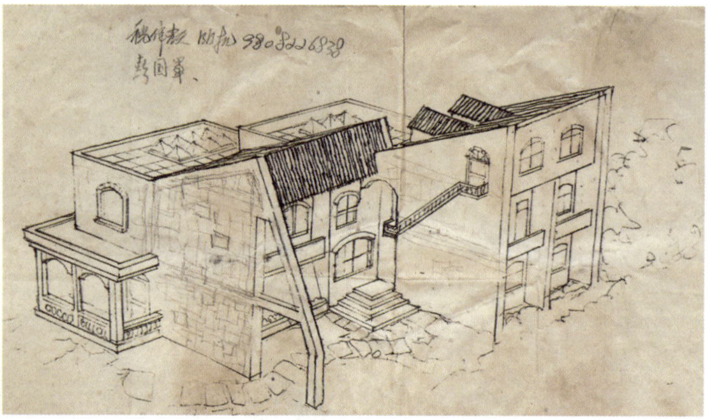

唐大禧手绘他山石屋设计稿

他山石屋实景照片

整个建筑因为依着山坡，有很多绿地环绕，铺上草坪，大禧将作品错落有致地摆放于沿途。广州中央公园拆围墙，里面有些“文革”时作为“封、资、修”货色，搬到墙脚的雕塑要丢弃，这可是民国时期从西方收集回来的仿古希腊雕塑啊，尽管已是残肢断臂，大禧还是把历尽波劫、斑斑驳驳的它们小心翼翼地搬到大源工作室旁，放在草坪边，一派思古幽情。

唐大禧与《绿殇》

两个大立方体才建框架，大禧就迫不及待地搬进去住了。

因为这里难得有大的空间，边住边装修，还可以边做创作。做雕塑时剩下的一些边角材料大禧也可以运用起来，与房子的设计建造结合起来。比如天顶上的不锈钢架，天顶上的可推拉移动调整角度的吊灯，二楼上可折叠移动的不锈钢楼梯，还有地下大厅落地窗上的大铁架，上面可以悬挂各式各样的软雕作品，这些缝起来的软装饰品原来也是大禧的手作。

三年多后，大禧理想中的居家兼工作室（他山石屋）宣告落成，一时观赏者众多，里面还不乏建筑行家与艺术界的同行。

这堪称艺术与生活完美结合的建筑典范，合理布局，别致设计，关键还有大禧众多的不同时代的雕塑作品置于其中，形成一个巨大的磁场。还有雕塑工作室里四壁安放的历年创作的雕塑小稿，令人产生时代与岁月联想。

这是一个艺术殿堂，更是一个艺术宝藏。

建房子时，大禧才五十多岁，精力充沛，事业如日中天，正当年。

1993年，唐大禧当选中国雕塑学会第一届理事，作品《绿殇》被评为“广州市环境保护雕塑作品展”优秀作品，为“六一”第四届全澳儿童画展创作奖杯《王冕》，创作《醒狮》《卧虎》立于江西南昌市，与林彬合作《孔子坐像》立于广州从化中学孔庙，创作《堂·吉诃德与仆人》《奔牛》，以及胸像《泰国王子》《恩克鲁马》等。

他山石屋

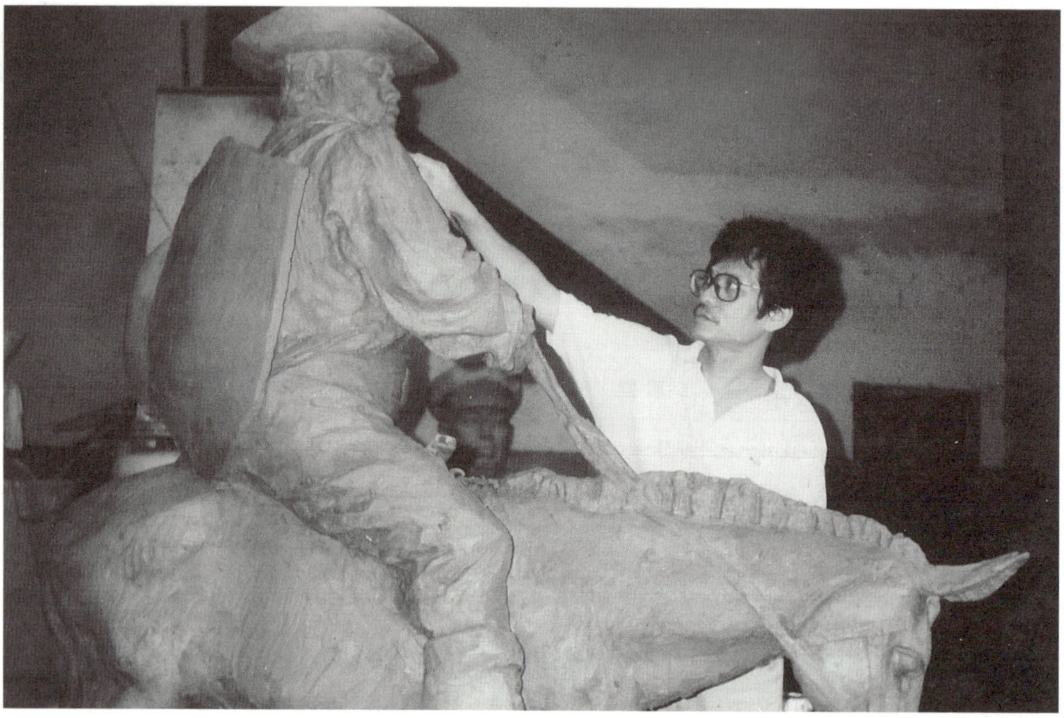

唐大禧与《堂·吉诃德与仆人》

1993年泥塑《卧虎》小稿

《卧虎》





这年，大禧还帮家乡汕头完成了一项工作。汕头市澄海区有个莱芜半岛，上面有一块大石头很像一位卧波的美女，但面容模糊，当地管理部门多年来一直在请能工巧匠完善卧波美女的面容，但一直都不理想。

刚巧，家乡领导知道大禧有事回了汕头，便急切地邀请他来帮忙。站在莱芜半岛，看到苍茫的大海，海水“哗、哗”地拍打着那面目全非、静静仰卧着的姑娘，随着潮涨潮退，姑娘有时可以看到全身，有时只能看见双乳。那块天然的石头确实很像女性的形体，只差颈部和面部不够清晰，用唐大禧当时的话说就是“无面无颅”（潮汕地区俚语）。大禧在实地考察时，稍做思考便有了解决方案。他指挥现场技术工人先找到可以作为颈部和面部分割点的下巴，以此为参照开始对颈部、面部以及头部进行大刀阔斧的雕琢，他清晰的思路和果断的手法以及最终呈现出的效果不禁令众人赞叹他“雕塑家”的称号真是名副其实。在操作时，大禧想到这天然的石头形态再加上后天的人工雕琢，应该尽量保留其浑然天成的气质，齐白石也说过，“似与不似之间”的写意性更是东方美学的精髓。所以，大禧在头颈部的处理延续了其身体曲线的天然线条感，在“似与不似之间”既体现了“道法自然”的东方气韵，又彰显了大禧独有的审美志趣。一周后，大禧向家乡领导交出了满意的答卷。

我们现在去莱芜半岛看到的，是这么一个由海边礁石连成一体，仰卧着的东方美人，由长近20米、高4米、宽5米的花岗石组成，身部与岩石连成一体，整个石雕气势恢宏，人坐在上面只是“居其一焉”矣，在上面，你会感受到大地之仁厚，有如躺在大地母亲怀抱中的惬意与安详。

《卧波美人》（局部）

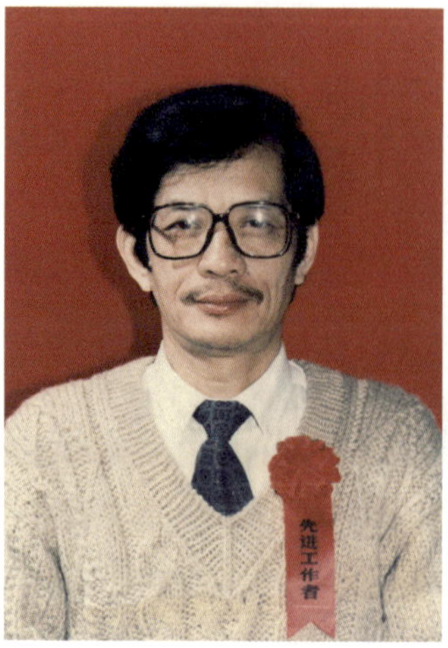


1994年唐大禧获
先进工作者称号

大地，母亲，她的容颜宛若天仙，宽额丰颐，姿色醉人。她在静静地倾听海的涛声，笑看天地幻变的风云。“寂兮寥兮，独立而不改，周行而不殆可以为天地母……”

大禧的这件作品已是一种境界，尽得风流。它糅合了天、地、人，而达到“大美不言”的化境。

这一年，大禧57岁。

转眼到了1994年。这年，大禧的作品《文天祥》参加“第二届全国城市雕塑艺术展”并获优秀作品奖，作品《二胡》参加“第八届全国美展”及“广东省庆祝中华人民共和国成立四十五周年美术作品展”，为国际家庭年暨“六一”第五届全澳儿童画展创作奖杯《家庭・一》《家庭・二》，为广州购书中心创作石雕壁画《朱雀》，创作石雕《谢慧如》立于汕头高级技工学校。

同时，大禧还创作了大型雕塑《龙船》。

做龙船，可是大禧童年的梦想，他从小生活在南方大海边的潮汕地区，汕头有大港口，小城市有韩江、榕江等港口，使这一带造船业十分发达，汕头造的大船还可以出海远航。他常独自徘徊在造船

唐大禧在创作《龙船》

的地方，呆呆地看着船工们如何打造船只，也欣赏体会船体的造型美和线条美。喜爱船的大禧喜欢看船在河道上航行，尤其是新船造好后被推下水时浪花飞溅的瞬间。

1994年《龙船》揭幕时与黎子流合照

潮汕的习俗喜欢赛龙船，民间叫“划龙船”，大禧自小也喜欢看划龙船。

划龙船一定是在每年的端午节前后。端午节由上古时代百越举行龙图腾祭祀演变而来，龙是古越人，即长江中下游以南一带先民的原始信仰，仲夏五月初五称“端午”，此时龙星飞升至正南中天，即如《易经·乾卦》中所曰：“飞龙在天”；此时龙星既“得中”又“得正”，处于“中正”之位，为大吉大利之象。天象“飞龙在天”被赋予多重含义和寄托，形成祭龙以酬谢龙祖恩德、压邪攘灾、祈福纳祥的礼俗，衍化成“端午节”。

端午文化充分体现了古人“天人合一”的宇宙自然观。

划龙船，就是端午那天把船装扮成龙的模样互相比赛，谁最先胜出就会沾上更多的“龙气”，每年端午，潮汕人都喜欢赛龙船。潮汕的龙船有龙头、龙颈、龙身和龙尾，船腹和船舷用彩绘涂得五彩缤纷，涂红色挂红须的叫红龙，涂黄色挂黄须的便叫黄龙，涂青色挂青须的叫青龙。此外，还有白色和黑色的龙船。

1994年与雕塑《龙船》合照（左起：郑觐、黄世球、黎子流、陈永锵、唐大禧、陈玉环）

《龙船》（局部）

从小就喜欢看划龙舟的大禧，直至80多岁仍保留着每年端午回潮汕老家的习惯，哪怕腿脚和眼神已不似儿时那般伶俐，步履蹒跚，眼睛失明，耳朵要借助耳机才能听得到一点声音，这丝毫不影响他对端午划龙船的热情。只要听到江河中央传来年轻舵手们齐呼唤的号子声，听到船桨击打波浪的哗哗声，听到岸边潮涌的乡亲们沸腾的欢呼声，他的脑海里便呈现了飞溅起的浪花在阳光的照射下五光十色、异彩纷呈，看到一条条龙船正伴着有节奏的锣鼓声破浪而行，那热闹的场景一如儿时看到的那般清晰，他也仿佛一如少年般那样激动。这久久不能忘怀的情愫在1994年以大型龙船雕塑的外化形式呈现在世人眼前。他做了一条与真龙船一样大小的雕塑作品，长21米的《龙船》，龙头、龙颈、龙身和龙尾栩栩如生，玻璃钢材质上涂上金粉，成为一条威猛的“金龙”。但大禧的着眼点还不在龙上，而是龙船上那二十多个生龙活虎的小伙子，他们听着舵手有力的呼喊声与有节奏的鼓点，拼尽全力、整齐划一地低头划着桨，这是力与美的彰显，是雄壮与刚强的交响，合力的爆发产

生一飞冲天的惊人力量！

这件大型作品，以代表中华民族的向心力，与团结一致、龙腾虎跃的民族精神参加了北京“中国社会发展成就展”并获得了最佳设计奖，之后，立于广州雕塑公园，数年后，玻璃钢材质出现断裂，终没有完整保留下来。

大禧刚做完《龙船》，又接到一个约件。广东省委老领导吴南生嘱他做一个女性胸像——《陈波儿》。

陈波儿（1910—1951）20世纪初曾是红透上海滩的影星，与大禧同是潮州老乡。她出生于康殷之家，19岁赴上海艺术大学读书，加入了左联，因与著名影星赵丹合演《青春线》一举成名。随后主演《八百壮士》与《桃李劫》，后者由田汉作词、聂耳作曲的主题歌《毕业歌》风靡一时，传唱至今。1935年在宋庆龄、何香凝的支持下，她与史良等成立“上海妇女救国会”，随后奔赴抗日前线演出著名街头剧《放下你的鞭子》，极大地鼓舞了当时中国人民的抗战士气。同时，她还发表了小说和多篇文章，被誉为“女明星作家”。

当时广东在上海滩的女明星还有胡蝶、阮玲玉，陈波儿走的是另一条路——1938年奔赴延安参加革命。1940年她到中共中央党校学习，作为第一个女编导，她筹划组织了《保卫延安》等文献纪录片的拍摄；之后派往东北创建东北电影制片厂，编导中华人民共和国第一部木偶片《皇帝梦》，领导摄制了第一部动画片《瓮中捉鳖》。1949年秋，她调北京任中央电影局艺术委员会副主任，在她的组织调动下，仅一年即拍成《赵一曼》《钢铁战士》《白毛女》等26部故事片和一批新闻纪录片。1950年，在她的倡议下建立了中国第一所电影艺术干部学校，即北京电影学院的前身。

为新中国电影事业投入大量精力的她，却在1951年11月9日因劳累过度心脏病突发，英年早逝，美丽的生命定格在41岁。她的追悼大会由文化部艺术局局长田汉主持，全国妇联副主席邓颖超致悼词，给予其极高的评价与莫大的哀荣。

1994年创作的《陈波儿》

大禧用汉白玉来塑造这个伟大的女性。揭幕仪式那天，田华、王为一、陶玉玲等中国许多知名的电影界人士都来了，中国电影艺术家协会主席夏衍为石碑题写了“人民艺术家陈波儿同志不朽”，著名文艺家阳翰笙为陈波儿撰写长篇碑文，由吴南生手书再刻于碑上。

红色幕布拉开，大家看到了一个美丽的波儿，她，仿佛又回到大家中间。从

唐大禧与田华（左二）、陶玉玲（左三）合照

潮州西湖《陈波儿》揭幕式众人合照

艺术界同人在广州文化公园参观雕塑制作技术

唐大禧与导演王为一（左二）等人合照

另一个角度说，波儿是幸运的，她处在一个美丽的时代——政权交替，四处红旗招展，处处是《歌唱祖国》的嘹亮歌声，令多少海外华人扬眉吐气，多少海外华人科学家、专家回来报效祖国。

中华人民共和国如日中天。

波儿带着永恒的、如蒙娜丽莎般的微笑，深情地凝望着来看望她的好朋友，一如往日的坦诚，头发也没时间烫，长了就自己剪剪，前额那一缕老怕掉下来影响工作，只是随意地用发夹夹一夹，想当年，她可是上海滩的大明星呀！她穿的干部服没有扣风纪扣，或者，这是大禧显示她从事文艺工作的一个小细节：她不想太约束，她还想在有限的空间里，有一些小小的文艺自由……

波儿的眼神是那样的清澈，目光熠熠，永远闪烁着阳光、幸福和希望。

如果她知道，她的同行者，如今为她题字、来看望她的耄耋老人，如夏衍、阳翰笙、王为一、田华，等等，在她走后，经历了怎样的精神历练，受过多少难以述说的煎熬，假如她知道，那么，她应该又是一个怎样的眼神？

令人唏嘘，令人沉思。

1994年，大禧还有一件令人称道的创作，就是现场即兴为当时的广州市市长黎子流塑像。

时任广州市市长的黎子流，是一个颇有争议而卸任后又颇受市民称赞的市长，黎子流之前在广东家乡顺德做过县委书记，在其他城市任过市委书记，他有句名言，叫“得就得，勿得就返顺德！”意为敢想敢做，失败了大不了回家乡顺德耕田，也有人称黎市长为“黎大胆”。他在20世纪90年代初开始的任期内，为解决广州城市道路狭窄而导致的严重堵车问题，他主持修建了广州首条内环路；建了机场高速公路，随后又向海外贷款建了广州第一条地铁；他任内的广州是大干快上，四处烟尘滚滚，都是拆迁的工地，没几年，阵痛后的广州焕然一新。但也有人诟病他没有文化，拆除了大量有文化价值的建筑，没有把历史的广州完整保留下来，等等。但有一点，大家是有共识的，就是他的平民意识，他不会动辄端市长架子，很亲民。

1994年，广州市文化局下属两个艺术机构广州画院与广州雕塑院在广州文化公园搞一个“开放的视觉”艺术展览，可能也是想从多角度及更开放的方式展示广州深厚的文化吧，大家都很想请黎子流市长来看看，希望他加强对城市文化的重视。在策展筹备会上，作为广州雕塑院院长的大禧提出一个建议：“开幕式那天，不如让黎市长坐下来，我即时给他做一个速塑？这样会增加市长对艺术的了解，日后也许会多一些对艺术与文化的支持。”

大家一听，都觉主意很好，但转念一想估计也行不通——日理万机的黎市长哪有闲工夫给雕塑家当模特？！

展览方案与开幕式计划送呈市长办公室，想不到黎市长的秘书很快复了电话：市长来参加开幕式，而且还很爽快地答应了给艺术家当模特做速塑的请求。

这边，艺术家们可就得张罗好一阵子。

开幕那天，热闹非凡，媒体都知道黎市长会来，而且会坐下来给著名雕塑家、广州雕塑院院长唐大禧当模特，即时完成作品。所以那天长枪短炮般的照相机布满一屋，期间还有不少媒体记者为抢最佳位置互不相让。

大禧现场做雕塑、速塑早已习以为常。可从来也没见过这么大阵仗——摄像镜头都放到手肘边了，镁光灯、闪光灯闪得人头昏眼花，可黎市长却是不慌不乱稳坐"钓鱼台"，与大家谈笑风生，期间走过来看看大禧塑得怎样，饶有兴致。

一个下午，黎市长对大禧完成的速塑很满意，加深了他对艺术的了解，之后，市长推进了广州雕塑公园的建设，参加了广州雕塑公园的奠基仪式及雕塑公园开园典礼，与大禧还成为好朋友。不难看出黎市长的确是全心全意地支持广州的文艺发展。

现场速塑完成后，黎市长并没有提出带走自己的塑像。大禧亦没有将塑像主动送给黎市长，这塑像，就放在大禧工作室，一放就是十八年。君子之交淡若

唐大禧为时任广州市市长黎子流做现场速塑

水，不尚虚华。

二十载春秋，已退下一线岗位的黎市长仍为文化事业奔波、操劳。为保护粤剧文化遗产，他牵头成立了粤剧文化基金会。一次他找大禧闲聊时，说起粤剧基金会活动经费困难，大禧想起那个速塑像，不如把我给你做的那个塑像拿出来拍卖筹款？黎市长一拍手，好！

不久，真的搞了个为粤剧文化基金会筹款的慈善晚会，大禧的作品《黎子流》现场拍得140万元，支持了岭南文化，也成了一段佳话。

1995年，大禧出席了广东省第四次文代会。这年，他创作的一件重要作品是《周恩来·1927》，这座高3米的青铜像，计划放在汕头的“七日红公园”。“七日红”这个名字深藏着一段20世纪上半叶发生在这里的红色往事。

1927年9月，八一南昌起义军在周恩来等领导下挥师潮汕，23日，起义军进占潮州并进入汕头市，成立了革命委员会的红色政权。30日，在国民党随后跟随的优势兵力围攻下，起义军被迫撤离潮汕，新生的红色政权仅仅存在了一周，这就是有名的“潮汕七日红”。

公园位于汕头市西北郊鮀浦桑浦山麓，主要建筑物为高40米的“潮汕人民英烈纪念碑”，就建造在90米的山峰上，雄伟庄严，碑正面“人民英烈浩气长存”的大字由原国家主席杨尚昆题写。

大禧与周恩来的缘分，也与南昌有关。

那是1967年，在八一南昌起义发生地江西省南昌市，大禧被邀担纲创作两组大型群雕——《全国人民大团结》与《亚非拉人民大团结》。据说，大禧当时住的房间就是周恩来当年任前敌总指挥发动南昌起义时住过的房间兼办公室。

那晚，他睡在周恩来当年睡过的床上。辗转反侧，他在想象年轻的周恩来是以一种怎样的气魄去领导推翻整个剥削制度、粉碎旧世界的伟业，是怎样地无惧艰险每天出入于白色恐怖救民于水火……

那一辈人，可都是“砍头不要紧，只要主义真”的。

睹物思人，更何况，这房间里有太多周恩来的讯息。

他当时就想为周恩来塑像。

他如那一代海外归来的知识分子一样，对周恩来有一种特别的感情，一种亲切感。这种愿望一直在大禧心里发酵，翻转……

现在，机会来了。

汕头“七日红公园”请大禧做一个周恩来1927年在汕头的高大的铜像。但那时，真实的周恩来是发着40度高烧仍在指挥作战，真实的周恩来，是躺在担架上，头上敷着降温的毛巾，头发、胡子又很长的样子。

唐大禧在创作《周恩来 · 1927》

《周恩来 · 1927》

但那不是大禧心目中的周恩来。

大禧心中的英雄，应该是这样：

适当夸张的、修长而伟岸的身躯，面庞略向上显出希冀与朝气，目光透着英武与崇高，一身戎装更显英俊威武；他的左手靠后有一种蓄势，右脚后倾更增加即将向前的动感，最精彩的还在周恩来衣领上的红飘带，在泰山压顶仍纹丝不动的伟岸身躯上轻盈地迎风摇曳。这是英雄的意志，代表英雄一生所追求的理想与理念，这也是人类追求世界大同的理想，如贝多芬第九交响曲：

亿万人民团结起来，<br>
大家相亲又相爱，<br>
欢乐女神圣洁美丽，<br>
灿烂光芒照大地！<br>
……

这是大禧塑造的周恩来。

1995年创作的
《二十世纪遗恨》

这人类追求理想的红飘带，它，永远飘扬！

1995年，是中国人民抗日战争暨世界反法西斯战争胜利五十周年，大禧创作了《二十世纪遗恨》，参加“广东省反法西斯战争胜利五十周年美展”。

90年代，已是20世纪末，大禧把抗日战争放到人类的历史长河来思考。

20世纪最令人深刻的记忆，是前所未见的全球性战争即两次世界大战，是两大意识形态——社会主义与资本主义的军事对峙，在这个世纪殖民主义发展到极致，却在后半叶迅速瓦解，民族主义风潮汹涌使多个国家独立，却又导致恐怖主义在全球盛行。这个世纪互联网的出现使人类信息的得到有了前所未有的便利，是知识爆炸的年代——虽然使更多人能接受知识，但结果却是质疑与检讨各学科的发展和研究。 这个世纪也是人类史上流动与交流最频繁的时代，人类成了地球村。在艺术上，以美国为发源地的大众文化成为最为人所知的事物，尤其透过电视、广播和电影，让全球各地或多或少都受到其影响。

但重新界定世界秩序的，主要是第一次与第二次世界大战，是战争。

战争是人类集群间极端的手段，广义来说，并不是只有人类才有战争，蚂蚁和黑猩猩等生物也有战争行为。战争是政治集团之间、民族之间、国家之间等矛盾最高的斗争方式，是以暴力解决纠纷的最终手段。它是政治通过暴力手段的继续，是流血的政治。

战争中，根本没有完胜的一方，无论对于哪一方，都是灾难。

战争，会使人们流离失所，对人类造成的灾难无法估量。战争造成生命的消失，是痛定思痛后的人类认为最不齿的方式，越来越不被现代社会所认可。

大禧的《二十世纪遗恨》，体现了他对战争给人类带来灾难的深切同情和深刻思考。

血腥、残暴、刺刀、日本旗，那是恶魔的象征；扭曲的女性身体，在刺刀下痛苦地呻吟，这是人类最丑恶的一面，这一幕，有如毕加索的名作《格尔尼卡》。

这场战争制造了人类有史以来最惨烈的战事场面与最大规模的屠杀，最终引爆了最极致的杀伤武器——原子弹，而被惩罚者是日本旗与刺刀一方的恶魔，他们的人民，也成为战争的牺牲品。

有动物学家进行过深入研究，结果发现人类之间的致命暴力发生率远超其他哺乳动物，仅1939年，第二次世界大战爆发，波及20亿人，约9000万人死亡。

于是，尘埃落定，留下比死还深的沉寂。

犹如这座雕塑，予人类的是深刻的教训、启迪与沉思。

祈祷战争不再，橄榄枝常绿，和平永驻。

1995年，大禧还为"六一"第六届全澳儿童画展创作奖杯《抗日胜利》，为广州市白云区创作石雕《醒狮》，为东莞市茶山镇创作《骏马飞腾》，创作《阳光雨露》立于深圳市蛇口中学，创作胸像《新会名流》与胸像《何炳麟校长》等。

1995年，大禧还创作了一件经典之作——《托起明天》。

这是一双优美、温柔、丰腴的手，带着母爱的细心与温暖，呵护着幼嫩、可爱、胖嘟嘟的小手，小宝贝的手腕有条细细的手链，上面写着——岁岁平安。

手如柔荑，肤如凝脂。

早在《诗经·卫风·硕人》已有对美手的描绘。

而大禧最早对手的留意、敏感，则源于抚育他成长的祖母。

因为抗战，大禧3岁多母亲就离开了他们，是祖母照顾兄弟俩的一切。大禧还记得小时候祖母给兄弟俩洗澡，洗着大禧的小手，总爱说："奴呀（潮语对小孩的爱称），你十指皆'螺'，天生聪明，但要勤勉，才能成器。"什么是"螺"？大禧那时就留意别人的手，看看别人的手指是否有螺形的指纹。

说来也是，大禧看来看去，十指皆"螺"的人也真是少。

不知这是否也是心理暗示，大禧真的觉得自己的手特别灵巧。打小他生母带他回娘家，在外公揭阳乡下的大屋里用粉笔在红阶砖上面涂鸦，深得外公疼爱，吃饭时常给大禧吃"头箸"。大禧很早就会自制各式各样的工具，小时候父亲给他买的玩具他会拆开，又会按原样装合。父亲写的字，他看一下就会摹写。从没

1995年创作的《阳光雨露》

有受过训练的他自学了雕塑、速写、素描及解剖结构，自学石膏翻模，石雕、木雕、玉雕，自学油画、国画、书法、写作，还在祖母那里继承了一手精巧的针线活，会绣花、改衣服甚至会裁剪做西服。大禧不仅手巧，动手能力也很强：包揽了家里的水管、木器维修。他还给年幼的儿子唐颂武做过几把仿真的木头枪，用真皮缝了枪套，这着实让儿子威风了一把。

大禧超人的动手能力，在他1993年开始花三年多时间建的新居“他山石屋”里得到了充分的展现与发挥。这时他在新屋里创作了国画《幸福撒播人间》和《问路白云间》。

屋子只是一个框架时他已搬了进去，木工、电工、泥水工样样都干，大禧把雕塑时用剩的边边角角各式材料都糅合了进去，让之后去参观他建筑佳作的人无

午后时光

不啧啧称奇，谓“他山石屋”为“艺术之家之范本”。

60岁后大禧置了汽车，很快上手摆弄自如，让教他开车的师傅怀疑他的年龄；之后手机微信盛行，大禧也是一样无师自通，手指功夫了得。

1987年唐大禧创作的《月亮》与这次的《托起明天》，应是珠联璧合，有异曲同工之妙。

大禧对于“手”的审美诉求，几乎带着些许“痴”：看到婴儿柔嫩的肉团般的小手，看到少女如粉葱般的玉指，甚至看到劳动者灵巧的手，他都会滋生出对生命的感动……这是作家沈平对大禧爱手的描述。

《托起明天》就是缘于著名女画家郑爽的手：一次郑爽来访，大禧发现她的手真美！只见手如玉笋，指尖细长，丰腴白皙，细腻饱满——犹如佛像上那双会说话的佛手，在征得郑爽同意后，大禧以不同手形做了倒模复制，反复端详，总想创作一些什么。上次《月亮》是卧式，这次不如采用立式？

舐犊情深。那是每个人心中最柔软的地方，是道不完的温馨，是人间永远的真情。

1995年唐大禧匍匐在越秀北家中漂亮的地板胶上创建心中的广厦（他山石屋）

著名画家朱新建读到这件作品，写下一行诗句：

因为母亲的搀扶
我才开始步行
许我浪迹天涯
不再害怕跌倒
仗着这块热土地的呵护
——读唐大禧先生的作品《托起明天》

《托起明天》

# 十二 华夏柱

1936—1996年，一个甲子，大禧60岁。

关于人生的阐述，最经典的还是孔子这段话：

> 吾十有五而志于学，
> 三十而立，四十而不惑，
> 五十而知天命，六十而耳顺，
> 七十而从心所欲，不逾矩。

60岁，对于很多人来说，都是一个人生的转折点。古人说：一个甲子，是十个天干和十二个地支所进行的循环组合，60个刚好为一个循环，如此周而复始，无穷无尽。

奇妙的是，西方的计时法也是以60为时段：一

1996年唐大禧在莫斯科红墙

分钟为60秒，一小时是60分钟。同样，一天24小时，也和中国传统的每天12个时辰对应；时辰就是大时，两个小时为一个大时，12个时辰，恰好也是24小时。

60岁之后，意味着人生开始另一轮循环了。在中国，许多男性都是60岁退休，再不用上班，过上自己喜欢而愿意做的、悠哉的退休生活。大禧也不例外，他想卸下当了十多年的广州雕塑院院长之职，减少许多诸如开会、学习等杂务，可以把更多精力投入自己的创作中。可是广州雕塑院顶头上司广州市文化局不同意，说大禧做得很好，身体状况又不错，希望他再多干两年。

人在江湖，身不由己。

1996年，他终于来到了年轻时就向往的艺术圣地——俄罗斯。

大禧还很记得1955年规模巨大的苏联造型艺术美展来到广州巡回展览的情景，那时他还在广州文化公园当美工，新中国一边倒地倒向了社会主义老大哥苏联，苏联的一切都成为我们模仿的对象，“俄罗斯巡回画派”等社会现实主义文艺理论在中国盛行，这种主题性创作的审美样式在之后的几十年里，深深影响了中国的美术，也影响了大禧。

苏联美术以列宾、苏里柯夫、列维坦等为代表，雕塑家则有穆希娜、马尼泽尔等，他们追求崇高，追求纪念碑式的作品。艺术家都要深入生活，作品要表现劳动人民的生活与苦难，歌颂光明。大禧对他们的作品背得滚瓜烂熟，同时，也对当时苏联《星火》杂志里面的插图颇有钻研，书店、图书馆等都是大禧休息日必光顾的地方。

现在，他就坐在飞往莫斯科的飞机上，脚下即是广袤的俄罗斯大地。

俄罗斯，这里可是普希金、屠格涅夫、赫尔岑、托尔斯泰、索尔仁尼琴等天才的故乡啊！年轻时大禧在香港就曾读过托尔斯泰的作品，吟诵过普希金的诗句。

飞机穿过云层。他想，只要俄罗斯原野墓地上空的流云在飘荡，无数教堂就会敲响悠远的钟声，白嘴鸦就会在春天某个时分如期归巢，俄罗斯艺术就会散发其独特而永恒的魅力……

最早具有世界影响的俄罗斯视觉艺术是19世纪中叶兴起的“俄罗斯巡回画派”。自从彼得大帝开启了改革之风，新兴资产阶级及知识分子走向了前台，沉淀多年的俄罗斯文化以特有的方式显示其独特的魅力，知识分子以其“批判现实主义”的视觉与手法切入生活，无论是文学还是音乐、绘画都走向了世界文学艺术史的高峰，以“俄罗斯巡回画派”为杰出代表。

那年，圣彼得堡美术学院的师生及社会画坛精英不满沙皇官方举办的以僵化的圣像题材为主的全国美展，以克里姆斯柯依、列宾、苏里柯夫、列维坦等为代表的画家深入生活，画了一大批反映现实生活中人民的苦难生活以及反思历史、赞美俄罗斯辽阔大地，充满情感富有深度的优秀绘画作品，如《近卫军临刑的早晨》《伏尔加河上的纤夫》等，这些作品在俄罗斯巡回展览，深深打动了无数的观众。

为什么这批艺术作品如此感人？这还得要从俄罗斯的地缘与人文环境去寻找原因。

覆盖北半球大片土地的俄罗斯一年中大半年是严酷的寒冬，每年九月份下午三点半天就黑了，这漫漫长夜没有更多的社会生活，也没有交往，人们在家里的壁炉旁读书、思考，这样的环境成为诗人、思想家成长的温床，表现在俄罗斯音乐、绘画、文学作品里，就是一种深沉的忧伤和抑郁。 这跟欣赏施特劳斯《蓝色的多瑙河》有截然不同的感觉。俄罗斯广袤无垠的平原催生了知识分子特有的“大地母亲”情怀。这种情结进入了他们的审美，他们的信仰，他们的血液。他们认为，只有自然状态才是人类存在的理想形式，只有投身到大自然中去才会深刻感受生命，开掘艺术创作的源泉，从这点就可以理解为何俄罗斯有如此多描绘大自然的优秀作品。

俄罗斯辽阔无垠的大自然造就了艺术家的豪放旷达，同时还赋予俄罗斯知识分子一种崇拜苦难的情结，他们有一种清教徒般的虔诚，认为精神只有经过受难才能得到升华，把沉重苦难的感觉表现出来会有一种“快乐感”。所以他们的作品有思想深度，有历史的厚重感。此外，俄罗斯民族本性还重情感，喜欢喝酒，他们与德国哲学思辨理性之间的差别很大，俄罗斯的东正教本身就不太讲究思辨，用“悟”就能够感受到，不见得能用非常准确的语言表达出来，由此我们可以理解为何俄罗斯油画用笔如此概括、率性，充满激情与奔放。

“俄罗斯巡回画派”作为俄罗斯油画的代表基本是以写实的现实主义面貌出现，成为世界美术史上的奇葩，如中国古典文学高峰唐诗与宋词，至今为世人传诵。此时的西方有“新古典主义”与“写实主义”“浪漫主义”画派与之相呼应。其后西方19世纪后半叶的绘画革命也影响到俄罗斯，“俄罗斯巡回画派”遂告一段落。

“俄罗斯巡回画派”后期弗鲁贝尔、夏加尔与《艺术世界》等也开始在绘画语言及形式感上做新的探求。在形式美探求上值得一提的是现代绘画“抽象派”之父的俄国人康定斯基，他的理论著作《论艺术中的精神》与《点、线、面》至今还被奉为抽象艺术的“圣经”。俄国十月革命后，他还是苏维埃政权“人民教育委员会”美术局委员，但他忍受不了随后一边倒的“歌德派”绘画风格，转到德国任教于当代设计史上最著名的包豪斯学院。不久，俄罗斯绘画逐步成为风格与题材单一的政治宣传与意识形态的工具。一直到20世纪50年代前期斯大林逝世，赫鲁晓夫实施较开明的政策，才迎来俄罗斯绘画的转机，艺术气氛开始活跃，有如我们在“文革”后，终于迎来艺术多元化的时代。

先是批判了统治画坛多年的粉饰现实“假、大、空”画风，主题性绘画在画展上一度成为稀客，风俗画、风景画重新成为主角，重新又回到表现俄罗斯深厚人文精神的轨道上来。内容的转化带来了手法的更新，人们开始注意绘画语言的深化与形式美的探寻。

当年的圣彼得堡美术学院已更名为列宾美术学院，以梅尔尼科夫等为代表的老艺术家走出传统写实的路子，从装饰性、象征性与抒情性入手，由师从自然走向追寻内心，以更加大胆的构图与取舍，变自然之形为心中之形。

这次，大禧以别样而异常华美、诗意盎然的审美愉悦，亲身感受俄罗斯这个辽远寒冷而又温暖自由的国度，重温经典，倍感亲切，收获颇丰。

广州，最早称“楚庭”，距今已近3000年。市内山丘名越秀山，其上尚有石牌坊刻“古之楚庭”四字。传说有五位仙人，身穿五彩衣，骑着五色羊，拿着优良稻谷降临“楚庭”，将稻穗赠给当地人民，并祝福这里永无饥荒。说完后，五位仙人便腾空而去，五只羊则变成了石头，现在越秀山上有五羊雕塑，广州还有“羊城”“穗城”的别名。

秦朝，广州一直是南岭以南的行政中心。历史记载秦末，即公元前214年至公元前111年，这里建立了南越国，赵陀自立南越王，广州成为南越国都城。

公元前214年至1996年，广州建城已2201年。1996年，广州准备举办城庆活动，其中一个项目，就是在广州老城区的北面飞鹅岭建广州雕塑公园。

2201年的建城史，不算长，但也不算短了。

2000多年，广州老城区一直没什么变化，中轴线还是沿着城中心北面的越秀山，自北向南延至后来的中山纪念堂，再到财政厅、北京路，直至北京南路的天字码头，20世纪90年代城市建设改造北京路（以前叫永汉路），挖下去始发现一层层的路面，从清、明、宋，一直层层叠叠到秦，如一层层年轮般，看到这座城市的岁月沧桑。加之城内河道蜿蜒流转，所以广州很少有像北方那样南北贯通或东西贯通的大马路，大部分是弯弯曲曲的狭窄小径。这样的城市环境并不适合将城雕作为散点装饰，于是广州决定做一个集中展示的雕塑公园，让市民在休闲娱乐的同时，还能欣赏到雕塑艺术的美，既放松了心情，又陶冶了情操。

将美好的愿景变成现实往往要经历许多不为人知的艰辛过程，广州雕塑公园的建立亦是如此。位于下塘西路的飞鹅岭原是一片乱葬岗，渐后，成为一些外地流浪至此的盲流聚集地。选址飞鹅岭首先面临的问题就是动员附近的村民将自家的祖坟迁走，为此，政府召开了多次动员大会，并给予了相应的拆迁补偿，终得解决。

如何建广州雕塑公园？尤其是公园大门如何设计？广州市政府请来众多专家，包括史学界与雕塑界、艺术界的名家一起开会讨论。

史学界认为，既是广州雕塑公园的大门，应该以浮雕的形式再现千年广州城史；雕塑界，特别是广州雕塑院院长唐大禧认为，大门设计定位不一定只局限在广州历史的格局，应有一个中华民族与中国传统文化的意识，几个雕塑专家与艺术界同声应和。但如何才体现气势，怎样才先声夺人？坐在大禧旁边的广州美术学院雕塑系主任梁明诚随手递张纸叫大禧大致画个效果图，大禧就用笔勾了一下，一个“华夏柱”的概念，就已跃然纸上了。

柱，分方柱与圆柱，是建筑物中垂直的主结构件，用以承托它上方物件的重量。中外建筑皆有“柱”，比如著名的希腊柱、罗马柱。

中国古代的柱子多数为木造，间有石柱。为防水、防潮，木柱下垫以石质柱础。在中国建筑中，横梁直柱，以柱负责承托梁架结构及其他部分的重量，所以“能人”都称“顶梁柱”，或叫“栋梁”“中流砥柱”，以此比喻那些能担当国家重任的人，也比喻有非凡才能的愿为国家付出的仁人。

可见，“柱”之分量与重要性。况且，广州雕塑公园的占地面积达46万平方米，这么大的公园如果没有一个与之相比拟的门恐怕是压不住阵脚的。这个门不仅要大，更重要的是要有磅礴大气、深沉内敛

《华夏柱》

广州雕塑公园大门石匾

创建《华夏柱》现场

1996年在雕塑公园工地
（左起：俞畅、陈纪萱、唐大禧、蔡文星）

的形象气质，才能彰显园内众多雕塑艺术品的主题与内涵。所以，大禧又提议，“华夏柱”上应有纹刻，应以华夏文明为皈依，它是东方文明的源流，它的精深博大，厚德载物，才是我们取之不尽的宝藏。内容可从儒、释、道三种文化入手，跨越华夏5000年文明史，以高低大小不一的若干方柱，以浮雕的方式表现令我们骄傲的文化，展现我们文明历程的宏伟壮观……

大家一听，无不称好，于是，就拍板定了下来。

从俄罗斯回来的大禧，开始创作广州雕塑公园门口的大型石雕《华夏柱》，《华夏柱》共五根，10米至18米高低不等，依次排列为疏密不同的前后组合。石柱取方形，选于潮汕花岗石，力求粗犷。

大禧创作的《华夏柱》，其图腾文化极为丰富，以浮雕的形式浓缩了5000年的华夏文化元素。“图腾”一词，源于印第安语，意为“它的标记”。在原始人信仰中，认为本氏族人都源于某种特定的物种，图腾信仰便与祖先崇拜发生关系。如《史记》所载：“天命玄鸟，降而生商”，玄鸟，便成为商族的图腾。

图腾标志最典型的便是图腾柱。在我国东海沿海的考古中，就发现有鸟图腾柱。绍兴曾出土一座战国时期古越人的铜质房模型，屋顶就立着一根图腾柱，柱顶塑一只大尾鸟，不过，图腾柱为圆形。

雕塑公园门前的五根华夏柱在很多市民的心中也具有图腾的象征意义。居中一根镌刻了秦始皇统一中国文字的篆书碑文，其他华夏柱分别刻着中国最古老的仰韶文化的文字、“八卦图”、战国时铜壶上的“水陆攻战图”“青铜剑”、汉代狩猎图、象形文字、新石器时代陶模、汉代“马踏飞燕”“渔猎图”以及仿南越王墓出土的印章、广州古丝绸之路、齐国钱币图、佛捻花手印、造纸图、印刷图等，不一而足，洋洋大观，丝丝入扣。

1996年唐大禧与儿子唐颂武在雕塑公园施工现场

《华夏柱》（局部）

大门还有大件的“广州雕塑公园”石刻牌匾，它选用一块完整的巨型揭阳花岗石，左上角以象形字的五个羊字，设计成一个图案，铃上去，取意吉祥。右上角以甲骨文刻“子子孙孙永宝用享”。右下角，落个圆印“吉月登昭”，“盖”上去。

几根巨型华夏柱直指天空，像直挺的脊梁，将石文化演绎得出神入化，象征着广州人对华夏文明的传承。它们在蓝天与绿树衬映下，将雕塑的三维空间之美、之势发挥得淋漓尽致。

这项工程，浸润了大禧多少心血，是难以想象的，仅石料而言，每块4.5米×4.5米×2米，重约40吨，共35块，一块块用货车或平板车从潮汕运来，因超载，由广州市政府开出特别通行证，用了近三个月的时间才蚂蚁搬家式地将巨石运抵广州，再设计、雕琢，历时年许。大禧至今记得当年帮他一起采石的潮汕石匠陈孙明。“这个工作真粗涩！”（潮汕俚语意为艰辛之意）“汕头至揭阳沿路原有许多巨大的岩石，特别适合建筑和石雕用料，至20世纪90年代，已经被挖掘了大半。我们只能向更深的地方寻找。”就是在当地石匠陈孙明的热

《华夏柱》

情指引下，才在桑浦山沿途找到一块块符合制作要求的石料。陈孙明发动同乡村民用铁砧和铁锤一起将这些笨重的石料从巨石山上敲下来，用吊车放到平板车上，运到路边，再用吊车吊起放到大货车上，才能出发运往广州。适逢雨季，这给户外作业带来很多不确定性。首先，当天有没有采到符合尺寸的石头，受天气影响不知何时能发车，路上是否顺利，被警察扣了怎么办，光有通行证并不保险，因为经常超重，还是会被警察拦截，被问询，以致交纳罚款，等等。历尽千辛万苦到达广州后，货车司机又不熟悉广州的路况，幸亏那时有了BB机，部分人有了手机，可以及时通信，又能确保石料到达指定地点后，有人接车卸货。哪怕货车夜里12点钟到达，广州的工程队也必须开夜班，完成卸货工作。白天，艺术家和石匠们一起在烈日下，完成粗石的打磨和雕琢……由此可见，雕塑区别于其他形态的艺术门类，它的用料广泛，金属、木料、石头等，依不同的题材和表现意境而选择与之相适应的材料。其制作过程亦是多工种协作完成，并非一己之力所能实现。因此，雕塑有“美术界的重工业”之称。

想象一下，若数千年之后，因地壳变化或因某种人为因素使然，后人从地下出土了这么一批石柱，若潜心研究，必然能发现它与华夏远古文化的对接与渊源，并可佐证，20世纪的雕塑家对远古文化的认知与艺术的塑造能力。

——沈平《塑说——唐大禧雕塑回望》

1996年，大禧还为广州地方志馆创作线刻壁画《海不扬波竞千帆》；创作胸像《拿督——方卓雄》，立于马来西亚槟城；放大《欧阳海》立于广州雕塑公园；创作了石雕《跃》。

1996年，大禧向广州市文化局再次提起卸任广州雕塑院院长的请求。

说起来，大禧任广州雕塑院院长之职已有十多年了。当年他只身从香港到广州，先在广州文化公园当了几年没有编制的临时工，后来成了广州雕塑工厂的首批成员，广州雕塑工厂后来改名为广州雕塑工作室，到20世纪80年代更名为广州雕塑院，大禧从未想过他会成为广州雕塑院的领导。

就在大禧创作《猛士》不久，大禧的艺术生命与政治生命都翻开了崭新的篇章。

1981年，广州市文化局任命大禧为广州雕塑院副院长，之后又任院长，80年代中后期，大禧当选省美协副主席，表明了社会对大禧专业能力与领导才能的认可。

大禧任广州雕塑院院长是20世纪80年代中期。那个时候国家经济仍不发达，时兴改制——从原来一切都是国家大包大揽吃“大锅饭”的方式，改为了承包责任制。当时整个中国从农村到工厂都实行承包，这是一个改革的过程。

改革之风吹到广州市文化局，局里要求大禧在广州雕塑院也试行承包制，就是单位只给每人基本工资，然后允许大家到社会接雕塑任务。结果，是能力强的人会接到很多任务先富起来，能力低的人就没事可干了。

此举真的得罪人，实施了一段时间后，不了了之。

但这些都耗费了大禧的不少精力，还挨了不少骂。

1997年，香港回归祖国。这年，大禧位于广州北郊大源的“他山石屋”开始装修，年底基本可以入住了。为了这幢自己心中的理想家园，大禧几年来耗费了大量的时间与精力，现在终于完工，吸引了不少老友新朋过来，一睹其芳容与风采。

这年，大禧创作的作品《猛士》《创造太阳》参加广东美术馆“主流的召唤——馆藏新时期广东优秀美术作品展”并被广东美术馆收藏。作品《欧阳海》被广东美术馆收藏。大禧还创作了《拿督——蔡文庆》，立于马来西亚双溪大年新民独立中学。这年他还创作了《古罗马战士》，过了一次塑西方雕塑经典样式的瘾。

1998年大禧卸任广州雕塑院院长一职，恰逢市美协换届，通过市文联的推选，大禧高票当选市美协第三届主席。

这一年，大禧62岁。

市美协成立于1987年10月，是由广州地区美术家组成的美术团体，为市文联下面的团体会员，每五年一届。

第一届主席是刘仑，首批市美协会员338人。

刘仑（1913—2013），广东惠阳人，中国著名国画家、版画家，国家一级美术师，广州画院首任院长。早年毕业于广州市立美术学校，1934年参加鲁迅倡导的新兴版画运动，1951年参军任《解放军文艺》美编、中央军委原总政治部文学美术创作室和中国军事博物馆创作员，1976年转业回到广州，创办广州画院。

第二届主席是杨家聪，祖籍广东三水，以擅画雄鹰和水乡著称，原为广州市文联专职副主席、广州市文史研究馆馆员、广州诗社副社长。首任主席刘仑由于年龄原因退下来后，杨家聪接任了新一届市美协主席。

第三届主席是唐大禧。

之前，广州市文联主席钟子硕主政健全文联下属各个协会，成立首届市美协时就曾动员大禧担纲，那时大禧忙于广州雕塑院院长的工作，再加上各地的约稿又多，无暇顾及太多的社会工作，于是没有马上答应下来。这次他已卸任广州雕塑院院长一职，而市美协主席还缺一个担纲的、标杆式的领军人物，大禧就再也没有理由推托了。

上任伊始，大禧才知道市美协是一个“三无”之地：没经费，没办公室，没办公人员。

首先是没经费，搞什么都很困难。还有就是业余水平，对艺术水准的把控方面不够重视，像是搞群众艺术的感觉。美展比较随便，在文化公园租了一个地方就展出了。

大禧上任后对市美协最大的贡献就是使之学术化、正规化。学术就是要探讨艺术的质量，往学术及艺术专业方面靠。还有就是找很多能干的人充实到市美协的队伍里，让市美协不只是一个群众组织，让它有标杆、有学术、有专家、有大师，还有辅导提高这样一个功能。他任命了广州美术界无论人品与能力都很佳，肯付出而且画画也不错的黎日晃为秘书长，负责协会的日常运营。

大禧要办有质量、有档次的广州市美术作品展览，一定要严格把关，严格审核，要有高水平，他要让市美协成为一块铮亮的专业品牌，让市里进到协会的美协会员都感到是无上的荣光。

刚好上任第二年是中华人民共和国成立五十周年，头一件事就是要搞个高水平的广州市美展。大禧想在广州最高档次的广东美术馆办展，于是找到了广东美术馆馆长王璜生，凭着大禧的面子，王馆长答应了展期，而且收费便宜一点，上下三层所有场馆只要十万元左右。

但十万这个数也不少啊。大禧又找到广州市委宣传部，向部里申请经费。

好在领导支持。这次广州市美展不再在文化公园展览了，这是有史以来档次最高的一次，办得有声有色、有模有样。1999年的这个广州市美展就标志着市美协的水平到了一个新的层级。

展览效果出奇的好，一是在全国第一流的美术馆展示，二是大禧前期为画展做了大量细致的组织工作。他为这次美展成立领导小组，广州市委宣传部部长牵头当组长，市文联主席任副组长，市美协一年前就向全体会员发征稿通知，到展览开幕一共发了三次，使会员更加重视这次大展；为了抓质量，主席团组织部分重点画家到厦门、汕头、惠安等地采风及收集创作素材，还不失时机地办了几次创作辅导班，期间请来省、市画院的专家及广州美术学院教授来辅导，使整个广州市的美术创作从此走上了更高的水平，逐步走上正规化、专业化。

为了把广州的美术家推向全国，推向世界，大禧还请企业家赞助展览场地，挑选部分优秀画家参加“1998广州国际艺术博览会”。市美协大展及不断的活动使美协的影响力日增，申请加入市美协的人成倍增加。为了扩大市美协的影响力，主席团决定出版市美协大型作品集，向全体会员征集建会12年以来入选省、市乃至全国的优秀作品，作为检阅市美协创作成果的一项重要工程。经过两年策划筹备，这本厚厚的、沉甸甸的精品画集终于面世。

为了向社会更好地宣传市美协与加强会员间的交流，大禧还建议复办《广州市美术家协会简讯》，后更名为《广州美术》，组织专门的编辑班子，定期出版。同时，还为市美协在市文联争取到一个办公场地，会员增至近八百人。

2003年，市美协换届，为使市美协走上专业化轨道而辛劳了几年的大禧终于完成了使命，把班子交给了继任主席——卢延光，大禧为市美协荣誉主席。

任市美协主席的那几年，大禧觉得比当广州雕塑院院长还累。

日后，大禧撰文《一段路》写下过这段日子：

20世纪90年代中期的一天，我敬重的钟子硕先生从澳门回来，由文联书记潘丽珍女士陪同约我去“吃饭”，席间，钟先生才谈到吃饭的主要目的：他将要主持市文联，诚邀我出来帮他抓美协的工作。我感到广州市属的协会全是“三无”机构，一无经费，二无编制，三无办公地点的空架子，工作十分难做。钟先生当时用勉励和诚恳的态度对我说：“知难而上，尽力而为，相互支持吧！”并要我考虑，碍于我与他多年的交情，我答应考虑……

由于之后钟先生不幸发生意外，我俩就此失之交臂，这件事被推迟了两年多。

1998年7月，市美协第二次会员代表大会召开，我当选第三届主席团主席，主持协会工作。

一年后，1999年的7月，庆祝中华人民共和国成立五十周年的“广州市美术作品展览”在广东最高的美术殿堂广东美术馆隆重展出。

我的《前言》是这样写的：随着改革开放的步伐不断向前，广州的美术队伍也不断发展壮大，四方人才荟萃，八面信息交流，使这支队伍的构成及学术思想呈现了多元的发展势态，百花齐放和百家争鸣的喜人局面正在形成。

作为广州画家，身负强烈的历史使命感，他们不分专业和业余、不分工人和农民、不分本土和移民、不分老师和学生，运用着不同的色彩和线条、不同的材料和方法，讴歌时代，彩绘广州；其旋律优美，音域宽广，笔墨豪放，光泽斑斓，构筑了五羊城上的光环。

谨借庆祝中华人民共和国成立五十周年并庆祝澳门回归之机，广州的美术家们正在接受祖国和人民的检阅。祝展出成功！

这次展出比预期的成功，评出了一批获奖作品，一批作品入选省美展，一批入选全国美展。艺术品位的提升，大大鼓舞了士气。

我本人的专业是雕塑，但美协的重要一条，首先是坚持绘事工作，服务社会，联系群众；在这方面，美协的基础不错，我积极支持。每有节日喜庆，不管寒风酷暑，组织画家街头献艺挥毫，都能踊跃参加，很受群众欢迎。在此基础上，多次与市总工会联合举办“广州书画家为职工济难基金会献画活动”，帮助广州市总工会募集特困职工救济基金；响应市妇联号召，献画为“广州市一百重症儿童”筹款；与中共韶关市委宣传部、

广州市美术作品展览——庆祝中华人民共和国成立五十周年

韶关市教委联合举办了“挥墨写真情，助教在韶关”大型筹款活动，筹款总额达1500万元之巨，为莘莘学子献出了画家们的真情和爱心，深得社会的赞许。

日子并没有像天天过节般的快乐，在漫长的岁月中，日子有时也会是沉闷的。美术家协会是1987年经中共广州市委批准成立的人民团体，15年来，在上级部门的领导下，协会逐步适应新形势。21世纪之初，社会团体大整顿，也经历了两次重新登记，手续烦琐，但为了协会的健康发展，我们真是呵护备至地完成了所有手续。面对没有人手的状况，为会务而奔波的秘书长黎日晁先生满面笑容地说：“为了协会会籍不至在我们的手中断送，吃点苦算得什么。”使我很受感动。

2002年终于有了新转机的欣喜，文联给了我们办公的地方。与此同时，在多年艰苦环境中造就和涌现的一批新人和工作骨干，以把原有《广州市美术家协会简讯》复刊并改称《广州美术》的工作为契机，及时组建了编辑工作新班子。《广州美术》是编辑工作新班子的用武之地，并以此构建未来。

出一本像样的画册是协会会员共同的心声，多年来有所酝酿，但这在当今不在话下的事在当年却是一项巨大的工程，这件事在各方的努力配合下，终于得到精心的完成；我曾对参加这项工作的儿子唐颂武说：“黎日晁不论从工作到为人，都是我们的楷模，要向他学习。”唐颂武连声应是。一部精美绝伦的画册《广州市美术家协会作品选》终于问世

广州市美术家协会第二次会员代表大会现场

了，会员们欢呼雀跃，人手一本，奔走相告。更可喜的是，文联主席刘长安以画册相赠内蒙古文联时连声称道："这是我们广州美协的重头名片。"

大禧文里提到的时任市美协秘书长，"楷模"黎日晁日后在一篇文章里也提及那段岁月：

到世纪之交的1999年，唐大禧任第三届美协主席。在举国庆祝五十周年大庆期间，协会破天荒地花了十多万元在广东美术馆举办市美展；还编辑出版了中华人民共和国成立以来首次代表市级水平的大型综合性画册《广州市美术家协会作品选》，这两件事在当时都是按"超豪华"标准去做的，这些活动隐喻着唐大禧——这个在全国美术界有着较大影响的雕塑家，他的信念和追求，给我们、给社会标出这个协会的学术定位，一定程度反映了他不满足长期的守望状态，正努力把我们带出低谷。

唐主席的举措与当时市政府提出建设文化强市也是非常合拍的。

此后，广州文艺界发生了戏剧性变化，边缘化的协会开始被政府关注和重视。国家民政部要求所有民间社团重新登记，经过几个月严格且复杂的手续，我会第一批成为具备资格的法人社团。紧接着市文联刘长安主席宣布提供办公室给各协会使用，并每年划拨办公经费和活动费，使协会结束了十多年的"三无"状态。

唐主席待人沉着稳重，谈笑间流露出格调和品位，在他身边工作感觉非常温暖，那宽厚的胸怀总令人不知不觉沐浴在阳光之中……

尽管1998年大禧忙于市美协的工作，他还是与儿子颂武一起为从化英豪学校创作《栋梁川》；为从化博物馆创作石雕壁画《温泉》，做了胸像《周恩来》与《澳门名流》。

儿子生于"文革"开始的1966年，不知是否出于那个年代对军人的尊敬与爱戴，大禧给儿子起名颂武。

颂武好动，也喜欢玩泥巴，自小在父亲的工作室里东搞搞西搞搞，东拼西凑地弄自己的"作品"，喜欢看父亲塑像。多年之后回忆起来，颂武有点责怪父亲当年没有好好栽培自己。他喜欢画画，但也是自学成才，中学读的是美术中学。

中学毕业那年，颂武考广州美术学院雕塑系，这一年没有考上，第二年，即

与儿子颂武在创作雕塑《栋梁川》

1986年，这次他直接报考中央美术学院雕塑系，一举中的。

从此，儿子也与父亲一样，干起了雕塑的行当。

颂武年轻，受过学院系统教育的他干劲十足，他搞的是当代雕塑。

与夫人沈妙玲在《栋梁川》下合照

上阵父子兵，他们一起为从化英豪学校创作《栋梁川》，这次仍以“柱”为题材，不过改成圆柱，上面是希冀的图腾。

大禧为增城宾馆创作石雕壁画《胜利女神》，则是采用他年轻时就熟读的古希腊神话内容。多少次，大禧曾在笔下捡拾着来自远古的花信，遥想那蔚蓝地中海的雅典娜，这个女神不知梦回过多少次。2000多年的时光舞台，梦幻游移的雅典精灵，他们在光阴的琴弦下，流淌着醉人的芬芳。

这次，金戈铁马，浅雕浮饰。

1998年，大禧还塑造了两件堪称经典的东方美人作品。一件是中国四大美人之一的杨贵妃《妃子笑》，另一件是婉约可人的岭南少女《荔枝女》。

《胜利女神》（局部）

长安回望绣成堆，
山顶千门次第开；
一骑红尘妃子笑，
无人知是荔枝来。

《妃子笑》

晚唐大诗人杜牧的名句，道出了多少驿马扬尘背后的辛酸。

大国繁华的背后，早已是千疮百孔。

汉皇重色思倾国，御宇多年求不得。
杨家有女初长成，养在深闺人未识。
天生丽质难自弃，一朝选在君王侧。
回眸一笑百媚生，六宫粉黛无颜色。
……

白居易的《长恨歌》，说的也是她这个千古美人。历史终归是历史，不能过于抽象，那回眸一笑百媚生的东方美人，值得以艺术的方式去追溯。杨贵妃得以流传古千，不是也得益于大诗人白居易的《长恨歌》吗？

艺术的力量，足可让人坠入情愫的深潭，翻起旖旎的涟漪；可让人举起生活的杯盏，斟满扑朔迷离的甜润；轻盈地穿越生命的长空，回旋历史长河那空灵的天籁……

《妃子笑》
《荔枝女》
《八大仙人》
等作品

大禧《妃子笑》的媚，就在那浅浅的、似是而非的、略带涩味的一笑。当你轻轻地，静静地与她对望，你会掀开布满尘埃的时光，轻拂尘封已久的记忆。此时，一个曾经活生生的美丽生命，会逸出冰冷的汉白玉，越过岁月冰河，盈盈款款，向你走来。

那挟裹着无奈的叹息，又将在你的耳畔轻声萦绕。

《荔枝女》也是汉白玉石雕，洁白无瑕。

荔枝，一年一造，只产岭南。大禧刚退休的那段时间，刚好想创作一些独具岭南特色的作品，于是首先想到岭南佳果荔枝。

1998年创作的《荔枝女》

据说，杨贵妃当年享用的荔枝必须在天亮前采摘，然后装入粗壮的空心竹筒中，封好腊即刻由传送紧急公文的骑兵一路接力，送入长安城。

大禧的《荔枝女》所表达的，也是这股新鲜劲儿。这件作品以采荔枝的邻家女孩为主体形象，面容姣好，身材窈窕，她手捧一篮新鲜采摘的荔枝，脚踏着晨霜，享受着最丰厚的季节恩赐。

这年，“他山石屋”正式装修完毕，大禧退休不用上班，可以干点自己想干的事儿了。

大禧向来重视阅览和研究古今中外的雕塑，其中包括中华民族的玉文化，他喜欢玉器和雕琢玉器，因琢玉与雕塑同源，玉文化在中华文化中占了一个重要的部分，有着5000年的历史，各个朝代的经济、政治、文化、风俗与兴衰，都能在玉器中展现出来。正如著名雕塑家钱绍武给唐大禧《琢玉歌》代序：“玉是中华民族的最高审美对象，孔子就说，玉具五德，最根本的是外表温和柔润，而本质却无比坚刚，这种品质其实成为中华民族待人处世的普遍原则：如武术中的太极拳，书法中的屋漏痕等，甚至有时竟成为道德标准，如说君子如玉。大禧这次又充分挖掘了雕塑艺术的玉文化之美，是十分有价值的探索，祝他取得成功。”

也在这一年，大禧的揭阳亲戚，国家玉雕高级工艺美术师林应藩，从揭阳带来一块高50厘米、宽10厘米、厚8厘米，十分油润洁白无瑕的和田白玉到广州想求大禧设计创作，合作一件超越历代传统的、超前的、成为太平盛世产物的玉雕作品。大禧对玉雕也很感兴趣，玉雕与雕塑同源，但材料贵重，须“因材施艺”，大禧一直在构思，材料一放就近一年之久。

1999年，大禧全年都忙于市美协的打造与组织创作，还有在广东美术馆举办的广州美术大展，事儿一件接着一件，应接不暇。

这年他的作品《猛士》参加中国长春国际雕塑作品邀请展，立于长春国际雕塑公园；创作石刻壁画《农业·科技》，立于澄海外砂中学；创作《谢易初》铜像，立于澄海外砂中学；创作《儿童·一》《儿童·二》，立于深圳市南山区。作品《狐狸》被德国友人收藏。

这年大禧比较重要的创作，是《少女与剑》和《风之梦》。

如果说去年他创作的《妃子笑》《荔枝女》是倾向写实的话，今年这两件作品则趋于写意。

《少女与剑》一为铜雕、一为玉雕。1999年《少女与剑》创作诞生，塑稿定型。从揭阳运来玉雕机械和运用工具，设在“他山石屋”，开始雕琢。大禧每日必指点玉雕师傅，用雕塑手法雕琢，并亲自动手整理完善。

长达一年有余，作品才算完成，后又用同样手法合作高39厘米、宽17厘米的俄罗斯白玉《反弹琵琶》，成为第二件玉雕作品。

较大型的玉雕，向来就是孤品，不可能再产生第二件材质工艺一样的作品。

著名工艺美术师杨坚平，看了玉雕作品说：他在写《中国工艺美术》一书，要把这两件玉雕作品写进去，说这件玉雕是玉雕的一种创举，是划时代的作品。因唐大禧雕塑家的参与，使玉雕技术前进一步地扩展，为揭阳玉雕工艺注入新的技术。

利刃与阴柔，此消彼长，有如周易里的阴阳八卦图；少女与剑，柔刚相济，人剑合一，阴阳互补。

谁说剑胆里没有琴心？温柔女子也会有刚烈的一面，在某个瞬间会迸出炽热的火星。

剑，无论东方西方，都是一种地位较高的武器，侠客往往剑不离身；剑，也是一种仪式，在中国道教仪式里，剑常常被作为一种降伏妖魔的法器。

中国古代，剑被称作“百兵之君”，常常被当作一种高贵的装饰品。从皇帝到文人，都喜欢佩剑以显其身份。

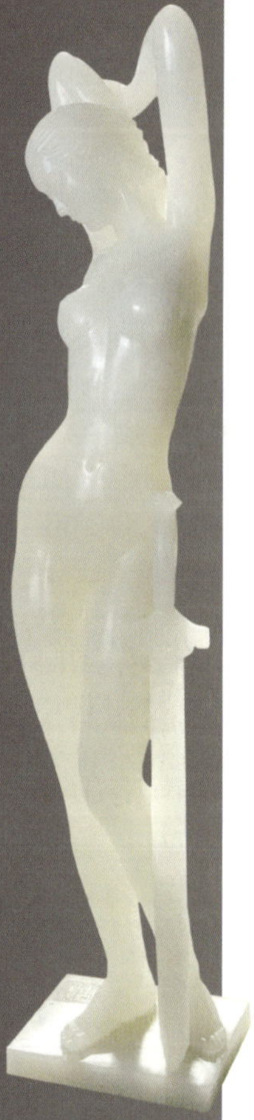
《少女与剑》玉雕

《少女与剑》

在欧洲，剑也用于册封爵士与骑士，此习一直流传至今。

剑，还成为东方的美学境界，《马未都说》里有一个片段，言古代大侠要显示宝剑锋利，只需随手将剑插入小溪，席地而坐，品茶听琴。任凭溪水上游带下一片树叶，经剑刃时，轻易地被分成两片……观者无不叫绝。

不战而屈人之兵。

于是家悬一剑，即以为祥，不习剑术，而以为剑自可以御敌而胜。

舞剑是从唐代兴盛起来的，唐代诗人杜甫《观公孙大娘弟子舞剑器行》描述公孙大娘舞剑绝技："昔有佳人公孙氏，一舞剑器动四方。观者如山色沮丧，天地为之久低昂。㸌如羿射九日落，矫如群帝骖龙翔；来如雷霆收震怒，罢如江海凝清光。"剑的声光，似闻如见，精湛技艺，如呈眼前。

想不到，女性使剑也是如此的好。

剑人合一，这是东方推崇修行与仕人的至高境界。

路见不平，拔剑相助，为了正义，哪怕折戟沉沙，慷慨悲歌。

正义之剑，定会除暴安民，惩恶扬善。

天地为安……

大禧在谈到创作《少女与剑》时说，创意源于读大哲学家叔本华的人类说：人类有别于其他动物在于直立，直立造就了人类。叔本华以女人的亭亭玉立代表了人类的进化与高贵，由此点燃了大禧的创作激情。可是，人类的文明进步，总是伴随嗒嗒作响的马蹄声与刀光剑影，这是这件作品的深层寓意，也使她与它，充满一种视觉的张力。

如果说大禧把《少女与剑》比作直立造就了人类，以女人的亭亭玉立代表了人类的进化与高贵，那么，《风之梦》里女性柔软的躺卧，就是代表了人类的精神，艺术之沉醉了。

这是一种迷醉的境界，是半梦半醒间的艺术陶醉。

渴望陶醉是人类一种强烈的欲望，往往通过形而上，也就是艺术化了的途径取得，由于文化的享乐特性，追求陶醉已经成为追求文化享受的基本特征与主导价值。

这件汉白玉石雕长68厘米，也是大禧的得意之作。

凉风拂衣衾，
荡漾女儿心。
梦中惆怅事，
风月无古今。

这是大禧为这件作品写的题记，浪漫，怡然。

万籁俱静，慕寂于喧；静者，物我冥一。

晚风摆渡，半阕旧梦，那是绝对只属于心灵的私密空间。

恍兮惚兮，草长莺飞，天籁流淌；一派夜的柔美与静谧。

旷野风吟，那风掠过山谷，飘过原野，也滑过她雪白的凝脂。这是少女的春梦——梦想中，碧空如洗光似练，且听燕舞莺歌燕呢喃，细嗅草木芬芳风清淡。

这梦，令人沉醉不愿醒。

哪管她馨香散尽，纷飞春絮……

2000年，大禧故地重游，再次踏足加拿大，这次重游的目的不只是艺术考察，还有一桩心事——探望年事已高的父亲唐学虞，对于父亲，大禧内心不免有些愧疚，为了追逐“心中的太阳”自小离开家庭，漂泊在外，与亲人们聚少离多，不能在旁侍奉，这次见面，大禧期望得到父亲的谅解。

《风之梦》

2000年7月，大禧抽空去了一趟加拿大，在养老院见到了年迈的父亲，这是父子俩的最后一次见面

再见到父亲，已从当年的风流倜傥，变成如今的白发苍苍。大禧有一肚子话想对父亲说，但话到嘴边又咽回喉咙去了。而父亲这边亦是沉默寡言。个性相近的父子俩心里头似乎有一堵攀不过的墙……多年以后，已是耄耋之年的大禧提起老父亲还怅然泪下，颇为伤感。

这次的相聚，竟成为父子俩见的最后一面。

其实，在父亲唐学虞的心目中，何尝不为大禧感到骄傲？从大禧的弟妹处得知父亲时常关注着国内有关大禧的资讯，还暗中将有关大禧的报道、文章裁剪下来收藏好。

古今中外，天下父母心，人皆有之。

随后，大禧从加拿大跨过尼亚加拉瀑布到了美国。

来到美国，少不了参观世界四大博物馆之一的大都会博物馆。在中国馆内，大禧的目光被一尊佛像深深地吸引住了，它就是北魏石雕燃灯佛像。双面佛像高3米多，正面主尊笑吟吟的，面相丰腴，双目细长，背饰配有大火焰纹，内环中有七尊坐佛环绕，佛像左右两侧刻有供养人像，造像背面中心浮雕是一尊交脚菩萨。佛像浑厚、豪迈，不禁令人心生敬畏。一刹那间，大禧仿佛回到了云冈石窟，诵经声，木鱼声，磬钹声，音犹在耳，让人久久不忘。

存放这尊北魏燃灯佛像的展厅名为“赛克勒”。是美国著名的中国艺术品收藏家赛克勒（Arthur M. Sackler）于1954年从文物贩子卢芹斋（C. T. Loo）处购得。1964年以其母名义捐给纽约大都会博物馆而得名。大禧看着这些祖国的珍贵文物被列强偷窃，掠夺，瓜分，不禁想起中国著名学者陈寅恪的一句话：“敦煌者，吾国学术之伤心史也”，想起了莫高窟里被盗雕像留下的残缺，这“伤痕”刺痛着每一位中华儿女的心。随后，大禧继续马不停蹄沿路探访了一众至亲好友，顺道将1983年创作的雕塑作品《启明》赠给美国堪萨斯州的中美文化雕塑公园收藏。

回到国内后，大禧为广州艺博院创作标志性作品《世纪图腾》。

这年，著名的东江纵队司令曾生的家乡深圳市找到大禧，希望为纪念曾生与夫人创作《冬日的黎明》，雕像将立于深圳市南山区。

曾生（1910—1995）是深圳客家人，曾任东江纵队司令员。他1936年加入中国共产党，1955年授少将，获三级八一勋章、一级独立自由勋章、一级解放勋章。是第一、第二、第三届全国人大代表，第五届全国人大常务委员会委员，中共第十二次全国代表大会代表，中共中央顾问委员会委员。

2000年在美国纽约大都会博物馆与燃灯佛像合照

曾生父亲是澳大利亚华侨，少年在澳大利亚悉尼市半工半读，19岁因不愿随父经商到广州，后考入中山大学附中。学习期间接触进步书刊，成立读书会，编印《铁轮》杂志，1934年加入中国青年同盟并任中山大学平民夜校校长，后以广州学生抗日联合会主席身份组织领导广州学生的抗日救亡活动遭到广州国民党当局通缉。1936年前往香港，在香港海员社团组织余闲乐社，创办刊物《余闲》宣传抗日救亡。同年加入中国共产党。抗战初期成立抗日游击总队，曾生任总队长，初步打开了东江敌后抗日游击战争的局面。

1941年曾生参与组织香港、九龙人民抗日游击队。港九沦陷后，参与组织营救在港九的何香凝、茅盾、邹韬奋等一大批文化界人士、爱国民主人士及国际友人。

1943年成立广东人民抗日游击队东江纵队，曾生司令员率领东江纵队深入港九敌后，挺进粤北山区。至抗日战争结束，东江纵队已发展成为一支拥有一万多人的人民抗日武装，对日、伪军作战1400余次，消灭了日军的有生力量，为华南敌后抗战和全国抗日战争的胜利做出了贡献。

唐大禧在创作《冬日的黎明》

《冬日的黎明》

1946年6月，率领东江纵队主力北撤山东。任中国人民解放军两广纵队司令员、党委书记，率部转战华东战场，1949年指挥两广纵队奉命协助解放岭南。

广州解放后，历任广东军区副司令员兼珠江军分区司令员、政委，中共珠江地委书记，华南军区第一副参谋长。1952年参加抗美援朝，率部赴朝作战，任中国人民志愿军第十二军副军长。1955年被授予少将军衔。历任南海舰队第一副司令员，中共广东省委常委，中共广州市委第三书记，广东省副省长兼广州市市长，广州军分区第一政委，广州警备区第一政委，国家交通部副部长、部长，国务院顾问。1995年11月20日在广州逝世。

一代将才，一位为中华人民共和国立下赫赫战功的英雄人物。

他领导了一支人数不多但却极具影响力的两广纵队，他的名字和纵队的名字出现在《朱总司令命令冈村宁次投降信》中，在涉及投降事宜的内容中，与华北的聂荣臻、华东的陈毅、鄂豫两省的李先念将军一起被指定为广东省代表，可见曾将军的赫赫功绩和历史地位非同一般。

曾生儒雅，中山大学文学院毕业的他，在1955年授衔的将帅中，他的学历算是较高的了，但他从学生到参加革命，却颇有戏剧性。

当年曾生考入中山大学附中，房东黄明堂是军阀张发奎的部属，张发奎秘密联络广西军阀李宗仁、白崇禧，策划推翻广东军阀陈济棠的统治；陈济棠很是不容，于是亲自带人去抄黄明堂的家，把曾生等一批寄宿的无辜同学也抓走，投进了监狱。

没想到在监狱的墙上曾生看到先前许多共产党人写的革命标语、口号和诗词，如"人生自古谁无死，留取丹心照汗青""共产主义一定要在中国实现！""中国共产党万岁！"，等等。他这才知道世界上还有这样一个为国家民族的独立和解放而奋斗的党存在。曾生开始认识到中国的未来只能寄希望于中国共产党，于是，他对共产党产生了好感和信仰。

出狱后，曾生就留心打听有关共产党的消息，注意阅读和共产党有关的进步书刊，拥护中国共产党提出的政治主张。

慢慢地，他接近并找到了共产党组织。"一二·九"运动时曾生担任广州市学生抗敌联合会主席，他带领学生、市民二万余人游行示威，还拆下了广东省教育厅的牌子当作战利品扛回了中山大学操场，影响甚大。没想到1948年曾生见到了毛泽东，毛泽东对他说："你们拆了不准抗日的教育厅牌子，拆得好！"但因为此事，当年"南天王"陈济棠可是大为震怒，下令通缉曾生，中山大学也开除了他的学籍。曾生一个晚上要换几个宿舍睡觉，后在中共党组织的帮助下，跑到香港才得以"避风头"。

曾生再次遭难是"文化大革命"期间，这次他身心受到严重的摧残。1967年，"造反派"将曾生押至北京，关在京郊一个部队里，1968年关入秦城监狱。曾生当时有两个罪名，一是"东江纵队是叛徒、特务、土匪部队"，二是编造曾生1966年访问日本时出卖海军情报。1973年曾生的女儿写信给周总理，1974年曾生始得出狱，因长期关押，与世隔绝，思维和语言迟钝，以致见了亲人连话都无法说出，经过相当长时间才得以恢复。这段艰苦岁月，好在他的老伴一直理解他、陪伴他，给了老年曾生无比的心灵慰藉。

大禧翻看曾生的史料，心生感慨：曾生与自己的少年、青年时期有些相似，都是曾经去过外面，半工半读；青年时又都是不愿跟父亲学经商而到了广州。

这次，他想塑造一个真实的人，一个平易的人，表现一个人为了追求信仰，尽管历尽劫难内心仍然充满阳光。当然，这阳光还因为一直有他的另一半在支撑，他们是那样的相知与和谐，于是，他决定做一个双人雕塑，着眼点，在他们的"情"字上。

这是相互支撑的年过半百的伴侣。曾生穿着一件部队的大棉袄，代表他们戎马一生的军帽都拿在手上；爱妻抱着一床棉被，好像这样就可以永存温暖、相互依偎，搀扶着浪迹天涯。最精彩的，是曾生背的那个可以刺破黑夜的手电筒，穿着手电的细细的绳子，勒得棉袄都有一条很深的缝了，就是这一条缝的细节打动与感染了大禧，他感到很有味道……

这些俭朴的生活点滴，是那样真实、自然。

所以，夫妇俩脸上不见哀愁，没有悲伤，只有发自内心的阳光，他们是有着怎样执着的信仰？革命者，也有普通人的生活，也有柴米油盐酱醋茶，只要有棉被，有手电筒，他们就可以不怕寒冷，也无惧黑暗。

曾经沧海难为水。春风得意，折戟沉沙，得与失都不是永远。

阅遍世事才明白。唯茶一杯，慢泡细品，才会成全一种修行之后内心的宁静。

何人可达？神仙眷侣。

2001年，作品《妃子笑》被广州艺博院收藏。

这年大禧有件值得记下来的事儿，就是在广东美术馆临摹了他梦寐以求的《思想者》。这是著名雕塑大师罗丹举世公认的扛鼎之作。这年夏天，《思想者》来中国上海、广州、武汉、杭州巡回展，成为世纪之初文化界、艺术界一个颇为令人瞩目的新闻。

大禧写了《我的罗丹情结》一文，对这次邂逅做了很好的记录：

虔诚地爱你的前辈大师。

——奥古斯特·罗丹语

唐大禧临摹的《思想者》

1986年春天，我在巴黎参观罗丹博物馆，细读着罗丹的每一件作品，真是留（流）连忘返。《思想者》是罗丹作品中最具思想性的代表作，确实很有艺术魅力，我早就情有独钟。

七年之后，那是1991年，罗丹艺术展来北京展出，我又一次对他的作品重读遍遍，我特意拍摄每一个背面和出版物没有的角度，我想运用照片和印象复制一座《思想者》。我也那样做，宿（夙）愿以偿。

与刘一平、姜林等人创作《思想者》现场照片

又过了十年，时间到了2001年的仲夏，《思想者》来广州展出，我感到有如情人来到身旁，心想，这次我应有所作为才是，我能不能把“他”留下呢！我心情澎湃，勇气大增地盘算着如何把这硕大的“他”临摹下来。我即向林抗生馆长透露了想法，抗生很重视，随后即联络了策展人和法方罗丹艺术基金会。明确的回复是要缴交人民币十万元版权费。十万元，说大不大，说小不小，临摹外国名作是件有意义的事，这次开了头，很好。

我准备好一切材料和工具带了几个助手就在展览现场干起来，整个过程就是一项公开的艺术表演，吸引了众多的观者和记者，真可谓别开生面。潘鹤老师声称他在这次临摹中要到现场过把泥塑“瘾”。诚然他的表演的确更为精彩，工作中的他谈笑风生，却不失其观察入微和精微刻画的硬功。忽然，他又从裤袋中掏出所谓的“秘密武器”——他自己创造的工具，一块硬泡塑胶，一会便把泥塑弄得光洁自如，得心应手，又显其技巧上的硬功。过程中，我还不时见到认识和不认识的朋友，同行们真挚的意见和提示，哪怕是报以一个敬佩或鼓舞的目光都能使我感到欣慰。其中有人语重心长地说：你们的精神，说明你们不老，你们不会老。

整个炎热的八月，我都在清凉的广东美术馆中度过，虽然有点紧张和疲劳，但很愉快。北京友人守诠兄来电要我为全国城雕通讯赶写一篇心得，我还再“开”两晚的“夜车”才完事。

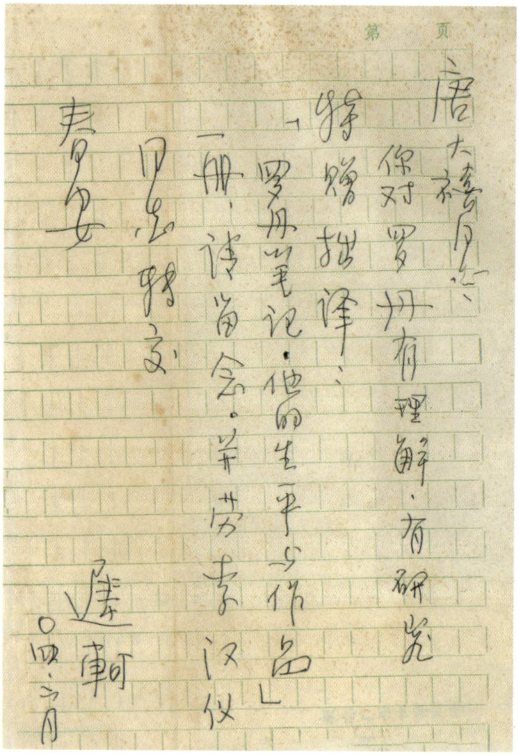

第　页

唐大禧同志：

你对罗丹有理解、有研究，特赠拙译：「罗丹笔记·他的生平与作品」一册，请留念。并劳李汉仪同志转交。

春安

迟轲

四、六

迟轲教授写给大禧的便条

迟轲（1925年—2012年），原名迟雁鸣，祖籍山东宁津，出生于天津。擅美术史，广州美术学院教授，原广东美学学会会长，中国西方美术史研究的重要学者。其著作有《西方美术史话》《西方艺术批评史》《西方美术理论文选》《罗丹笔记》等。

难点——

绘画、雕塑技法的难点在于求得“挥写”与“应物”的和谐，要维持大写意泼墨与准确的物像造形（型）的有机结合谈何容易。罗丹的雕塑技巧打破了古典技法的羁缚，并影响了西方雕塑的发展，罗丹因此被誉为西方现代雕塑的始祖。我很有兴趣去研究罗丹。这次有机会直接临摹罗丹的原作《思想者》要求忠实，难点也更多。

泥性——

诸如“油性”“水性”“混性”等材料属性都是绘画与雕塑需要掌握的问题，感受罗丹的“泥性”致（至）关重要。在罗丹的作品中，男性肌体最具突出成就。或血气方刚，或坚韧不拔，凡此都“泥性”十足。隆凸的肌肉，结绳绞索般的结构；筋腱骨骼，锯齿式的排列，层次交叠。西方艺术所掌握的人体科学于罗丹来说驾轻就熟，运用自如。运用泥团水性，或施搓揉打就，或经刀削指压，再用泥浆刮抹，一尊有骨有肉，血脉湍流，生命律动，内力迸发的成像就栩栩如生。看似随意却匠心独具，这就是艺术家的功力。

2001年与潘鹤（右二）在讨论罗丹《思想者》

不苟——

我有机会钻进《思想者》的腋窝和腿下去观察那些深藏不露的部位，看不清的地方还可用手触摸。我惊讶地发现，这些部位的结构严谨，没有半点苟且稀拉。形体（臆测中的截面）的“围合”相当确切周全。艺术大师严格（谨）态度从中可见，师表无遗。

品格——

有人说罗丹不会做手。我认为罗丹雕塑人物的手，形态生动而见朴拙，风格极像罗丹其人。我固执地认为，以此特征窥探罗丹的品格，精确无误。

作为《地狱之门》的主像，《思想者》的构图、哲思，已是人所共知。罗丹最后把这像抽出独立放大，更是艺术的完善之举。罗丹自己描述他的这件作品：“他不仅用大脑，张大的鼻翼和紧闭的嘴唇思考，他还用胳膊、腿、背上的肌肉思考，用握紧的拳头和紧张的脚趾思考”，人体语言所透露的讯息和展示的力量，已臻极至（致）。

2001年8月

2001年临摹
《思想者》

2001年7月25日的《羊城晚报》对这一艺术盛事有如下报道。

本报讯　记者李小骥、通讯员梁洁报道：

今天上午，广东著名雕塑家潘鹤、唐大禧来到广东美术馆，开始为临摹雕塑《思想者》做准备。据称，这是我国雕塑家首次在国内有偿临摹来自国外的雕塑原作。

由法国驻广州总领事馆、广东美术馆等单位主办的“思想者——罗丹艺术展”本月初开始在广东美术馆举行。19世纪末、20世纪初法国伟大雕塑家罗丹的著名雕塑《思想者》被摆在显著位置。其净高1.70米，重1吨多，是用罗丹亲手制作的《思想者》第五个模子浇铸的第八件作品，仍属原作。唐大禧日前参观过后，向广东美术馆表示了按原大临摹的想法。由于《思想者》的所有权已转移，要临摹就要向作品所有人交纳费用。经广东美术馆与法国方面商议，最后确定《思想者》的复制费为人民币10万元，复制一尊。据说这笔

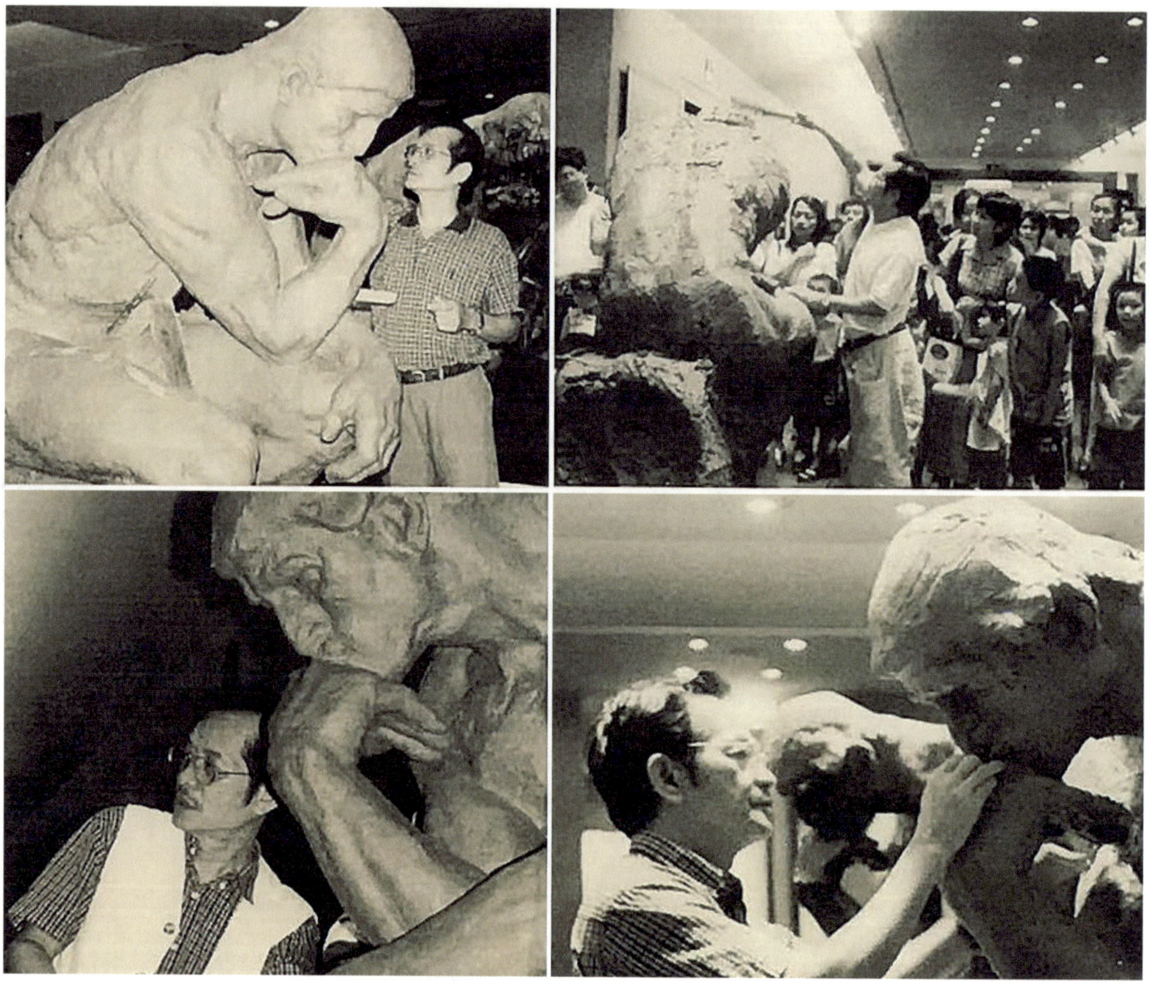

2001年临摹《思想者》

钱最后还是全部由广东美术馆支付。

据了解，对《思想者》的临摹主要由唐大禧操作，完成后也将浇铸成铜像，由广东美术馆收藏。临摹工作将于8月28日结束。



提到《思想者》的临摹，大禧特别向笔者介绍了双投影对照临摹的技术，即用两盏灯以同一角度分别照在原作和临摹作品上，对照各自的投影，看是否能做到完全一致，以此作为衡量临摹是否准确的一个标准。这是大禧的一个创意，他感到很受益，希望说出来能供后人参考。



罗丹的雕塑《思想者》百多年来适合摆放在任何场合，因为只要有人的地方，就有思想，有思想的地方，就有“思想者”。

1880年，法国装饰艺术博物馆即将动工，政府委托罗丹装饰一下青铜大门，罗丹应允。听说有人设计了一扇《天国之门》，罗丹突发奇想，不如就创作一扇《地狱之门》，主题与内容源于意大利文艺复兴著名诗人但丁的《神曲·地狱篇》。

《思想者》原本是《地狱之门》的横楣上的一个坐像，是那巨大雕塑中，最突出并最有代表性的一件。后来，罗丹又把它制成一件单独的雕塑，由此成为他最著名的代表作。这一形象既代表伟大诗人但丁，也像是罗丹自己，更象征全人类。

他，右肘放在左膝上，手托着下巴，紧锁的眉头，咬着拳头，似乎沉浸在痛苦的情绪中。他的痛苦都体现在凸出的眉弓、极度凹陷的双眼、紧扣地面的脚趾和伸缩起伏的肌肉中……这是一个具有高度智慧的巨人，坐在地狱大门之上，痛苦地俯首沉思，他审视着地狱之门下边发生的所有悲剧——那近二百个疾风暴雨般交织在一起的、即将涌入地狱的人，而陷入深深的沉思和冥想之中。

他除了沉思，还有内心的压抑和隐藏的痛苦，这是所有人的痛苦。作品丰富的内涵充分体现了罗丹作为思想家的深沉、博大与精神高度。

在但丁的著作中，原来没有思想者，只有一个地狱罪行裁判者的形象。裁判者是个恐怖、拥有无上权力的巨人，罗丹却赋予他新的身份，把他变成了严肃的“思想者”。“思想者”坐在门中央，目睹着人间悲剧，他在思考“人间地狱”中的种种罪恶，他在忧虑人类的命运。这个思想者有粗壮的体魄，但是他的思想、力量却被束缚着，在他的思考中凝聚着对自己，对人类命运的忧虑和关注。

遗憾的是，直到1917年罗丹去世，耗时37年的《地狱之门》还是没能完工。后来他的许多小稿发展成为独立的构图。这个坐着思考的雕像也是从《地狱之门》中独立出来的，给他取名为《思想者——诗人》，《思想者》一名便由此传开。

罗丹在1880年左右创作了第一个小型石膏《思想者》雕塑。1902年《思想者》被罗丹做成等人大小的雕刻，并铸成铜像，但直到1904年才真正与公众见面。罗丹的仰慕者们一起募集资金买下了这尊雕塑，让它成为巴黎的财产，于1906年置于巴黎先祠门前。

罗丹一生坚信“艺术即感情”。他的伟大除了技巧，还在于他的深刻思想：他的作品深刻揭示了人类丰富的情感。他偏爱悲壮的主题，善于从残破中发掘出力与美，这使他的艺术具有博大精深的品格，既动人之情，又启人之思，使我们得以神游于心灵的波涛，生命的奥义，宇宙的玄远，创造的神奇。罗丹终成近代最杰出的浪漫主义雕刻大师，攀上了米开朗琪罗之后又一座雕塑艺术的高峰。

罗丹创作了一种全新的艺术手法。他的作品所体现出的思想和精神魅力，永远带给人以深沉的美，启迪着人们不停地思考。

伟大的思想者，这也是大禧临摹《思想者》的意义所在。

这一年，大禧65岁。

# 十三 红头船

2002年，大禧出席广东省第五届文代会。这年，他创作头像《友人——绪方昭》，放大《妃子笑》参加中国北京·国际城市雕塑艺术展，获优秀奖，作品立于北京雕塑公园。放大《海的女儿》被广东美术馆收藏，还放大了《托起明天》。

2002年，大禧似乎都在重塑历史：一是广东汕头澄海的红头船，二是广东历史名人郑观应。

《红头船》是汕头市澄海大型城雕，所在之处，现为澄海红头船公园，位于韩江支流外砂河北岸。

这是由平台和船体两部分组成的巨型石雕。用四川“中国红”石雕成红色，巍峨昂扬的船头高达13米，炯炯有神的船眼用黑色花岗岩制作；中间高耸的红色桅杆高28米，并与船头的红色呼应，桅杆上两条彩旗则把人的视觉引向“船尾”。整个“船体”共长41米、宽10米，差不多与真船等大。船体以雕塑的语言打造了两排粗壮的龙骨，骨架上安装了灯盏，走在其中，可以想象我们的先辈就是在这狭窄的船舱里，伴着那昏暗的油灯漂洋过海；船额上正背面刻“海不扬波”和“顺风得利”8个大字，游人沿石级登上“甲板”凭栏眺望，韩江三角洲秀美风光尽收眼底。

此船非船，大禧雕的，是一种精神。

还有一段逝去的、曾经的繁华。

红首黑睛，
海上恐龙，
穿洋过海，
大显其能。
上至天津，
下达马辰，
帆开得胜，
船到功成。

《红头船》

这是流传在潮汕地区的一首民谣，一段红头船走大洋的生动写照。

翻开中国地图，你会看到一条韩江，从赣南、闽南地区流出，流经粤东，流向广东的东南，在潮汕澄海汇入浩瀚的太平洋；在韩江的入海口，就是名闻世界的“樟林古港”。

再翻开1886年英国版世界地图，19世纪的中国海上图景沿着曲折的海岸线蜿蜒展开，由北向南天津、南京、厦门……一个个耳熟能详的口岸，当视线落在粤东，“樟林”跃然纸上。

这是世界的大航海时代。据记载，当时国外来信只要写上“中国樟林”即可送达。

1980年，新加坡邮政发行一套“早期船只历史”的邮票，有一枚赫然是“广东红头船”；曼谷王朝拉玛三世为纪念红头船在中泰两国友好历史上所起的重要作用，专门制作了一艘红头船模型存放于岩尼瓦寺——正是红头船开启了广东乃至华南与海外的商贸时代，而樟林古港，则是中国古代屈指可数的移民口岸。

樟林，这个坐落在韩江下游出海口，面积不超过2平方千米的弹丸古港，是红头船的故乡。

樟林古港，是随着清康熙二十四年（1685）开放海禁，海上贸易的合法化使之顺理成章地成为潮汕以至粤东和赣、闽南地区出海的主要港口。从那时起，它就是对外贸易与民众出入国的口岸，是催生“海内一个潮汕，海外一个潮汕”的关键一环，其兴盛长达一百多年。

那时，这里曾是如何的繁华？

帆樯云集，货栈成行。多少船只从这里装载旅客和货物，乘风破浪，扬帆远征。

为适应远洋需要，樟林人把原有双桅、单桅的“红头船”发展成为“翘首高舷，备大桅樯三具”的远洋红头船，专门航行南洋诸国。英国人C. W. 史金纳著《泰国华侨社会的分析》一书说：“在广东、福建两省所有帆船类型中，潮州人所造的，并为潮州水手所驾驶的潮州商船是最大、最坚固的。”

起初，这些坚固的大船只获许运大米，但后来也运陶瓷、丝绸等珍宝，生意红火引来海盗横行，当时的政府没有足够的水师对付海盗，只好采用对民船编甲互保的办法，切断民船、渔船与海盗的联系达到防范海盗的目的。清政府规定各省正规商船、渔船在船体两端头尾部位和大桅上半截用漆油涂上不同颜色，并刊刻某省某州县某字某号等字，以便于进行登记、稽查等船政管理。广东居南方，属火，故船头用红色，桅杆亦油红一半，故称为“红头船”。

樟林的红头船，经雍正到咸丰四朝，以每支船队不下百余艘的数量，形成

2002年创作《红头船》工作照

大禧在《红头船》碑记旁留影

拥有数十支远洋船队、数千余艘货轮的规模。每年春、秋季，乘季候风北上至日本，南下至暹罗、印尼、苏门答腊、文莱、新西兰、澳大利亚等地，出口的有陶瓷、抽纱、丝绸、工艺、红糖、渔网和各式名贵中药材及樟脑等，进口的主要是大米、豆类、布匹和各式洋货及西药。

随着商贸的频繁往来，樟林港自然而然成为古粤东乃至毗邻诸省移民出国口岸，“通洋总汇”。百年间，只是潮汕地区就有约150万人从樟林出海；据不完全统计，明清两朝中国内陆到海外谋生的先侨，60%以上从这里出发。可以说，樟林港在中国的海外交通史、贸易史、中外关系史以及华侨史中，都占有一定的地位。

因此，有人说，写内陆华侨史就必须写樟林港，写内陆华侨出洋就必须提到“红头船”。

唐大禧重访雕塑《红头船》

从最早的“红头船”走出国门生根开始，在一波接一波的海外移民潮中，不仅形成了一个庞大的近代海外潮商群体，而且成长了一批近代海外潮商巨子。

他们当中有新加坡种植业大王佘有进、泰国转口贸易业和大米加工业巨头陈黉利家族、泰国米业大王高楚香家族、泰国典当业领班郑子彬、泰国粮油加工和航运业大王蚁光炎，以及著名实业家陈弼臣、谢易初、李嘉诚、陈有庆、林百欣、廖烈文、陈伟南……

唐大禧祖籍在樟林，作为樟林之子的还有著名作家秦牧。

多年以后，大禧为樟林古港创作城雕红头船，秦牧则为樟林古港写下碑记，把这段辉煌永留千古。

从此，可以让人们重温自己的乡史，让南洋各国的华裔旅客，凭吊遗迹，缅念当年漂洋过海，筚路蓝缕、砥砺而行的先人。

秦牧的碑记，叫《故里的红头船》。

开头第一句：“这里矗立着一座古色古香的碑亭，记录着人间的风云和历史的沧桑……”

秦牧在《故里的红头船》中写道：“我们有时会见到一些老头子，站在河岸上，慨叹道：‘这条河现在比以前窄多了。你们年轻人不知道，从前，听老辈人说，这河是可以停靠很大很大的船舶的，从这里直接到达外洋州府呢！’”

岁月递嬗，时移势易，直到19世纪60年代，汕头开埠，蒸汽运输船来往频繁之后，樟林古港结束了它作为海运枢纽的地位。潮汕地区最早出现的华侨之乡，就在这片土地之上。

今天，每当见到巍然耸立于澄海的《红头船》，还有樟林古港石碑时，人们，尤其是那些久居海外、回国省亲的侨胞，都会情不自禁地数念“樟林”所承载的历史，这些记忆，已成为海外赤子们的精神家园……

大禧没有想到，为了这座“红头船”，他与助手们在现场打造、雕琢，栉风沐雨，前后足足一年。工程竣工后，在揭阳“叙艺斋”大禧即兴创作了一幅六尺横幅《大江东去》和一幅四尺横幅《奔牛》的国画。

2002年大禧创作石雕《郑观应》，立于郑观应的家乡广东省中山市。

郑观应（1842—1922）祖籍广东香山，即今中山市。他是一个被我们忽视了的重要历史人物。作为中国近代最早具有完整维新思想体系的理论家、启蒙思想家、热忱的爱国者，尤其是他的《盛世危言》，意义深远。

地处中西文化交汇的岭南，郑观应是较早睁眼看世界的人。他的思想走在时代前列，观念不断更新。之所以说他“先进”，是因为他的思想体现了中国社会发展所迫切需要的近代化。在他所处的时代，迫切需要引进和学习西方先进科学技术发展本国的资本主义工商业，并相应地进行政治、军事、文化、教育等一系列改革，其中尤其是变封建专制为民主制改革等方面的思考，永不过时。

2002年创作的《郑观应》胸像

《路遥知马力》

郑观应的思想和活动在中国近代历史上留下了深刻的痕迹，并对后世产生了重要影响，至今，仍值得我们深刻反思。

2002年是马年，这一年大禧还创作了雕塑《路遥知马力》和国画《双马图》。

大禧没有想到，包括世人也没有想到，一场震惊世界的大灾难，在大禧才完成“红头船”雕塑工程不久，悄然而至。

这个灾难是SARS，严重急性呼吸综合征，中国香港把它译作“沙士”，内地叫“非典型肺炎”，简称“非典”。

这已是一场没有硝烟的战争，因为谁也不知道这个疫情会发展到多大规模，时间会多久，人类能不能控制？

好在，人类终于扼住了“非典”这个魔鬼的咽喉。

2003年7月13日，全球“非典”患者人数、疑似病例人数均不再增长。“非典”过程才基本结束。

人类，也付出了惨重的、血的代价。

其中，就有广东省中医院急诊科护士长、“非典”中第一个染病献身的医护人员叶欣。

叶欣（1956—2003）牺牲在抗击“非典”的战场上，建国五十周年，她被评为100位中华人民共和国成立以来“感动中国”人物之一。

叶欣的死，震惊世界。追悼会上，花圈如海，泪水如雨。遗像中，她留给人们的是永恒的微笑。

2003年5月与廖冰兄合照

那些日子，大禧与所有市民一样关注“非典”，关心第一个因感染“非典”而倒下的护士长叶欣，被这位英勇无畏的英雄女性所感动，也为英雄的离去感到深深的遗憾。他看到有关对叶欣事迹的报道后说：“原来她不仅年轻勇敢，而且还很漂亮”——这是大禧对叶欣的第一印象。

才放下报纸，大禧就接到著名漫画家、已是耄耋之年的廖冰兄委托女儿廖陵儿打来的电话。原来，廖老因住院早已认识护士长叶欣，感怀护士长的奉献、爱心与责任感，廖老觉得应该为这位英雄塑像，而作者，非唐大禧莫属。

本身就崇尚英雄，一辈子都有英雄情结的大禧也正有此意，他对叶欣的形象充满了敬意与好感，正有一种创作的冲动，一拍即合。

消息不胫而走。叶欣的先生与酷似她的妹妹送来了叶欣的各种照片，大禧很快进入状态，十天左右，一座完美的《叶欣》雕像完成。她的同事们第一时间来看，含着泪说：“像！太像了！我们的叶护士长！她还在，仿佛不曾离开……”她们哭着、不约而同地同声恳求：“能否把护士长放在我们医院，放到我们科室？我们要天天看到叶护士长，永远永远不分离……”

现在，她就安放在叶欣生前工作的地方。

这是一座晶莹的汉白玉胸像，人们心目中的丰碑。

她是人世间永恒的白衣天使，聪慧美丽的双眼透出爱的光芒，嘴角微微上翘，带着安详，永远的微笑，仿佛还在说：“不要紧，我来……”那只曾经治愈过无数病人、给多少患者带来安慰与温暖的手，此时奉上的，是一朵永不会凋谢的鲜花，这是一朵心花，生命之花。

创作雕塑《叶欣》

唐大禧向市有关领导介绍石雕《叶欣》的制作过程

短暂的生命，看似如此平凡，却又如此伟大。

40年前，大禧曾塑造心目中柔美动人的天使南丁格尔，那是一束光，照亮了漫漫长夜。

今天，他塑造了中国的南丁格尔，同样的护士帽，白衣服；同样敢于奉献与牺牲。这是一首诗，值得人们永远吟诵。

叶欣，用她光彩的生命践行了南丁格尔的名言："在可怕的疾病与死亡中，我看到人性神圣英勇的升华。"

2003年5月12日，是纪念南丁格尔的"国际护士节"，这一天举行了简朴而庄重的《叶欣》雕像安放仪式。次日的《南方都市报》这样报道：

昨天，5月12日是"国际护士节"，当天上午，叶欣烈士纪念塑像如期在广东省中医院二沙岛分院叶欣生前工作的办公室旁揭幕。

在青年钢琴家赵胤胤一曲《天使的礼赞》伴奏下，20名护士手捧蜡烛缓缓走来，著名表演艺术家姚锡娟深情地给人们讲述了叶欣的故事。台上的护士们哭了，台下的听众哭了，叶欣的丈夫张慎更是泪流满面，他说他仿佛看见妻子又回到了自己的身边，看见妻子就在急诊办公室救治病人。

叶欣纪念像是著名漫画家廖冰兄父女提议制作的，著名雕塑家唐大禧欣然义务创作，在叶欣塑像碑文里，镌刻着88岁高龄的廖冰兄老人亲笔题写的"大医精诚"四字，碑文写着："全国优秀共产党员、五一劳

《叶欣》

动奖章获得者、人民健康卫士叶欣护士长，为抢救传染性非典型肺炎（SARS）患者，以身殉职。”

昨天为叶欣像揭幕的是广东省委常委、秘书长蔡东士，省人大常委会副主任李兰芳、王宁生，副省长雷于蓝，广州市政协主席陈开枝，当看到自己妻子的塑像时，张慎激动地说：“像，非常像，特别是她的眼睛，我第一次见到她时，给我印象最深的就是她那双眼睛，清澈透明，几十年过去了，她的眼睛一点没变……”

另外，著名雕塑家唐大禧将于近期在广州艺术博物院中庭花园，进行“让天使留在人间——叶欣雕塑全景展示”活动，计划以半个月的时间完成叶欣护士长的汉白玉雕塑，市民可到艺博院观看雕琢制作过程。届时，这座汉白玉头像雕塑将取代目前的玻璃钢雕像。

这天，很多国内媒体都对《叶欣》雕像安放仪式进行了报道，并引起了多家海外传媒的关注。

她，诠释了救死扶伤的职业信仰，如一座永远激励医务工作者前进的灯塔，成为感动无数世人的楷模。这是对人类大爱，真、善、美的赞颂，也显示人类不畏艰难，共建家园的意志与决心。

《叶欣》胸像

这一年大禧67岁。

2004年，“非典”余温未退，全国举办了多个活动与画展，以艺术的方式记录这次惊天动地的事件，讴歌人类的精神。大禧被邀请参与集体创作抗“非典”大型纪念碑《保卫生命》，自己又自发创作了作品《抗击“非典”》。

这年，他创作《李文达》立于江门市新会区七堡，临摹的作品《思想者》被广东美术馆收藏。

同年，应从化公路局之邀，创作浮雕《公路魂》与《大路歌》。这是两件浮雕背对背合在一起作为屏风的正反两面，高2.5米、长近6米，一面表现筑路工人的辛勤劳

《金瓯广场》

我们终于邂逅在南非开普敦大海峡

作，一面表现的是工程师在描绘蓝图。此外，应从化水利局之邀，在流溪河分叉口的街口公园设计装饰雕塑。大禧联想到毛主席的一句诗词“收拾金瓯一片”，准备立雕塑的位置刚好在流溪河冲积成的一小片三角洲上，风景别致，大禧遂以金瓯为题做了一件可喷水的景观雕塑。“金瓯”是古代一种盛美酒的器皿，放在流溪河畔，寓意用金瓯承接天上恩赐给人间的圣水，从金瓯的五个龙头流进流溪河，浇灌广府这方土地，滋养这里的人民。

唐大禧在创作雕塑《公路魂》

《公路魂》

# 十四 壮丽诗篇

2005年，纪念反法西斯战争与抗日战争胜利六十周年。十年前，在纪念抗日战争胜利五十周年的时候，大禧创作了《二十世纪遗恨》，表达他对战争的反思，他把抗日战争放到了人类的历史长河来思考。这次，他想完成他酝酿了三十年，陆陆续续在不断完善的创作《壮丽诗篇》。

六十年了，这种种不寻常的感受不时让他有一种创作冲动，红旗猎猎，军号嘹亮，战马嘶鸣……1975年，在庆祝中国人民抗日战争胜利三十周年之际，他根据多年的感受创作了这组雕塑，命名《壮丽诗篇》。但是，他还是不满足，不断地完善着小稿，梦想着有朝一日能将此作品铸铜，立于天地，做成大型群雕。

他要倾诉自己对民族苦难，对哀荣、尊严、胜利的永久记忆。

现在，这个梦想终于有可能实现了。

第一，是乘着纪念反法西斯战争与抗日战争胜利六十周年的东风。

第二，是来自他同样做雕塑的儿子唐颂武的鼓励，作为青年雕塑家的儿子看到父亲做的小稿放大

《壮丽诗篇》在广州雕塑公园揭幕

唐大禧在创作《壮丽诗篇》

样后，效果还不错，没有很多老艺术家力不从心的“拗框”（即变形），于是，鼓励父亲抓紧时间与机会，再出几件力作，乃至扛鼎之作。

大禧说，他只要想起这个构思，耳畔就会响起冼星海的《黄河大合唱》。

……风在吼，马在叫，黄河在咆哮，黄河在咆哮！

河西山冈万丈高，河东河北高粱熟了，万山丛中，抗日英雄真不少。青纱帐里，游击健儿逞英豪。端起了土枪洋枪，挥动着大刀长矛，保卫家乡！保卫黄河！保卫华北！保卫全中国！

听啊，珠江在怒吼！

扬子江在怒吼！

啊！黄河！掀起你的怒涛，发出你的狂叫，向着全中国被压迫的人民，向着全世界被压迫的人民，发出你战斗的警号吧！

策马扬鞭的战士，高举高高飘扬着的、胜利的旗帜，吹起昂扬的冲锋号，民兵扬起大刀，所向披靡，一往无前，这是何等的壮烈与豪迈！

3个人物，却史诗般地展现了有如千军万马的宏大气场，给人力量，予人震撼。

这就是雄浑壮阔、气贯长虹，纪念碑式的、永恒的《壮丽诗篇》。

关于这件作品，大禧有文《我的“壮丽诗篇”》，可以作为注脚。

《壮丽诗篇》（局部）

2005年创作的《壮丽诗篇》

我不幸出生在民族灾难深重的年代。日本帝国主义侵略中国，我童年的时候，就目睹日本鬼子的刀光剑影，我同样年幼的姐姐，就是在日本飞机的狂轰滥炸中死去，我的家庭也在这场浩劫中被撕裂。我幼小的心灵，充满惊慌、恐惧和惆怅，永不磨灭。

长大了，我定过神来认识世界。每当我解读到中国人民是如何艰苦卓绝、英勇奋战抗击日本侵略者，我身上流淌着的血液，必然会沸腾，热泪盈眶。

幸好我从事艺术，使用艺术抒发我的情怀。20世纪70年代，我已尝试把那民族解放斗争如火如荼的场面概括为《壮丽诗篇》这个构图，历年来不断修改完善，不断参加展出，“诗”以明志。

终于等到了机会，今年夏天，我不畏酷暑高温，攀高劳累，挥刀弄斧，雕琢镂刻，用激情锤炼泥巴、用火焰熔化金属，整整奋战了六十多天，放大浇铸了一件大型的铜雕作品。最后我在作品的铭文中写道：

2005年，时藉纪念中国人民抗日战争胜利六十周年，特放大并铸造三十年前的《壮丽诗篇》原稿，留与子孙，千载永记。时年六十九岁唐大禧并记。

作品终于屹立在广州雕塑公园，供人们共赏。

69岁的大禧，这年还为广州市白云区太和镇创作《爱心》，为纪念著名胸外科专家李迎汉创作《李迎汉》立于广州医学院附属医院，为汕头市澄海唐伯元纪念馆创作《唐伯元》；还创作《马》（变体）与《天道》。

2006年，大禧70岁。他为中国石油大学华东校区复制大型石雕变体像《创造太阳》，立于山东省青岛市。

这年是省美协成立50周年。50年，广东涌现了众多享誉全国的美术经典，这些作品很多流传久远、影响广泛、历久弥新，已经深刻地烙入了中华人民共和国的历史，也成为人们的成长记忆，成为中华民族优秀的文化宝库。

省美协由此举办了“广东美协50年五十件经典作品”的评选活动，它通过公平、公正的评选，大家无记名投票，以得票最高依次排下来。

结果出来，大禧的两件作品《欧阳海》与中国画《人民的苹果》同时入选“广东美协50年五十件经典作品”。这下，评委们就有些犯难了：别人都是一人一件，可大禧是跨画种，雕塑、中国画皆当选，一个人占了两个名额。以省美协主席团为主组成的评委团展开了激烈的讨论，在场的公证员与律师认为应该维持投票结果；

50年，50件经典，这是多少奋斗了一辈子的老艺术家梦寐以求的荣誉啊！大禧作为省美协副主席也是评委之一。经评委团再三展开激烈的讨论，最终确定只选用雕塑作品《欧阳海》。

大禧知道自己的作品在历史上，在人民心目中的真正位置，这就满足了。

这年，年届七旬的大禧参与设计广州人民公园南广场的“城市原点”设计方案，他创作《方圆同心》被评为优秀方案。创作《流行格式》《林冲》《建华》

《方圆同心》

创作《方圆同心》

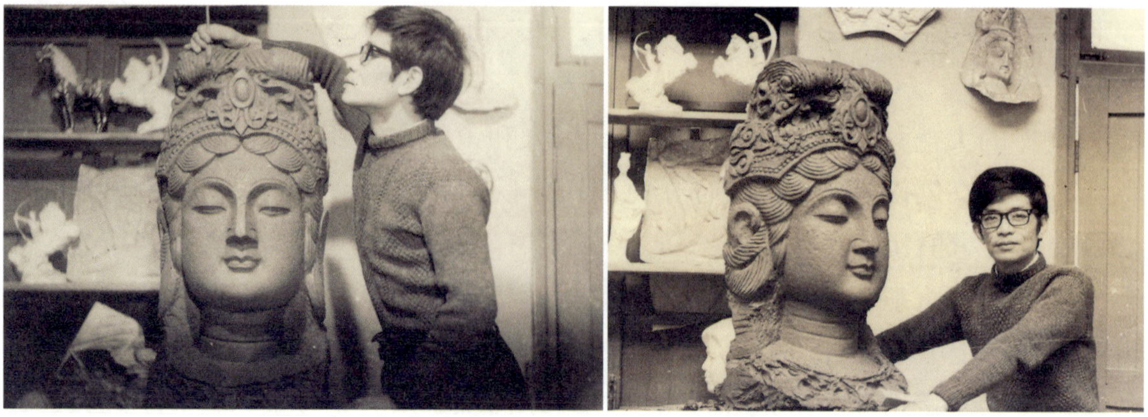

1980年创作的《禅像》泥塑

《周之贞》《孔子》头像等，还放大了之前创作的《荔枝女》《妃子笑》《风之梦》《禅像》等。

大禧还应广州市白云区文化中心之邀，创作了近4米高的《门与钥》。

不同的材质，如一阴一阳，如一正一反，组合成人间的取舍。

《门与钥》

《门》守护着世间的一切财富。

《门》也可通向自由王国……

你掌握开门的钥匙吗?

唐大禧

这是大禧刻在那把万能钥匙上的题记，一切，尽在其中。

好的作品，一定有好的构思，作为文化中心，这是大禧的匠心，也是他对到访者的希冀。

还有，你会打开吗?

大禧2006年创作了0.75米高的汉白玉石雕《比翼》。

这是件具浪漫主义风格的佳作。在天愿作比翼鸟，在地愿为连理枝……这是人间多少人的美好梦想?

比翼鸟，中国古代传说的神鸟，此鸟仅一目一翼，单独无法飞行，雌雄须并翼飞行。故常比喻恩爱夫妻，亦比喻情深谊厚、形影不离的挚友。

大禧只是撷取一双依偎着的翅膀，一个优雅的、最具象征意义的局部。

它们是如此的温暖，伴着呢喃，掠过苍茫大地，越过馨香满园的莲池，绚丽纷飞，柳絮漫天；艳美成双，看尽花红。

它们漫舞云端，完美地诠释只属于它们的生命华彩。

无论山川平地，或是险滩暗礁，即使荷叶枯萎，花瓣凋零，永远都是那么雅致、从容、淡定、静美，追逐着它们的初心与梦想……

看风景如画，双宿双飞。

冬去春来。2007年大禧被推选为“读者喜爱的当代岭南文化名人50家”之一。同年创作了《白云故乡》，还创作设计了《天道》《天骄》。

《比翼》

《天道》

《天道》是一个石膏小稿，灵感来于老子的《道德经》，一男一女同在谷物织成的一个圈里，形成一个阴阳八卦之象，这是人类永远的繁衍，天地与世界万物永远的平衡。

这年，大禧再次去考察了四川大足石刻。从魏晋南北朝至隋唐，大足石刻给我们留下了大量的古代经典尤其是宗教雕塑，尽管我们都不知道他们的创作者是谁，但里面传递出来的气度与精美，足以令我们景仰，它们是后世取之不尽的灵感源泉。

2007年唐大禧考察四川大足石刻

大禧由古及今，自西到中，结合自己多年的艺术实践，一直在思考我们民族雕塑的命运，现状与复兴。这是大禧的优势，毕竟他年轻时在深受西方文化熏陶的香港生活学习过，受过西方美术的启蒙，他的思考因此多了更广泛的参照系。

从四川大足观石刻归来，大禧接到中国美术家协会的约稿——为北京中华世纪坛创作《关汉卿》。约稿仅作尺寸高2.2米的限定，表现手法与形式皆尊重艺术家的思路创作。

关汉卿（1234—1300），元朝杂剧奠基人，他塑造的“我是个蒸不烂、煮不熟、捶不匾、炒不爆、响当当一粒铜豌豆”的形象广为人称，代表作有《窦娥冤》等，为“元曲四大家”之首。

提及元朝绕不开元曲，提及元曲，绕不过关汉卿。

只可惜，关汉卿生错了时代，这位“生而倜傥，博学能文，滑稽多智，蕴藉风流，为一时之冠”的才子，若生于太平盛世，定会奉召入京，供奉翰林。

也不可惜，只因他错生在乱世，命运多舛，才激发了他的才情，终成一代“曲圣”。

元灭宋后，蒙古统治者拒绝接受先进的汉族文化，把人分为四等，第一等为蒙古人；第二等为中亚人；第三等为汉人，即金帝国统治下的汉人；第四等为南人，即南宋的汉人，汉人地位低微。还把人分为10级，“八娼九儒十丐”，文人还排在娼妇之后。

元代废除科举，抑郁不得志的知识分子在落寞中追讨人间正义与公平，社会的不公与黑暗，反倒成了文人发泄与表现的素材，使得戏剧、散曲、小令等一时繁荣。他们用犀利的笔尖划破血泪盈襟的苦难生活，一改以往粉饰太平、寻欢作乐的主旨，带悲剧色彩的元曲终于横空出世。

关汉卿就是最具代表性的人物。他把盖世的才华、学问、正气与玩世不恭都带入他的剧本里，甚至亲自登台，饰演剧中人物。

关汉卿杂剧涵盖面非常广泛，几乎涉及元代社会生活的各个领域，大致可分为三类：第一类为公案剧，揭露政治黑暗和统治者的残暴，触及尖锐的社会矛盾，如《窦娥冤》等。第二类为情爱剧，描写下层妇女的生活与机智，略带喜剧意味。第三类为历史剧，通过塑造英雄赋予其拯救苍生的使命，表达他对社会现实黑暗的批判和对英雄再世的渴求。

他娴熟地运用元代杂剧的形式，在塑造人物形象、处理戏剧冲突、运用戏曲语言诸方面均有杰出的成就，成了中国古典戏曲艺术的一个高峰。

他的散曲，丰富多彩，格调清新刚劲，具有很高的艺术价值；

他多写男女恋情，对女性心理的刻画细致入微，写离愁别恨更真切动人；

他的风格豪放，曲词泼辣风趣；

他的语言通俗易懂，生动自然，很能表现曲的本色；

他喜用白描手法，善于写景，所用比喻，逼真形象；

他的作品历演不衰，足可以与英国的大文豪莎士比亚相媲美。

人说：何以解忧？唯有杜康。

他说：何以解愁？唯有舞台！

大禧捕捉的，就是关汉卿在舞台上的形象，你如果不了解他的身世，不了解汉人，尤其是文人在元朝的低微地位与悲惨际遇，你就不了解此刻关汉卿“天问”式的瞬间爆发。

这是情感最激越的爆发！

他仰天长啸，叩问苍天：国运为何如此不济？吾民为何如此卑贱？何日方可见曙光？！

此时的他，敞开诗怀，满腔忧愤，涕泪纵横。

他紧闭双目，无视这浑浊乱世；

他紧闭双唇，拒谈这平庸昏君；

撕心裂肺的“天问”回荡在剧场，

只可惜，满壁皆寂，四处荒寒……

他，唯渴望以自己的艺术之光，燃亮这周遭的黑暗，让国人再挺起雄壮伟岸的胸膛。

《关汉卿》面部神情的表达，精细入微，感人至深。

大禧的雕塑技巧，已臻化境，又一高峰。

2007年，是大文豪鲁迅莅临广州讲学八十周年。广州图书馆为纪念鲁迅在广州的日子，遂力邀大禧做像，立于广州图书馆门庭前广场。

鲁迅（1881—1936），著名文学家、思想家、民主战士，新文化运动的重要参与者，中国现代文学奠

2007年创作的《关汉卿》

《鲁迅》胸像

基人。毛泽东曾评价：“鲁迅的方向，就是中华民族新文化的方向。”

作为20世纪的文化巨人，鲁迅在中国现代文学、学术等多个领域都有巨大贡献，他开创的杂文文体富现代性、自由性、批判性和战斗性，是后世作家最常使用的“批判武器”，他创作的杂文更是中国社会、政治、历史、法律、宗教、道德、哲学、文学、艺术乃至文化心理、民性、民情、民俗的百科全书。

鲁迅堪称现代中国的民族魂，他的精神深刻影响着他的读者、研究者，以至一代又一代的中国现代作家、现代知识分子。鲁迅同时又是20世纪世界文化巨人之一。他创造了“内外两面，都和世界的时代思潮合流，而又并未梏亡中国的民族性”。他与同时期的世界杰出的思想家和文学家一样，在关注本民族的同时，也在关注着人类共同面临的问题，并做出了自己的独特贡献。

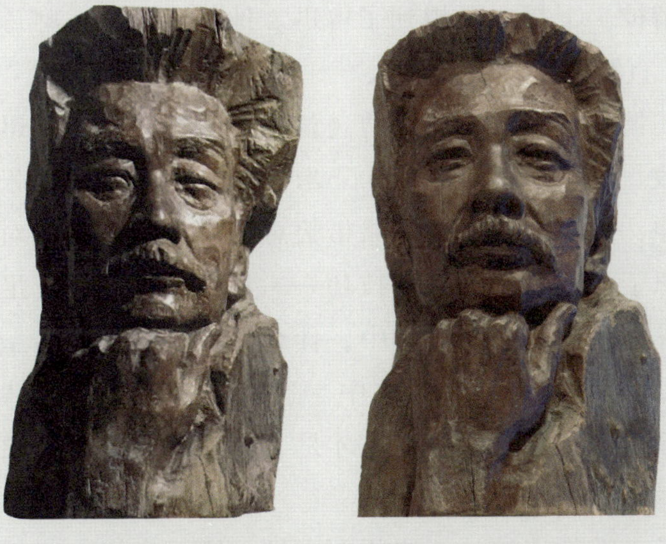

《鲁迅》头像（木雕）

《思》头像（局部）

毛泽东的评价很准确："鲁迅的骨头是最硬的，他没有丝毫的奴颜和媚骨。这是殖民地半殖民地人民最宝贵的性格。鲁迅是文化战线上的民族英雄。""鲁迅是中国文化革命的主将，他不但是伟大的文学家，而且是伟大的思想家和伟大的革命家。"

毛泽东晚年都在读鲁迅。尽管他大病一场，身体每况愈下，他依然天天躺在床上坚持读鲁迅著作。1971年11月他在武汉的谈话中说："鲁迅是中国的第一个圣人，中国的第一个圣人不是孔夫子，也不是我，我是圣人的学生。"就在毛泽东逝世前半年多的时候，还郑重地发布指示："我建议，在一两年内，读点哲学，读点鲁迅。"1972年，他又特意让有关部门把20世纪50年代出版的带注释的10卷本排印成线装大字本。还在上面画了不少圈圈、道道。就在1976年9月逝世前夕，他卧室的床上和床边的桌子上、书架上，还摆着大字本的《鲁迅全集》，有的是在某一页上折上了一角，有的地方还夹着纸条。

可见鲁迅对近现代中国的影响至深。

鲁迅也是大禧心目中的民族英雄，尤其是他的傲气、他的风骨。对鲁迅偶像式的崇拜始于大禧的青少年，那时，他还在香港。受进步青年的影响，大禧大量阅读进步文学，其中就有很多鲁迅的作品。

为鲁迅塑像，这个心愿一直萦绕在大禧的心头。

之前，他已经三次创作鲁迅像了。

第一次是1980年，那是在造《猛士》不久，他有感于鲁迅的精神创作了石膏像《思》，这是一个右手托着下巴眼望远方，思想着的、睿智的鲁迅。当年刊登在复刊的《羊城晚报》上，收到了大量的读者与学者来信，好评如潮。

第二次是1981年，大禧喜得一件坚硬且不易变形的荔枝木，他在琢磨这块好木也应该承载某种东西，某种精神。于是，又想到了鲁迅。他依其纹路，雕琢出一个目光穿透历史、拨开迷雾，直视苍穹的思想巨人。

第三次是1989年，他应澳门博物馆之邀，塑一尊《鲁迅》胸像。这个鲁迅内敛中透出伟岸，含蓄中彰显豪放，胸像不高，只有0.55米，却极富张力；这张力源于鲁迅安然却饱含信念的眼神，也源于他紧抿却略带笑意的嘴角所表达的对权贵与旧制度的蔑视与自信；更源于大禧纯熟的雕塑技巧——整件作品泥性十足，仿佛如中国的写意画，一气呵成，而在完成的过程中，什么结构、体积等造型的问题，仿佛在不经意间，已包含在那整体的气韵之中。这就是"挥写"与"应物"的和谐，大写意与准确物象造型有机的组合。这才是千锤百炼后，彰显出的大师气派、大师手笔。

第四次，就是这次2007年了。雕像将被放于广州图书馆门庭前广场，这里，大禧并不陌生：这里就是1969年“文革”期间广州建的“万岁馆”，即“毛泽东同志主办农民运动讲习所旧址陈列馆”，后来都叫“星火燎原馆”。主楼正面顶墙上，还有大禧参与创作的《革命圣地》浮雕。他在这里创作过《长征》，还有《人民的苹果》。

现在，这里改造为广州图书馆了，每天都有很多人来阅读。

这次，大禧不想只雕鲁迅一个人，他想做成鲁迅与许广平的双人塑像。因为，80年前鲁迅来广州与曾是他学生的许广平有关。

许广平（1898—1968），出生在广州高第街的许地。1917年，19岁的许广平就读于天津直隶第一女子师范学校预科，1923年她考入北京女子高等师范学校国文系，成为鲁迅的学生。之前，许广平读过鲁迅的《中国小说史略》，由此对鲁迅心生倾慕之情。

1925年3月11日，女师大爆发反对校长杨荫榆的学潮，作为学潮中的骨干许广平有些苦闷，有些迷茫，于是，她主动给鲁迅写了第一封信。在信中，这个“五四”之后的新女性还直言不讳地向鲁迅表达了自己的钦慕之心。鲁迅开始有些意外，拒绝了学生的爱意，也真诚地阐述自己不配的理由，之后还多次逃避。

许广平痴心不改！面对许广平炙热的追求，鲁迅最终动心了。在许广平不懈的追求之下，“鲁迅屈服于爱情”——这是日后许广平所说。

1925年10月12日，许广平以“平林”笔名，在鲁迅主编的《国民新报》副刊上发表了《同行者》一文，歌颂鲁迅“以热烈的爱、伟大的工作给人类以光和力”，使“将来的世界璀璨而辉煌”，并表示她将不畏惧“人世间的冷漠、压迫”，不畏惧旧社会卫道者的猛烈袭击，与鲁迅携手同行，“一心一意地向着爱的方向奔驰”。

就在那个晚上，鲁迅坐在家里靠书桌的藤椅上，许广平坐在鲁迅的床头，27岁的许广平首先握住了鲁迅的手，鲁迅同时也向许广平报以轻柔而缓缓的紧握。于是，鲁迅对许广平说：“你战胜了！”许广平不禁报以羞涩的一笑……

第二天，刚刚写完小说《孤独者》4天的鲁迅，又一气呵成了一篇以婚恋为题材，充满生活哲理和抒情色彩的小说——《伤逝》。

之后，鲁迅因写《记念刘和珍君》等抨击段祺瑞政府屠杀学生的文章遭追捕，于是到了厦门大学任国文系教授。此时，许广平也因学潮躲避回了广州，于是，鲁迅写信与许广平商议，不如到中山大学任教？很快，鲁迅获得了中山大学的聘任。

于是，1927年1月，鲁迅来到了许广平所在的广州。

恋爱中的两人终能相守。许广平任鲁迅的助教和广州话翻译，与鲁迅在广州白云路租了一个房间同居。

他们成了事实上的夫妻，时年鲁迅46岁，许广平29岁。

许广平对鲁迅照顾得很好。

由于鲁迅经常熬夜，许广平为此也改变了自己的作息时间，而鲁迅对许广平的照顾也是十分感激，经常向朋友炫耀。对于二人之间的夫妻生活，鲁迅在日记里也以“洗脚”代替。更多时候，许广平从事的是秘书的角色。许广平为鲁迅去图书馆查找资料，整理和校对初稿，保管鲁迅的手稿。应该说，鲁迅生命最后十年的文学成就远远高于其前二十年的成就，这和许广平的帮助是分不开的。

1929年二人有了唯一的孩子，周海婴；1936年，鲁迅病逝，许广平终身没有再嫁。许广平时年38岁，二人正好生活了10年。

大禧创作的《鲁迅与许广平》，可能是唯一一座反映他们相依的雕塑了。以往鲁迅留给世人的，多是“横眉冷对千夫指，俯首甘为孺子牛”之类的形象，但鲁迅也讲过“无情未必真豪杰，怜子如何不丈夫”的话，鲁迅也有平常人的一面，后半句就是对儿子的浓浓父爱。

海婴幼年多病，经常弄得原本就提心吊胆的父母坐立不安。许广平回忆道：“小孩有些咳嗽，不管在另一间房子或另一层楼，最先听到声音的是他（鲁迅）。为了省得他操心，我每每忍耐着不理会，但是他更敏感，时常叫我留心听，督促我去看……如果不是咳得太厉害，他总是不叫醒我，自己去照料的。”

鲁迅老来得子，在给友人的书信里，常常和朋友分享儿子的趣事：

“海婴很好，脸已晒黑，身体也较去年强健，而且近来似乎较为听话，不甚无理取闹。但因年龄渐大之故，唯每晚必须听故事，讲狗熊如何生活，萝卜如何长大，等等。颇为废去不少工夫耳。”

“海婴这家伙非常调皮，两三日前竟发表了颇为反动的宣言说‘这种爸爸，什么爸爸’！真难办。现在的孩子更捣乱了。”

“他去年还问：‘爸爸是可以吃的吗？’我的答复是：‘吃也可以吃，不过还是不吃罢。’今年就不再问，大约决定不吃了。”

海婴小的时候非常喜欢各式各样有趣的玩具，鲁迅也一改平日只光顾书店的习惯，常常在一些杂货店和卖玩具的摊位上驻足，花心思为孩子挑选玩具。一次，他给海婴买了一套木匠工具，让海婴模仿工人劳动。海婴高兴得手舞足蹈，拿着它四处敲敲打打，完全沉浸在当工程师的意境中。

著名女作家萧红在《回忆鲁迅先生》中记录了一桩往事：家里请客，从福建菜馆叫菜。海婴抱怨说鱼丸不新鲜，别的人吃了都是好的，没人相信海婴的话，甚至也没有人注意孩子的话。许广平也只是又给海婴挟了一个。他依然嚷嚷说是坏的。鲁迅于是把这个吃剩的拿来尝尝，发现果然不新鲜。于是说：

“他说不新鲜，一定也有他的道理，不加以查看就抹杀是不对的。”

鲁迅专门写过文章《我们怎样做父亲》，他也是完全按照标准来做。他做父亲是愿意拿出时间来陪孩子玩，孩子怎样捣乱他都不恼怒。他对于不懂事的孩子仍然能像朋友那样尊重，尽量以同理心来体谅孩子。

诗人柳亚子曾经说过：“近代对于儿童教育最伟大的人物，我第一个推崇鲁迅先生。”

这才是真实的鲁迅，一个有着七情六欲的鲁迅。

大禧塑造鲁迅的目光，威严里有慈爱，刚柔相济；但又深沉，多义。许广平似乎刚为鲁迅整理完文稿过来，伸手为先生调整一下靠垫；可能此时刚刚送走一批来寻找光明的青年，他们在目送他们远去，他们知道，所谓看到的光明，可能只是幻象，人间没有永远的、永恒的光明；光明，总与黑暗交替，光明，总在希望之处，光明，又永远在远方……

《鲁迅与许广平》揭幕仪式，78岁高龄的周海婴带着自己的儿子周令飞来了。大禧认识海婴，是在书本上有一张照片写着“50与1岁”，即鲁迅与儿子二人，如今这个与大禧同龄的孩子已是白发苍苍的老人了，他的举止至今还存在儿时的印记，和父子之深情，使大禧感慨颇深。海婴仰望基座上3.5米高的铜像，绕着慢慢地走了几圈，最后慢慢地停下来，喃喃自语：像，真像……他对大禧说：“形似，神似！”

末了，海婴在像前久久不愿离去，他，很久很久没有这样真切地看过爸爸妈妈了，他想留在这里，多陪陪他们；他真想回到他们温暖的怀抱，多想慈祥的父亲给他再买一件心爱的玩具，疼爱他的母亲给他再夹一次他最爱吃的菜……

《鲁迅与许广平》《周文雍与陈铁军》

《鲁迅与许广平》

2007年8月与鲁迅儿子周海婴前排（左三）等人合照

儿子令飞在一旁，他理解父亲的心思，他说："爷爷，终于有奶奶陪了……"

或许，这两位在天上的老人家知道世人的心思。

揭幕那天，一早，雨就下个不停，待周海婴、周令飞及大禧等一众嘉宾到齐，雨居然停了下来，还露出了阳光；雨后一切是那么清新、亮丽，揭幕仪式、讲话、合影……一切都那么完美。

客人刚走，大雨如注。

情犹未尽，天若有情啊！

完成了《鲁迅与许广平》不久，2007年下半年，大禧又一次踏上了俄罗斯之旅。

于是，有了大禧的文章——《赤塔之行》：

一次偶然的机会又使我踏上前往西伯利亚之路，"贝加尔湖是我们的母亲，她温暖着流浪者的心，为争取自由挨苦难，我流浪在贝加尔湖滨……"那是传唱在多少人心中苦难却坚决的大调。

西伯利亚——那是遥远的北方，人们心中多么神秘的地方，而今，我要去的，就是这个地方。

南方还是盛夏的八九月，出了满洲里便觉得凉风飒飒。天清气朗的世界，我们乘坐西伯利亚的列车，前往贝加尔斯库（克）的省会——赤塔。这是位于俄罗斯西伯利亚铁路大动脉东段、蒙古北部一个很不起眼的中小城市，有着巨大鹿茸（角）的公鹿是这座城市的象征。

这里的西伯利亚，是一片冈峦缓坡的黑土，生长着茂密的白桦林，俄罗斯画家画白桦就像中国画家画松竹那样常见。小城人口并不很多，三四十万人，看上去比较休闲，洋洋散散，神情里却知足幸福。生活不算富裕，都在拿捏着二手车，日本的二手车在这里是抢手货。导游是位俄罗斯的朝鲜族老太太，一位温文尔雅皮肤白皙的退休教师，都快六十岁了还出来兼职，说一口相当蹩脚的普通话，语调和表情却是地道的俄罗斯，很热情，会唱不少中国歌曲，所以很讨大家高兴。

老太太总是提起她们的东正教和城里的一些教堂，那是他们的历史，也是他们敬仰和铭记的地方。一百八十多年前，由被流放至此的十二月党人亲手建筑起来的小教堂是这里的亮点，用一排排的原木树干排列组合而成，两层楼的结构，结实温暖。老太太许诺午餐之后便带我们前去参观，于是，到了优雅别致的西餐厅，平素有点唠叨的团友们，顿时静了下来，领略了异国风情的用餐文化，分外快活。

跟俄罗斯的其他城市一样，赤塔也有列宁大街和广场。列宁、红军等一系列纪念和装饰雕塑保存完好。9月1日的城市到处充满着节日的气氛，阳光鲜花相辉映，格外灿烂美好，原来是开学的日子。学生们穿上礼服，女生们则头带洁白大花，手中还捧着花束或花球，给老师行礼献花。特别触动我的，是那些六七岁刚入小学一年级的小朋友，身着“三件头”，合身的礼服，再结上领花，真是纯真动人。一个民族的文化能够从这时候抓起，是值得敬重的事情，这是伟大与幸福。

赤塔，这个曾经禁止外人入内的神秘之城，是当年十二月党人流放的地方。19世纪初的俄国，沙皇专制暴虐统治，实行农奴制。有那么一群贵族，其中不乏诗人、作家和高级军官，深感自己特权是罪过，在1825年的冬日发动起义，试图推翻沙皇的统治，但很快被镇压下去，绞杀的绞杀，流放的流放。他们被流放到了赤塔，在严寒的风雪和种种绝境中，仍然信念勃勃地打猎、耕种、办学校、建新村……就像不灭的火。他们爱国爱真理，在广袤的俄罗斯大地播撒了民主和自由的种子。用圆木层层叠起的东正教教堂现在是十二月党人博物馆，里面陈列的，

《遥思》

都是这批贵族囚犯的故事，他们的牺牲与坚守，他们的爱情和信念。

十二月党人的妻子和恋人们不是十二月党人，但她们却齐齐嫁给了十二月的风暴。这些千金贵妇，虽不理解丈夫的政治理念，却坚决要求随同丈夫一起流放，于是，荒蛮坚硬的西伯利亚土地上，爱情扎下了根，也开出了傲然的花。他们终有部分人战胜了死亡，但毕竟是少数。三十年后，他们得到大赦，回家的已（已）是寥寥无几。俄罗斯现实主义大画家列宾的油画《不期而至》正是表现了十二月党人家庭不同寻常的一幕，惊愕的不期而至，令人震撼。几许坚定，几许淡泊，我静静地站立在博物馆里，不敢高声语，内心深处，是我对这个伟岸卓立的高贵知识分子群体的追慕和对自己作为艺术家的思考和审度。

记下这些文字，已经是赤塔之行结束后的2008新年了。

新年的广州，草木顾盼生姿，阳光正好。然，我的心，总忆起那远方的皑皑白雪，那关乎尊严和价值的往事……



2008年，听着新年钟声的敲响，大禧写完上面的文字，心绪还在远方。

那远方，不止皑皑白雪，还有红花岗、红棉……那是八十多年前的广州。

那远方，同样有大批热血青年，为了理想，为了真理，为了尊严和价值，不惜抛头颅、洒热血，前仆后继，同样坚定。里面有周恩来、叶剑英、叶挺、张太雷、周文雍、陈铁军、恽代英、陈郁……他们，都是理想先行者，人类精英。

中华人民共和国成立后，广州特在红花岗，即国民党屠杀大量共产党人的地方，建立了“广州起义烈士陵园”，这里，红棉高挺，鲜花常开，祭奠这些为理想、为信仰英勇献身的革命先烈。

这就是大禧为广州英雄广场创作《陈郁》、为广州起义烈士陵园创作《周文雍与陈铁军》的背景。

陈郁（1901—1974），广东宝安人，广东省委原书记、省长，中国工人运动先驱者和领导者之一，年轻时做过水手。1922年起开始从事工会工作，1925年8月加入中国共产党，1927年12月参加广州起义。

1927年10月，张太雷改组广东省委，陈郁担任中共广东省委常委、中华全国海员总工会主席、党团书记，同时参加中共广州市委工代会领导工作。他在广州组织工人纷纷驱逐国民党派到工会的委员，选举自己的工会委员，为争取真正的民主权利和改善工人生活条件进行斗争。10月14日，陈郁发动海员举行罢工，得到各业工人的援助，2万多工人举着镰刀斧头图案的红旗向反动政府示威，显示了广州工人阶级的觉悟和力量。

12月11日，张太雷等策划组织了广州起义。起义爆发时，陈郁是罢工纠察队与工人赤卫队队长。起义成功后，陈郁任广州苏维埃政府人民司法委员会委员。

大禧塑造的就是罢工纠察队和工人赤卫队队长、身材高大魁梧的陈郁，在12月11日凌晨，他率领“敢死队”，目光炯炯，充满胜利的信心。他一手举枪，一手抬腕对表，等待激战的一触即发。陈郁系着起义部队的标志——红领带，头戴工人鸭舌帽，这是典型的无产阶级先锋队的英雄工人形象。

大禧创作的《周文雍与陈铁军》，也是源于1927年12月爆发的“广州起义”，这是一个凄美壮烈的英雄故事，后人将之称为“刑场上的婚礼”。

这对为革命献身的“假夫妻”在工作中

2008年创作的
《周文雍与陈铁军》

产生情愫，直至被捕，对革命、对爱情坚贞不屈。长春电影制片厂曾以此为题材拍过一部电影，电影中的一句台词传颂久远，“让刑场作为我们婚礼的殿堂，让反动派的枪声，来做我们结婚的礼炮吧！”

大禧在创作《周文雍与陈铁军》时，也一直揣摩着他们的心，并为他们设计了心语：

铁军：面对敌人的枪膛，我们毫不惧怕，让我们安然入睡吧！

文雍：亲爱的，睡吧！醒来的时候，已是黎明！

……

他们在告别世界的这一刻，心都是相通的。

在爱的表达瞬间，戴的是沉重的镣铐，周围是凶恶的敌人，此刻，他们没有儿女情长，深情拥吻；男儿，只是挺起胸膛，表达一个志士的阳刚与血气，表达一个英雄的勇敢与使命，表达一个丈夫的承诺与担当；姑娘，已没有半点羞涩，她把头亲切地依偎在爱人的肩头，微合的丹凤，稍翘的嘴角，是温柔与妩媚，是浪漫与期盼，是她找到归宿的坦然，尽管，这只是片刻的陶醉……

也许，平常的他们还有一些情感上的羞涩，还有工作纪律的约束，但此时此刻，相互惦念的两个人，就要离开这个依依不舍的美丽世界了，终于，将彼此隐忍许久的感情爆发了出来。

因为他们心里有爱，当他们面对死亡的时候，坦然表现出最真挚、最凄美的浪漫。

里面有共产党人视死如归的革命气节，也有相爱的两个人冲破束缚，最终走到一起的浓情蜜意。

他们正值二十三四岁的青春年华啊！在这一刻，无须言语，一切的一切，都融进情感之中，凝成永恒。



这是一种怎样的爱？

很少有艺术作品能有这种催人泪下的悲怆——多么美好的青春，多么美好的生命，如此热爱生活的恋人，为了民族，为了理想，为了信念，可以抛弃一切，甚至是自己最宝贵的生命……这就是，他们能站立着的，那最后的一刻了……



只因有了无数的他们，才有了今天多情的月夜，绚丽的晨曦。

从俄罗斯赤塔朝圣归来的2008年，大禧似乎都沉浸在热血、理想、崇高、信念……这一系列的精神氛围里。

这年，有一个机缘，让他拿起了放下多年的油画笔。

2008年5月12日，一个令山河悲恸的日子——中国汶川发生8.3级特大地震，这是中华人民共和国成立以来破坏力最大的地震，也是伤亡最严重的一次地震。

中国在哭泣，世界在哭泣。那几天，每天都揪心地目睹发自灾区令人心碎的报道。看着那些生命奇迹的震撼画面，广东美术界紧急动员起来，一百四十多位广东及海外艺术家走到了一起，用心血创作巨幅油画《地恸·重生》与《5·12表情》。大禧知道消息，第一时间来到创作现场，二话不说拿起画笔与调色板就参与了油画创作。

这是大禧与生俱来的英雄情结——

英雄，总在最需要的时候挺身而出，他拥有藐视一切的能力，拥有傲视群雄的气势。在国家、民族出现危机之时，总会有些人无所畏惧，自告奋勇，为国效力，他们，堪称英雄。

大禧在现场一待就是几天。

二十多天后，广东美术馆，凝聚了多位艺术家心血的巨幅油画《地恸·重生》与《5·12表情》终于如期在四川大地震月祭上亮相了。这是一个全景式的展示，有史诗般长卷气势恢宏连贯的场面，也有单幅的几十幅一个个面对灾难撕心裂肺的表情与感人的瞬间，前者是经典的写实主义手法，后者是画家们张扬个性、充满激情的当代主义样式表达，两者互为补充、交相辉映，令人感同身受、荡气回肠。

大禧的油画，无论色感、用笔、用色，还是油画刀技巧的运用与熟练程度都相当出色，丝毫看不出是一个长期与泥土、石膏打交道的雕塑家所为。大禧的跨界创作体现了非同凡响的造型悟性和对不同画种以及画质媒介的掌控与驾驭能力。

唐大禧《5·12表情—21》（油画）（局部）

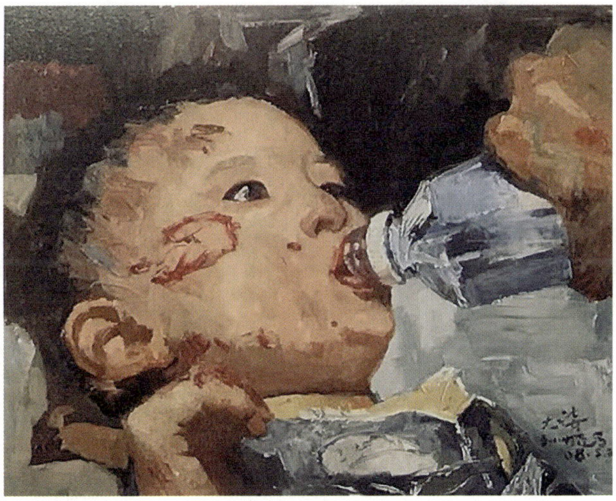

一般人都说：大禧真是天才，但一切都是在掌握了规律后的提炼与升华，万变不离其宗。

现在，这些珍贵的作品已入藏中国国家博物馆，这是对抗震历史的永久纪念，是对艺术家们的最高褒奖，也是对参与赈灾创作活动付出心力的幕后英雄们致以的崇高敬意。

自然界顷刻间带给人类的巨

大创伤，随着岁月流逝已悄然埋入人们的心底，逐渐淡化。但自然灾难面前，人们的真情永在，爱心长存。

这一年，大禧72岁“助孤义卖”画了一幅六尺横幅《苍松》。

在大禧重拾画笔画油画的同时，他还在塑造一个惊天地、泣鬼神的英雄——陈子壮。

现在，知道陈子壮的人，恐怕不多了。

陈子壮（1596—1647），广东广州府南海县沙贝乡人，现在，这里属广州市白云区金沙街沙贝村，陈子壮是历代“岭南三忠”“广东古八贤”之一，自幼聪慧的陈子壮乡试考中举人，后中探花，24岁授翰林院编修。后因上疏反对宦官魏忠贤专政被罢官，削籍为民。期间回广州重振诗社，对促成岭南诗坛的复苏有突出贡献。时广州发生大灾荒，粮价高涨，城内乞讨者日多。陈子壮四处奔走筹款组织救济，在城内分区设点，每天向饥民施粥。《广州通志》载数千人因他的救济而活下来。

崇祯十七年（1644）李自成围京，廷臣接二连三地向朝廷举荐，陈子壮才被起用。眼看汉土就要落入南下清军的手中，陈子壮的内心焦急如焚。1645年，南京攻陷。明朝成了无主的草，成了被狼啃食的肉，随风摇摆。

陈子壮挺身而出，跨上了战马，投笔从戎，称南粤儒将。他熟读兵书，行军布阵颇见兵法之妙，出兵作战时常身先士卒，在江南、岭南转战两年，挫败过不少强敌。

可惜，时运不济。腐朽的明朝，已到了穷途末路，狂风早已刮起，暴雨早已倾盆。

貌似强大的明朝，像是一块风蚀的瓦片，轻轻一捏，分崩离析。

识时务者，纷纷投降，此等人里，不含子壮。

南京攻陷，陈子壮退至广东，拥立永明王在广东肇庆即位，为永历帝。家国危难之际，陈子壮被委为大学士兼兵部尚书，领尚方宝剑，提点广东、福建、江西、湖广四省军务。

不久，处于劣势的广州城陷，子壮毁家纾难，捐资募兵，在南海九江举旗誓师，在广州城郊、增城、清远、高明一带互为犄角，狙击清军。又会集舟师六千余，乘战船进攻广州，可惜因城中内应失误，谋泄事败。这一仗，陈子壮长子陈上庸壮烈捐躯。后退至高明，率全城军民昼夜登城防守，清军屡攻不下，便偷掘地道炸药引爆。城破，子壮被捕押解广州，余下五百义勇军浴血奋战，全部战死。

广州，两广总督佟养甲传讯子壮，喝道：“还不下跪！”

陈子壮昂然北面而立，骂道：“你是谁？敢要我跪，头可断，膝不能屈。”

这一跪，真的这么重要？是的！士可杀不可辱，子壮，宁死不跪。

英雄所在的沙贝村始建于明朝嘉靖年间的陈大夫宗祠，中华人民共和国成立以来曾对宗祠进行了维修，改为陈子壮纪念馆，1993年还被广州市人民政府公布为第四批文物保护单位。但是迈入新千年，这座有五百年历史的宗祠已日久失修，面临颓状。2002年，白云区政府办的梁瑞冰调到沙贝村所在的金沙街当主任，此任，她肩负白云区领导的期望：开发金沙，发展金沙，振兴金沙。在对整个地区的文化进行调查的时候，她看到千疮百孔的陈大夫宗祠，更了解到一段惨烈的、鲜为人知的历史。

当翻开那尘封已久的悲壮一幕时，她震惊了：把人活生生地从头向身体锯开两半？！生不如死！台下，一片片凄厉的哭声、喊叫声、呵斥声、皮鞭声、棒打声，响成一片……

谁见过这炼狱般的一幕？想都不曾敢想过！

制造这惨剧的，就是陈子壮旧日同在明朝做官的同僚——投靠清朝当了清廷鹰犬的两广总督佟养甲。这个汉奸抓到陈子壮后，还以杀害陈的幼子相要挟，妄图逼他变节。陈子壮宁死不屈，佟逼降不成，恼羞成怒，想了一条杀一儆百的毒计：将陈子壮处以惨无人道的“锯刑”。行刑时，佟养甲还“遍召广州诸绅与其家眷，坐堂上观其受刑以惧之”，还凶恶地问道：“诸公畏否？”

陈子壮誓死不降，依然骂不绝口，并慷慨吟下绝命诗：

金枝归何处，玉叶在谁家？
老根曾愿死，誓不放春花。

遂，有了上面惨无人道的、惊天动地的悲壮场景。

陈子壮其弟陈子升携母匿藏深山，其母知子壮已死，自缢而死。

子壮之妾被佟下属纳为妾，常思子壮反清复明，不久自刎而死。被清朝锯为两半的英雄有着怎样的一生？这位真正的猛士，后世应该怎样地怀念与铭记他的英灵？至少，应该有个“陈子壮广场”，有个《陈子壮》铜像，刻上事迹，让后人铭记；还有把陈子壮的生平、追求、不凡的经历，编写成一个个故事，陈列在陈子壮纪念馆，供人凭吊、瞻仰，让人传承、缅想。

掩卷而泣……

被英雄情怀深深感动的梁瑞冰把这一切做成详尽计划上报白云区政府，很快便得到了回复落实专项基金。于是，填平陈大夫宗祠前面一部分水塘，扩大了宗祠前广场面积，有了“陈子壮广场”；梁瑞冰找到著名雕塑家唐大禧，为子壮造像。

在寻找创作思路时，大禧听闻陈氏族人的讲述：本来在附近优美的金沙洲浔峰岗上，有陈子壮衣冠冢。当年，51岁的陈子壮被清朝刽子手活生生残忍肢解后，宗亲们强忍悲痛从刑场上把英烈残缺的肢体运回浔峰岗安葬，因为残体不全，又是清廷统治，子壮的墓只能称衣冠冢，墓碑也不敢声张。这几百年，世界也变得太快，变得太多，慢慢地，英雄，也被人渐忘了。就在世人想寻找不见了踪迹的陈子壮衣冠冢之际，2005年12月，金沙洲浔峰山上神奇地发生了山林大火，几千平方米山林被烈火吞噬，古称大坑山的山冈上，一米多高的灌木草丛燃烧殆尽。次年，陈氏后人上山，意外发现正在找寻，却又失落了多年的陈子壮衣冠冢。

灰尽墓显，得来全不费功夫。

衣冠冢重现，仿佛有如天助，一切都加快进行，大禧被陈子壮的壮怀激烈所感动，之前，他塑造过不少民族英雄，有文天祥、郑观应、林则徐，有周恩来、周文雍、陈铁军，有鲁迅、欧阳海、叶欣……无数的英魂，构成一部人类精神的壮丽画卷，是引领人类前行的星火。陈子壮，无疑也是其中一个闪光的亮点。为了创作《陈子壮》还先后去过几次沙贝村，流连在陈大夫宗祠，上过浔峰岗拜谒陈子壮衣冠冢。

实地考察，首先解决塑像的置放场地问题，他发现，曾经是乡村的沙贝村现在已经逐渐城市化。陈大夫宗祠，即陈子壮纪念馆作为一座古老祠堂，已被周围众多的高楼大厦所包围，空间很狭小。陈子壮塑像置放的位置如果找不准，会很容易跟周围的现代化建筑混合在一起，没有了距离感，也没有了时空之隔，也就没有了令人想象的空间。如果雕像是站立的话，更加受到周围现代化建筑的干扰，显得逼仄、窘迫。

反复琢磨中，一个动作——“跪”出现在大禧的脑际。陈子壮这样一个铮铮铁汉，他知道，只要他一跪，即可享受荣华，富贵无忧；子壮也知道，只要他不跪，等待他的是刀山火海，油锅碎尸……

一切的一切，就是这个“跪”。

壮士也有“跪”的时候，这是家国危难之际，陈子壮恭恭敬敬地单膝跪地，接受以国家的名义授予他的尚方宝剑，之后，更接受委任为大学士兼兵部尚书，提点四省军务。

这一跪，却是他对国家生死存亡的承诺，对民族性命攸关的担当，一片赤胆忠心，跪得其所。这一跪，也是陈子壮一生之中最有意义的转折点。他本来是个文人，但是这一跪，他就负担起了国家的使命，由文人转变成武将，跨上了战马，投笔从戎，从此成为南粤儒将。

这个创作兴奋点一出，大禧高兴异常，很快，陈子壮的塑像小稿就造出来了：

子壮头戴钢盔，身着盔甲，单膝下跪临危受命。这封官，本来是喜事，但陈子壮塑像却紧锁愁眉，目不别视，须髯齐整，神情凝重，这是因为陈子壮肩头重任非小，他知道形势的险峻，知道敌强我弱，知道朝廷的昏庸无能，知道从下跪接过御赐宝剑这一刻开始，自己就已经准备用余生、用最宝贵的生命忠贞报国了。

宋苏轼《留侯论》有云：

> 古之所谓豪杰之士者，必有过人之节。人情有所不能忍者，匹夫见辱，拔剑而起，挺身而斗，此不足为勇也。天下有大勇者，卒然临之而不惊，无故加之而不怒，此其由挟持者甚大，而志甚远也。

为了突出陈子壮的身份，按照中国戏曲服饰的象征意义，陈子壮塑像左手系文官长袖，右手系武将束袖，彰显了他集文官武将于一身的身份。当大禧把这个小稿带给梁瑞冰等一众白云区与金沙街领导，以及陈氏族人征求意见的时候，却

《陈子壮》立于金沙街陈大夫宗祠

遭到了陈子壮后人与族人的反对。

他们觉得下跪不好——在他们的心目中，陈子壮一生铁骨铮铮，清朝曾经高官利诱也未曾让他下跪，将陈子壮塑像塑成下跪的形象容易让人想起投降。有的族人甚至说，英雄陈子壮下跪的形象还会造成风水不好，影响整个金沙街的运程，更有甚者，说如果下跪的雕像做好了也会破坏它……不欢而散，局面一下子僵住了。

之后，金沙街道办主任梁瑞冰去大禧工作室，希望协调艺术家与族人的分歧。但是，唐大禧的态度也很明确：这是自己考虑多时并反复推敲后的创作结果，是一个最佳的方案，如果不采纳，宁愿不做。后来通过白云区政府与金沙街一众领导的不懈努力下，慢慢地，陈氏族人才开始抛开成见，逐步接受了大禧创作的这个方案。《陈子壮》的创作终现转机。

2008年创作的《陈子壮》

2008年，大禧这座高2米的《陈子壮》铜像立在陈子壮广场。他的身后，是陈大夫宗祠，也是陈子壮纪念馆。几百年屋顶上的鳌鱼脊，瓦衽狮子，四方飞檐，牡丹花枝，青砖灰瓦……与周围，好像是隔了好多个时代的样子。

他，一个人，一动不动，单膝跪地，双手捧着一把宝剑，两眼望着远方，仿佛被一股悲壮的气息笼罩。

是的，今天，还有多少人知道他的故事？知道他的壮烈？慢慢地，现代人越来越多地知道陈子壮了，族人也理解了艺术家创作的良苦用心。

陈氏家族代表、陈子壮纪念馆理事会理事陈权辉说：“唐大禧大师出于对子壮公的无限敬仰，辛勤雕塑，虚心地征求多方意见，花费了不少心思，经过多次的修改，终于塑造出了这个很有意义的雕塑。这个雕塑，充分凸显了陈子壮爱国家、爱人民，勇于担当大任，接受尚方宝剑，带领人民抗击清兵的英雄形象，这不是一个普通的雕塑，而是一件极其珍贵的艺术品，值得我们大家去欣赏和景仰。”

慕名而来的摄影爱好者吴忠浩先生有感道：“我参观过很多历史英雄的塑像，很多都是高高屹立的，或者气壮山河，或者慷慨悲歌，比如潮阳海门的文天祥、东莞的袁崇焕，他们的塑像都是顶天立地的英雄形象。陈子壮的悲壮故事我早就熟悉，今天专门赶来瞻仰他的塑像。他这一跪，让我感到震撼，初一见，我的心一酸，泪水差点就要掉下来，一代抗清英雄竟然是跪着的！因为这一跪，人们首先就会打个问号，陈子壮为什么下跪，他下跪是为了什么？在了解下跪的背景之后，人们都会为之动容、感动！唐大禧不愧是著名的雕塑家，从实际应用来讲，他选择了陈子壮的跪姿，无形之中，这个塑像的实际高度就矮下来，无论怎么拍照，这个塑像始终都是被祠堂景观包围着，成了陈子壮纪念馆重要的一部分……”大禧觉得欣慰，当年的金沙街主任梁瑞冰也会觉得欣慰。

孩童，在祠堂的广场上嬉戏，金鱼，在池塘里游来游去，还有一些大人老人，蹲在门前那棵活了好几百年的大树下盯着手机看，处处透着舒适和安逸的生活气息。

是啊，前人的付出，先辈的奋斗，不就是希望后来者，都过得舒心，过得安乐吗？

2007年、2008年，是大禧创作的重要年份。因为这两年，他接连创作了好几件颇为成功的大作。已年过七旬的他，精力充沛，做出来的作品不但不“拗框”，而且造型更精准，立意更精到，情绪的传达也更到位。

2008年，受陈寅恪先生弟子蔡鸿生教授委托，由中山大学张文清教授出面，请唐大禧先生为陈寅恪先生塑像。

陈寅恪（1890—1969），江西修水人。中国近现代历史学家、古典文学研究专家、语言学家、诗人，与叶企孙、潘光旦、梅贻琦一起被列为“清华百年历史上四大哲人”，与吕思勉、陈垣、钱穆并称为“前辈史学四大家”。先后任职、任教于清华大学、西南联合大学、广西大学、燕京大学、中山大学等。

陈寅恪其父陈三立是“清末四公子”之一、著名诗人。祖父陈宝箴，曾任湖南巡抚。夫人唐筼，是台湾巡抚唐景崧的孙女。陈寅恪13岁随身为画家的大哥陈师曾东渡日本留学，之后，相继游学欧美多国。精通多国、多民族的共16种语言。他在佛经翻译、音韵学、魏晋南北朝史、隋唐史、明清史等领域均有重要建树。据说在对学生讲“佛经翻译学”时，可随手拈来十几种语言来比较、研究，真正的满腹经纶、学贯东西。这也是他的学生季羡林先生能成为一代国学大师之故。

陈寅恪的整个生命是和学术连在一起的。他在国难、家恨和个人的坎坷中，为学问付出了一生。

他虽学富五车，却无一张文凭。没有文凭，却被清华大学聘为教授——只因陈寅恪读书只为知识，不为学位。20世纪20年代中期，清华大学开办国学研究所，梁启超向校长曹云祥举荐他。曹校长觉得陈寅恪无“名望”、无“博士”、无“著作”，是“三无学者”，梁启超急忙说：“我梁某人也没有博士学位，著作算是等身了，但总共还不如陈先生寥寥几百字有价值。清华不请，国外的大学就一定要请了！”

曹校长一听，赶快聘请。

35岁时，陈寅恪与王国维、梁启超、赵元任一起出任清华国学研究院导师。他知识渊博，被誉为“教授中的教授”，其学问“近三百年来仅一人”，民国大学者吴宓誉他为“全中国最博学的人”，但他却为人低调、谦逊，潜心学问，从不失傲骨，“思想不自由，毋宁死”的精神贯穿其一生。

诗人的气质与傲骨是陈寅恪先生的性情本色。他拒绝随蒋介石赴台，在中华人民共和国成立初期的那篇著名的《对中国科学院的答复》中约法三章：“不学马列，不参加会议，不见高官显贵……”体现了他倡导并坚守的“独立之精神，自由之思想”，本身就为自己树立了一个纯正学人的雕像。

“读史早知今日事、读书久识人生苦。”他，似乎是看透人世沧桑而不随大流之人，但这需要阿基米德支起地球般的勇气。

“我的思想、我的主张完全见于我所写的王国维纪念碑碑文中。”

这座纪念碑今天依然矗立在清华园中。陈寅恪在碑文中表达了这样的思想：读书治学，只有挣脱世俗概念的桎梏，真理才能得以发扬。陈寅恪认为，包括他和王国维在内的任何人，在学术上都会有错，可以商量和争论，但如果没有独立的精神，自由的意志，就不能发扬真理，就不能研究学术。在这个意义上，他说：“我要请的人，要带的徒弟，都要有自由思想、独立精神，不是这样，即不是我的学生。”

陈寅恪是中国较早接触马克思主义的学者之一。早在1911年，他就通读了《资本论》的原文。他接触马克思主义比后来很多知识分子早了整整10年。但他主张“不要先存马克思主义的见解，再研究学术”这样的观点，无疑是惊世骇俗的。

其实，陈寅恪主张的就是实事求是，他将此视作永恒，如日月之光。

说起陈寅恪，还有一件往事：

1949年，毛泽东访苏，令毛泽东感到意外的是，斯大林居然突然问起陈寅恪的行踪。原来，斯大林在他的著作《中国革命问题》中，引用了陈寅恪的很多材料。毛泽东答应回国后查找，后来得知陈寅恪在广州的中山大学，便嘱咐广东要好好照顾。

总理周恩来对陈寅恪也一直照顾有加，中华人民共和国成立后不久专门派人看望。陈寅恪的腿跌伤以后，周总理还曾亲自过问医院的治疗方案。对陈寅恪晚年关照最多的，还是广东省委第一书记陶铸。

由于长期用高度近视的左眼工作，陈寅恪从1944年起，眼睛就彻底看不清外界了。以前他上课时有个特点：讲到深处，他会长吸一口气，并陶醉般地紧闭双眼良久。但眼盲之后，再也没有人看见他闭着眼睛讲课。他永远睁大眼睛，一如所见到的他晚年的照片——目光如炬。由于眼睛根本无法看到，每次只好让助手黄萱找资料，而他则清楚地记得他要的书摆在书架的第几格第几排第几本。由于行动不便，学校便让学生到他家听课，他住的中山大学宿舍的走廊便成了教室，墙上挂一块小黑板，他坐在黑板前讲授，学生坐在对面的椅子上听讲，成为当时中山大学的“一怪”。

《陈寅恪》坐像

由于陈寅恪残存的视力只能微弱地辨别白色，陶铸便派人在陈宅的院子里修了一条白色甬道，使他在散步时不致跌倒，此事在广东学界传为美谈，这条路，就是今天中山大学里著名的“陈寅恪小道”。

“文革”爆发后，双目已盲，浑身是病的陈寅恪工资被停发，存款被冻结。被冠以中山大学“特号反动权威”被批斗。1967年夏，因妻子唐筼屡被“革命者”乱拳打倒，被折磨得心脏病发作，生命垂危。陈寅恪担心妻子先他而去，怜夫人之悲苦，叹命运之不公，心怀无尽的怨愤与痛楚，预先写下一副挽联：

涕泣对牛衣，卌载都成断肠史；

废残难豹隐，九泉稍待眼枯人。

1969年，时已80高龄奄奄一息的陈寅恪，被鸠占鹊巢。

10月，终含冤负屈而走。

一代巨儒，含恨逝去。

从另一个角度说，陈寅恪也是一个不屈不挠，坚持信念的英雄。大禧久慕陈寅恪先生大名，他重新阅读有关书籍资料，听蔡教授回忆往事，并从他的《仰望陈寅恪》中寻找灵感。

作为“他山石屋”的主人，大禧对于山情有独钟，他感觉，陈寅恪就是一座巨大的海底高山，自身不显山不露水，但是，当时光的潮水渐渐退却时，足以令人高山仰止。

他综合各种感受，决定以山为基调，开始了《陈寅恪》的塑像创作。他要体现陈寅恪高尚的人品、作为知识分子的独立人格，特别是骨气。

他做了两个创作方案，一个是胸像，另一个是坐着的全身像，皆长衫马褂——典型的民国知识分子象征。

民国，那可是一个有知识的年代，一个大师辈出的年代！

作家沈平这样描述：“民国，是一个令我迷恋的年代。尽管饱受战争创伤，风雨飘摇，但它却有一片星光灿烂的天空。它有清末遗留的精致，有西风东渐的异彩。资本主义的萌芽，催化了文艺复兴的热土。诸如民国的浅降陶瓷，民国的紫砂壶，民国的京剧，民国的书画，民国的文学，民国的教授……令人在那民国的艺术长廊中，流连忘返。虽然不曾拥有，但就像欣赏一轮明朗的秋月，欣赏就好了，而绝无奔月、揽月的妄想……”

沈平在《塑说——唐大禧雕塑回望》的《陈寅恪》里，有精彩的描述：

大禧在陈寅恪的双目上颇费苦心，将他的双眼刻画得深邃而充满忧虑。

深陷的眼窝，增添了头部的立体感。饱满而被刻刀刮得光亮的前额，配上一丝不苟向后梳理的发式，凸显了他活跃而飞扬的思想。民国时期海归教授惯于穿着的布制长衫，烘托出他学贯中西而根植于中国传统文化的气质。使他这座“山”，特别坚固而厚实。

而点睛之笔，更在陈寅恪紧闭的嘴唇，那深陷的嘴角肌肉的凹痕，

与陈寅恪弟子蔡鸿生教授（左二）、广东省政协原副秘书长林雅杰（中）、章文钦教授（右一）等人参观《陈寅恪》雕像制作

把他的愤世嫉俗及特立独行的骨气，将他能言天下事而“欲说还休”的悲凉，演绎得淋漓尽致。

的确，《陈寅恪》的嘴部刻画最精彩，有如神来之笔。

现在，这个作品就被静静安放在他生前工作过的中山大学历史系前廊上，笑看千古。陈寅恪先生塑像安放当天，中山大学历史系师生近百人参加安放仪式并在学校广场摄影留念。

2012年金秋大禧偕夫人沈妙玲、姻弟林应藩夫妇到庐山旅游，大禧知道陈寅恪先生墓地就在庐山，当时步行，一同拜谒陈寅恪先生墓，途中突遇大雨仍坚持前往。

这一年，大禧76岁。

2008年，大禧为筹备他即将在广东美术馆举行的“激情与经典——唐大禧雕塑展”，重塑了《丰收之夜》。

《陈寅恪》胸像

2009年，对大禧的艺术生涯来说，有三件比较重要的事情。

3月31日，“激情与经典——唐大禧雕塑展”在广东美术馆开幕。

9月，由著名作家沈平著的《塑说——唐大禧雕塑回望》出版。

12月21日，由广州市委宣传部倡议建立的“唐大禧雕塑园”落成。

这年，大禧的重要作品《欧阳海》荣获由中华人民共和国住房和城乡建设部、文化部颁发的“新中国城市雕塑建设成就奖”；作品《启明》（锻铜）与《风之梦》被广东美术馆收藏。

在广东美术馆开幕的“激情与经典——唐大禧雕塑展”是大禧第一次大型的个人雕塑展，可以说是大禧半个多世纪艺术创作的一个回顾。为了这个展览，他期待多年，同时，这几年也在积极地筹备。

2009年“激情与经典——唐大禧雕塑展”前言：

2005年，年届70的唐大禧，如愿地完成了30年前的作品《壮丽诗篇》，这件穿越卅载春秋的巨作的铸就，于唐大禧来说包含与承载了双重意义：为社会奉献纪念中国人民抗日战争胜利60

2008年在长春与王克庆夫妇

2009年唐大禧雕塑展“激情与经典——唐大禧雕塑展”展厅一角

周年力作，测试一个古稀之年雕塑家的体力、智力、创造力和勇气。其实，作品的命名，无意中也为唐大禧光辉的雕塑历程，给出了明亮的基调——英雄主义的壮丽激越和浪漫色彩的诗性抒情。

逾半个世纪的创造之旅，唐大禧伴随着共和国的风风雨雨，在多变的政治气候中，寻找社会、时代与心灵的契合点，使自己创作的艺术尺度得到最大程度的发挥。他的某些作品超越当时思想的藩篱，闪烁着人性光芒。当思想解放和改革大潮来临之际，他率先感知，使作品处于先锋状态，引领未来。激情与诗性铸就了一系列红色经典，就这样，唐大禧的作品《欧阳海》《海的女儿》《猛士》《启明》《未来属于我》，无疑成了中国英雄主义、思想解放、知识时代等各个时期的雕塑座

（坐）标。

唐大禧的创作，不仅显示了艺术家在巨大的时代变革中对于创作的敏感性和掌控能力，同时，他与潘鹤、梁明诚等优秀艺术家汇聚的创作成果，鲜明地发扬了新中国雕塑的南方品格，为中国现代美术史成就了一个个时代的范例和个人的经典。这就是唐大禧创作的意义所在，也是我们举办这个展览的意义所在。由此，可以说，这个展览不单是唐大禧艺术道路的个案回顾，也是新中国自成立以来雕塑之路的缩影。

广东美术馆　广州市文联

3月31日，雕塑展隆重开幕。唐大禧望着络绎不绝来观展的人流，偶然想起了当年他在香港时，劝大禧回国的“女朋友”王丽平，他想起了丽平临走送给他的笔记簿，那扉页上“祝大禧今后成为新中国的雕塑家！”这几个字在他脑海里晃动：她要是今天能来，那该多好！

4月1日的广州各大媒体对唐大禧雕塑展都有报道，其中《信息时报》这样记载：

### 唐大禧|我们那一代人有使命感

相对同期展览的“广东雕塑11＋1展”的简单直观，“激情与经典——唐大禧雕塑展”有着更充分的准备，展厅内不仅搬来了唐大禧的工作室，放置了于不久后将建成的唐大禧雕塑园的草图，还在持续播放唐大禧的访问录像。显然，策展方面是希望观众能够更充分地去了解这个老艺术家，了解在那些革命雕塑背后，时代实际造就了一个怎样的艺术家，他热爱创造，他喜欢动手，他善于思考，总是希望在作品中容纳自己对人、对世界的想法。

多年前钱绍武曾说过唐大禧，善于在多变的政治气候中找到“合理的结合点”，既为当时的社会所允许，所需要，又不违背艺术家的良心和艺术尺度，总能十分出色地进行艺术创作。因此，我称之为“唐大禧现象”。

《信息时报》：这次展出中的《欧阳海》应该是您最早的成名作。

唐大禧：我们那个时代艺术比较单一，讲究做主流，做英雄。我还算好，很多人做不出作品。当时我很年轻，想要完成组织给的任务，反映这个时代，觉得文以载道，应该是这样的。但是我的作品也不是干巴巴的，我不违背政治要求，但也尽量表现我理解的英雄。这就是艺术家的智慧，比如我塑造雕塑《周文雍与陈铁军》，就尽量把人性放进去。表现出他们对未来的希望，但现实是这样，他们怎么安慰自己呢，周文雍心里想“我们入睡吧，醒来就是黎明了。”

《信息时报》：“文革”后，您的《猛士——献给为真理而斗争的人们》在当时引起了争议，您是第一个几乎用“全裸的女人跨着骏马”去表现一个英雄。

唐大禧：“猛士”也是尽量地人性化，裸体在雕塑史上一直是充满人性、浪漫主义的表现形式，我想吸取西方雕塑的一些优秀的东西来运用，没想到大家不理解，引起了激烈的争论。他们误解了，问我为什么把英雄的衣服剥掉。我说，我有我的思路，你不懂，你要骂我我也没办法。

《信息时报》：潘鹤老师曾经跟我说过，改革开放后，找他做雕塑的人更多了，很难有自己的时间做自己想做的作品。您大概也是这样吧？

唐大禧：我往往会把任务做成符合我自己想法的作品。钱绍武对我有个评论，说我善于在多变的政治气候中找到“合理的结合点”。比如当时上山下乡的时候，我做《群山欢笑》，1977年我做了《海的女儿》，都是以工农兵的题材，表达了我自己所感受到的青春美好。

《信息时报》：这次展览很有意思的是，在您的展览对面是一群年轻雕塑家的作品，其中还包括了您的儿子，他们的作品和您的风格差异很大，在形式上完全打破了传统具象写实的塑造手法。您如何看待他们的作品呢？

唐大禧：他们思想比较活跃，但我们那一代人比较有使命感。他们没有使命感也很苦闷，不知道做什么，挖空心思去表现。不过，我也很难评说他们的作品。

《信息时报》：在这次展览中，有两件作品是2009年的新作，有意思的是，您塑造了一个小“唐大禧”，放在了罗丹和一个中国传统佛像前，您是不是为展览专门做的？

唐大禧：是的。这是我的自塑像，代表了我的艺术之路一方面来源于传统，另一方面来源于西方，我通过两方面来学习。没有西方艺术，我们没有进步，没有中国自己的艺术，也不行。中国传统雕塑充满了中国的哲学文化，我在这上面有很多体会。

《信息时报》：您现在还在不断创作中吗？

唐大禧：我每天工作，停不下来，骑虎难下。我还放不了手，今年，我的作品选了二十几件（终选34件）要放在年底落成的唐大禧雕塑园，我必须整理准备。

《信息时报》：今天做雕塑跟年轻时候是不是有了很大的突破空间？

唐大禧：我有个感受是这样，我年轻的时候梦想做雕塑家，很羡慕外国雕塑家，因为我们当时没有条件，没钱铸铜，只能翻石膏。而现在不同了，做雕塑作品也有信心，我们当年羡慕外国人的事情，自己也能做了。

在回答《信息时报》记者的提问中，大禧谈到钱绍武对他的作品有个评论，说大禧“善于在多变的政治气候中找到‘合理的结合点’”，这是源于中央美术学院教授、著名雕塑家钱绍武写大禧的一篇文章：

## 唐大禧现象

钱绍武

大禧早已全国知名，用不着我再来锦上添花。大禧的成功经验也很多，我在这里仅想谈其中的一条。我称之为“唐大禧现象”。

我们知道在各种社会里，一个艺术家总处于某种矛盾的情况之中，就是社会的需要和艺术家之间的某种不协调，南宋的大画家李唐有一首诗：“雨里烟村雪里滩，看似容易画却难。早知不入时人眼，多买胭脂画牡丹。”这里的“时人”也就是普遍的社会需要和李唐产生了矛盾，弄得李唐大发牢骚。齐白石也遇到了类似的矛盾，他说：“太似则媚俗，不似则欺世，要在似与不似之间。”他没有发牢骚，因为他找到了解决方法，找到了“合理的结合点”，他的画雅俗共赏，既不堕艺术家的身份，也发了一点小财。前些日子，我们不少的画家觉得国内太落后，太受约束，想尽办法到国外去，寻找艺术的自由天地。

我在今年年初，由于机缘凑（巧）合，竟也到欧洲去“自由”了一小会儿。因为非公务出国，所以接触了一群年青（轻）人，他们都很自由。但我略作（做）了解之后却发现他们这自由也颇为有限，他们都在发愁画卖不出去。如果他们完全以卖画为生，那可就相当不自由了。由此可见，这里也同样存在社会需求和他们自由作画的矛盾。怎样解决这个矛盾，他们只是凭一种信念：“将来总有人会理解的。”好在他们也各有专职，并不以此谋生，那么从容等待，倒也未尝不可。但是这矛盾却并未解决，他们并没有找到“合理的结合点”。但是这次我在比利时竟找到了一位画家，他和社会毫无矛盾，而且相得益彰，那就是鲁本斯，只有他又当大画家，又是大富豪，又是大官僚，心里想的和实际做的都很一致，都是大碗喝酒，大块吃肉，大胖女人抱着，活得高兴，画得痛快。问题在于这种好到颠毫的“结合点”是十分稀有的，没法推广。直到抵达意大利才找到了另一种典型，一种在万分无奈的逆境中还能实现自己的艺术的好例。我找到了米开朗基（琪）罗，他在被敌人俘虏以后，被迫要为敌人教皇服务，他就做了一批奴隶，一批巨人似的奴隶。这是他找到的“结合点”，从教皇看来，他雕了一批为自己服务的奴隶，当然没有问题，但米开郎基（朗琪）罗在这些奴隶身上体现了自己的悲伤、愤慨、不屈和反抗。他既符合了当时社会的要求，也实现了自己的艺术，找到这种“合理的结合点”。这并不是迁就和屈从，相反

2009年与时任广东美术馆馆长王璜生在他山石屋合照

这是艺术家的智慧，这是艺术家的本领！这是一个成熟了的艺术家的标帜（志）！这种智慧和本领我以为任何时代、任何地区的艺术家都是需要的，而在我们中国最好的范例，就是唐大禧。他善于在多变的政治气候中找到“合理的结合点”，既为当时的社会所允许、所需要，又不违背艺术家的良心和艺术尺度，总能十分出色地进行艺术创作。因此，我称之为“唐大禧现象”。

1964年，唐大禧创作了《欧阳海》，表现的内涵是一种为别人、为人民奋不顾身的精神。构图塑造都经得起推敲，就到现在来看，也是件较好的艺术品。应该说，他抓到了“合理的结合点”。时隔十年，大禧创作了《群山欢笑》，那是知识青年“上山下乡”的题材。这本来也是比较狭窄的政策，大禧却看到青年人的青春活力，朝气蓬勃，健康乐观的本质，艺术上处理得极有个性，生动活泼，很有感染力。就在现在来看，也是件好作品，他又找到了“合理的结合点”。1977年，他又创作了《海的女儿》，真是“飒爽英姿五尺枪”，但又充分表现了女性的优美。直到现在来看，依然是件好作品，他又一次找到了“合理的结合点”。最近我到香港出席林鸣岗先生的“巴黎画展”，看到了大禧创作的刘作筹先生大型铜像。刘先生我不太清楚，看那架势，大概是位有成就的人士，从他的收藏来看，那是一位极有眼光，极有修养的中国文化人。大禧这像，着重刻画了他的沉稳厚道、涵养极深的文化气质，我以为是一件好作品，不管用什么标准来看，这件作品将放射持久的光芒。后来和大禧谈起刘先生来，才知道他是位长期在金融界工作的高级职员，从新加坡回香港定居，热爱祖国文化，痛心于珍贵的文物不断外流，就下决心竭尽自己全部积蓄为祖国保存了大批精品。在晚年，他决定不留给自己的家人，全部捐献给国家，香港舆论品评刘先生的一生，只用了八个大字“富可敌国，贫无立锥”。大禧正抓住了这种中国传统知识分子的优秀品格，充分体现了一种博大而含蓄，随和而坚决的气度。大禧就是这样地找到了“合理的结合点”。

由此可见，不管哪个时代，哪种环境，哪条政策（之下），作为艺术家就是善于找到“合理的结合点”。这是艺术家的天职，这是艺术家的智慧和本领。我们应该学习这“学问”，主动地、自觉地去解决这个矛盾而不是被动地发发牢骚，怨天恨地而无所作为。我们应该向学生介绍这些经验，特别是雕塑这门艺术，它不像绘画等，可以自己待价而沽。雕塑从根本上就属于“公众艺术”的范畴（至少大部分作品如

2008年在北京与钱绍武合照

此）。它从物质到精神上都和公众分不开。我这样说，是否在号召投机取巧呢？当然不是。我认为：有意识地、主动地在特定的环境气候中找到“合理的结合点”，这和“投其所好”“拍马屁”是完全不同的。不同就在于我提出的是“合理的结合点”，这“合理”二字就要求我们首先是有原则的，而不是“墙头草”。这原则就是：真诚地表达自己的切身感受，和人民始终要血肉相连，歌哭与共。这正是我想提出“唐大禧现象”的原因，我们都应该向大禧学习。

当然，我想大家必然会提出进一步的问题，就是为什么大禧总能把握住这个“结合点”？为什么他总是抓得这么准确、这么“恰如其分”？结论其实是十分清楚的，这就是大禧的智慧，他具有一种洞察本质的智慧，他能透过各种复杂的表面现象看到更为普遍、更为深刻的“人性”的美。我相信这才是使他突破一时、一地、一人、一事的局限的根本原因。

正因为这样，我们看到改革开放以来，大禧的创作得到了前所未有的发展。早在1979年他就创作了《猛士》，全裸的女人跨着骏马，弯弓发射，所向披靡。他以这个作品直捣封建思想的根本，令人看了豪气顿生。接着他又创作了一批更具时代性的作品，其中《启明》向新时代寄予着希望和信念，而《新的空间》和《创造太阳》则在雕塑语言上迈出了新的一步。我们看到不少新派艺术家正在进行超前的探索，但很多新观念、新招法并不能得到广大观众的理解。而此时的唐大禧，却在新时代中再次寻找新的“合理结合点”。他的新，新得让人能接受，新得美，新得舒服。

更可贵的是，他没有“老化”，并没有满足已有的成就，他不断在进行新的尝试和探索，我相信他一定能不断找到新的“合理结合点”。这使他的艺术生命常青，使他能获得最广大的观众和极普遍的赞美。

1999年7月27日

大禧五十多年的艺术实践，其间也创作了不少力作精品，是该整理、总结一下，为同行，为后来者留下一些什么了。

颇有艺术修养与鉴赏能力的著名作家沈平，同时也兼任大禧“他山石屋”所在地白云区文联主席，这些年，她一直十分关心大禧的创作，对大禧的作品很有自己的独特见解，在与大禧的交谈中还不时擦出火花；大禧真诚地说，不如你把它们写下来？

于是，有了这本《塑说——唐大禧雕塑回望》，这是第一本把大禧作品诉诸文字的专著，它以女性特有的细腻角度与文笔，从大禧的200余件作品中选取40件，反映大禧创作的原生态及创作历程，以艺术档案的形式，通过一个个闪光的片段展述了大禧的心迹。



中央美术学院教授，中国美术家协会理论委员会主任邵大箴为《塑说——唐大禧雕塑回望》写序：



唐大禧是当今国内颇有成就的雕塑家。他的雕塑作品以融坚实的写实造型功力与富有诗意的浪漫情趣于一身。他既擅长于大型纪念碑，又在情节性雕塑领域成就卓越。他的雕塑艺术之所以享誉国内外，我以为有下面几个原因：首先，他十分重视雕塑的手艺。在美术创作中，雕塑尤其是个手艺活，雕塑家没有千锤百炼的手工技巧，用恰当的造型来表达思想感情，纵有再巧妙的观念和意图，也很难有所作为。

青年时期，唐大禧靠自己扎实的手艺技巧脱颖而出，受到人们的关注。而成名之后，他对手艺技巧从不懈怠，使他的雕塑艺术始终保持严谨的特点。其次，唐大禧善于学习，他反复研究中外历代雕塑大师名作和民间雕塑艺术作品，从中吸收营养，为我所用。他意识到雕塑造型必须形神兼备，必须有生动的表现力才能感染观众。他是一位很讲究形式美感的艺术家。再有，唐大禧兼蓄南北两种风格的元素。他生活在南方，南方的风水和艺术传统滋养了他，他的雕塑作品具有南方艺术秀丽的特色，但同时他也以开阔的胸怀关注北方雕塑的风格特征。他的作品秀美而不失大气，温文而不失雄健。还有，唐大禧重视雕塑的装饰效果，即使塑造英雄人物形象，也不会忘记在传达人物精神气质的同时，赋予作品以装饰美感。正因如此，他的雕塑与周围环境较为融洽，也为大众所乐于欣赏。

唐大禧是一位可以用文字充分叙说的艺术家，他的一件件杰作也可圈可点，值得评论。但是在他的作品面前，一般的叙说和评论似乎都显得无力。颇有艺术见解和善于思考的作家沈平女士，在本书中，用一种独特的方式向大众介绍和评述唐大禧的雕塑作品。她从唐大禧作品中塑造的人物着手，介绍其生活的历史文化背景、生平及其成就，以及雕塑家酝酿创作和构思的过程，并用简洁的文字对雕塑作品的艺术特点做些评述，文字朴实、简练而生动。

我想，沈平女士之所以采用这种方式大概出于两方面的考虑：

其一，她想摆脱一般美术评论的模式，探讨有些新意的介绍美术家和美术作品的写作方式；

其二，她用较多文字介绍作品中的人物，是考虑到这些历史和当代人物对一般大众来说，往往是陌生的，而这会影响艺术作品在大众中的有效传播。如对《陈寅恪》雕塑的解读，人们不仅获得不少文化知识，而且有助于对唐大禧创造的《陈寅恪》雕像的理解和欣赏，从而把当代雕塑创作和当代文化界的思考及思潮联系在一起，使人们从更广阔的视野欣赏美术作品。

我想，《塑说——唐大禧雕塑回望》是艺术作品文字评述的有益尝试，它的出版肯定会受到大众的欢迎。

是为序。

2009年3月于中央美术学院

9月沈平的《塑说——唐大禧雕塑回望》出版，广州文化界召开研讨会，卢延光、俞畅、林岗、陈艳冰等多位评论家、艺术家参加了研讨会并发表了评论。

江冰（广东商学院副院长）：我觉得《塑说——唐大禧雕塑回望》这本书有三个价值。第一个，它是一本艺术家的成长史，它表达了一个艺术家在我们当代中国的艺术历程和精神历程，我在书中也感受到了。第二个，它是当代中国文化史的缩影，我在作品里面感到一种紧张和松弛的强烈味道。第三个，我认为后面的“遗憾篇”是非常好的，可惜完全没有展开，可能是这本书最遗憾的地方，也是这本书的亮点，那部分反思真的值得一看。雕塑在当代中国艺术中是较具有探索性质之一的，它不但兼容了中西，而且包含了很多可以探求的东西，所以我认为“遗憾篇”是全书的亮点，时代的遗憾恰恰构成了我们这个时代的真实。

俞畅（广州雕塑院院长、市美协副主席）：早上我去唐大禧老师的雕塑园，看见他还在自己打石头，很多人很难想象的，一个年过七十的人，没有系安全带，也没戴安全帽，爬高爬低的，我想这是他执着的一面。再一个，我觉得唐老师是一个积极认真的人，从事五十多年的雕塑历程中，他总是跟着时代的脉搏，唐老师的“号脉”是有过人本领的，像唐老师这样能够坚持到最后、能够笑到最后的人，我想不会有太多。

陈艳冰（省文联当代文艺研究所所长)：沈平这个作品我觉得非常清新，她用这种叙说方式就抛弃了传统评传、传记，对一个艺术家最好的了解，就是对他的作品的了解，从这个角度说，我觉得用这个形式本身是值得肯定的。

陈志红（省批评家协会副主席）：看这本书，我有一个非常直观的感觉，就是经历了一次双重的美的历程吧，因为《塑说——唐大禧雕塑回望》这本书是以唐老师的雕塑作品为主要描写对象的，我以这本书为桥梁，对美术界、对唐老师的作品有一个非常全面系统的认识和了解。现在，广东从建设文化大省到建设文化强省，在提高文化软实力这方面都有很多的做法和提法，但是我一直觉得，广东无论是媒体，出版界，还有批评界对我们广东的文学艺术上真正扎扎实实作出贡献、成就的一些大家们，甚至具有大师品格的人的研究、总结、梳理的工作，做得还是远远不够的。

卢延光（省美协副主席）：看了这本书后，我感觉沈平是点到点子上了，为什么要关注唐大禧老师呢？她在书中提到最关键的一点是唐老师有广东文化特有的东西，我们广东最重要的是开风气、领潮流，这就是唐老师的特色。

林岗（中山大学教授、广东省文艺批评家协会副主席）：我觉得沈平对唐先生的点评是非常准确的。在形式上，她也考虑到选什么个案，用抒情的笔法让读者了解雕塑，热爱雕塑，真是良苦用心。我觉得有点遗憾的是书的采访这部分，在中国传统里一定要有一点知人论事，人和作品是不可分开的，我觉得对谈可写到60页，在唐先生背后有一个艰难的奋斗故事，在文字解说这部分不能容纳的，可以放到对谈里表达。

12月21日，筹建了几年的唐大禧雕塑园在广州雕塑公园内正式揭幕。这是当时的媒体报道：

占地8000平方米，动工历时3年的“唐大禧雕塑园”12月21日在广州雕塑公园正式对外开放。广东省委常委、广州市委书记、市人大常委会主任朱小丹，市委常委、秘书长凌伟宪，市委常委、宣传部部长王晓玲等领导，以及艺术家代表、各有关方面嘉宾500多人出席揭幕仪式。朱小丹为雕塑园揭幕，王晓玲致辞。朱小丹一行边游园，边赞雕塑园布局设计好。朱小丹说：“目前广州关于雕塑作品还没有整体的规划，以后要对广州的雕塑布局做一个规划。如根据城区的特色，新、老城区摆放不同的雕塑作品，甚至对单个雕塑家作品的摆放也应做些布局规划。”雕塑园内34件代表作特别配以“雕塑家手记”，真实记录了唐大禧53年来的创作心路。

日前，在该园正式完工之际，记者在这片占地12亩、凝结了他半个世纪艺术精华的园子里采访了著名雕塑艺术家唐大禧，他说自己很幸运，有了一个以自己名字命名的雕塑园，这说明自己的艺术审美观和创作成果得到了大众的接受

唐大禧雕塑园

唐大禧雕塑园一角



和认可，也为他一直坚持的“艺术必须让老百姓看懂才有价值”的创作理念找到了落脚点。



## 陈列34件艺术精品

唐大禧雕塑园自2006年由广州市委宣传部倡议兴建，在广州雕塑公园拨地12亩，经过一段时期的筹划，于今年年初破土动工，年底最终完成。

首先，这雕塑园入口处的设计就颇费心思：右边的大切面花岗石篆刻着著名学者饶宗颐教授题写的园匾，左边的大切面花岗石则镌刻

着唐大禧先生的大拇指印，“这源于小时候祖母对我说过的一句话：奴呀（潮州话对小孩的爱称），你十指皆‘螺’，天生聪明，但要勤勉，才能成器。”拇指印的左上方是古代金文撰写的“作永宝用”四个字，寓意“希望这些作品能够让子孙有所受用”。两块花岗石中间是以朱砂红篆刻的“唐大禧”印，传统元素的融入是想告诉人们：唐大禧的作品绝非刻意追求与众不同，而是对民族艺术的传承。

沿着雕塑园入口处的上坡甬道顺势前行，左手边陈列的一件件作品像一幅卷曲的画卷慢慢舒展开来。唐大禧雕塑园从唐大禧从艺50年来创作的220多件作品中精选出34件摆放其中，既包括久负盛名的《欧阳海》《群山欢笑》《猛士》，又有被各地文化部门收藏的精品复制品，如《关汉卿》《海的女儿》《启明》等。

## 作品摆放和选材都有门道

今天揭幕的唐大禧雕塑园从整体布局、挑选作品、摆放位置到细节之处的品位提升，唐大禧都亲力亲为。

被问到目前园内陈列的作品布局有什么“玄机”时，唐大禧解释说：“这里的布局不是按作品年代设置的，而是从艺术审美的角度出发，参考每一处的地形、背景颜色等因素错落摆放开的，这个园子可以说是我一辈子成果的展示，我希望它能够按照我自己的想法去做。”

在目前展出的34件雕塑中，有用青铜做的、有用花岗石、大理石做的，不同的材质又与作品选题有怎样的关系呢？对此，唐大禧表示：“青铜擅于表现骨感，石头擅于表现质感，所以题材如果是比较动感的，表现空灵和飘动的感觉就要选择青铜来做。而如果要做一个胖娃娃，就适合选择石头来做。还有，铜的颜色在表达上也有不同的意味，古铜色

唐大禧雕塑园一角

是偏暖的色调，适合与冷色调的背景搭配；颜色发黑的铜适合大题材，有历史厚重感，如《壮丽诗篇》；有锈的铜呈青绿色，比较接近牛仔裤的颜色，所以比较适合现代题材，如充满青春活力的现代《花农》。”

## 反对自视清高的“艺术”

唐大禧的很多作品在刚刚问世的时候都有“一鸣惊人”的效应，引来争议，如《欧阳海》《猛士》等，但时隔数十年再回头看却都被奉为经典。对于这个“奇怪”的现象，唐大禧说：“我一直认为艺术要让老百姓看懂才有价值，我的创作一直秉承着适应大众、适应时代的需求，如果与时代对抗就意味着出局，我反对自视清高的‘艺术’。我的作品从来没有刻意地追求个性，我的风格依然是写实的、传统的，在创作时，我常想人民在想些什么，想要些什么，时代需要些什么，我该怎样做才能使作品既有时代性，又能震动人心。”

站在《猛士》前，唐大禧仰望着这尊因“未给英雄穿衣服”而在20世纪70年代末引发无数争议、被冠以“惊世骇俗”之名的雕塑，宁静而深沉。这副淡然的表情与其作品所迸发出的滚烫的激情形成极大反差。

谈到自己的创作心得，唐大禧说：“我很内向，嘴说不出来，但这双手捏出来的东西却能表达我的情感。《欧阳海》最早出来的时候，被人说与实际不符，因为欧阳海推的是马屁股，我让他推的是马脖子，这样做是从艺术构图的美感出发的，这个A字形的架构就很有视觉冲击力。《猛士》也是象征性的表达，并不是特指张志新，而是象征着那一类思想解放、敢于斗争的人们。我的很多作品都不是仅仅停留在表面意思，都是带有一定的思想性，例如《门与钥》，门里有财富、有自由，然而每个人手中是否都具备打开这扇门的钥匙呢？现在有的‘艺术家’不惜从楼上跳下来，以生命为代价引发公众的震撼感，可我觉得这些不美，大众接受不了，也看不懂，这样做就没价值、没意义。”

对大禧来说，2009年可说是一个丰收之年了。为汕头市澄海秦牧纪念馆创作胸像《秦牧》；为广州市荔湾区文化中心创作两幅装饰画，分别是《鹅潭》《花地》；还创作了《习古》《走近罗丹》《脊梁》《母子牛》。

唐大禧夫妇与友人陈一昭（左一）合照

其中《习古》与《走近罗丹》两件青铜作品，可说是他的自塑像。

《习古》是他倚在巨大的观音像旁，想象千年以来的古老神韵，记下他从东方文化中悟出的点滴；《走近罗丹》则是他抚摸着巨大的“思想者”，虔诚真挚地进行灵魂的对话。作品中的大禧，皆是一个背着行囊的远行者，不断在中西方之间游走。

在行走中，大禧在追溯，在追溯中，又更加深刻地理解生命与宇宙的意义。

日复一日，永不止歇。

岁月不息，流光不止。

唐大禧为汶川地震创作雕塑《脊梁》

《走近罗丹》

《习古》

2010年，大禧被聘为广州市文史馆馆员。他为西汉南越王博物馆摹古《玉舞人》，为越秀区驷马涌文化体育广场创作《驷马图》，还创作了《鲁班》《祥凤》。

比较精彩的是为江西名人雕塑园创作历史文化名人《杨万里》。

杨万里（1127—1206），生于江西吉水。是南宋大诗人，中国文学史上与陆游、范成大、尤袤并称“南宋四大家”。

淳熙六年（1179）至十一年（1184）杨万里任职广东，发现惠、潮等州外皆无军营，将士居城中，遂奏请同意，在诸路乡间外盖造廊舍营房，不准士兵迁驻城内扰民。在惠州，他先后写下脍炙人口的诗作如《白鹤峰》《游东坡故居》等，其人其诗影响很大，被祀于西湖畔的景贤祠。

杨万里诗风平易自然、构思新巧，尤以民歌及生动清新的口语、谣谚入诗，给人纯朴自然的感受，流传后世。比如：

月子弯弯照九州，
几家欢乐几家愁。
愁杀人来关月事，
得休休去且休休。
——《竹枝歌》

还有这首：

泉眼无声惜细流，
树阴照水爱晴柔。
小荷才露尖尖角，
早有蜻蜓立上头。
——《小池》

《杨万里》

他的诗句就是这样幽默风趣、清新活泼，有很强的艺术感染力。往往“俚辞谚语，冲口而来”（蒋鸿翮《寒塘诗话》），完全如脱口而出的一首山歌，反映了他向民歌学习的成就。

杨万里还是一位忧国忧民的爱国志士，他因接待金国谈判使，常往来江、淮之间，亲眼看到沦丧于金国铁蹄下的大宋王朝和处在水深火热中的遗民父老，心中充满家园破碎的巨大耻辱和悲愤，爱国主义在诗歌创作中表现得最强烈：

两岸舟船各背驰，
波痕交涉亦难为。
只余鸥鹭无拘管，
北去南来自在飞。

——《初入淮海四绝句·其三》

诗人写的是天上自由翱翔的鸥鹭，却蕴含对国破家亡、中原未复的深沉郁愤。

大禧在这里得到了灵感——塑造一个步履匆匆却仰望天空的诗人，他忧悲的目光穿透满目的烟雨，有泪要涌，却任由它挂落面颊……那是躲不过的哀思，是避不过的乡愁。

这件作品洗练、概括，情绪刻画尤佳，手的处理也是精到——欲言又止，欲语还休；那件青衣水袖更是处理得潇洒飘逸，很好地烘托了此时人物的情感。

萧萧易水西风冷，好一阙，慷慨悲歌。

2011年，辛亥革命一百周年。

之前，广州在黄埔军校所在地长洲岛筹建辛亥革命纪念馆。但建这个馆却是广州与武汉之争，因为武汉认为辛亥革命是以1911年10月10日武昌起义胜利为标志，之后成立军政府，全国纷纷脱离清廷统治的；广州则认为广东才是辛亥革命的策源地，是辛亥革命领导人主要活动的地方，之前已有广州“黄花岗起义”爆发，之后又是民国政府的大本营，等等。

最终，花落广州。

在珠江边的纪念馆整体建筑形如一方石块，平静地置于历史的长河之中。入口处，是一条跨越水面、向上斜长延伸的走道——寓意“共和之路”，徐徐向上的道上随机陈列着辛亥英烈廖仲恺、黄兴等铸铜雕像，似在沿路前行；当人们穿梭于英烈雕塑丛中，仿佛时空又回到了辛亥革命时的燃情岁月，与先辈们同行。甬道尽端，豁然开朗，象征着辛亥革命翻天覆地，揭开推翻清帝制的序幕和

《共和万岁》

《风雨泰然·孙中山》

石破天惊的曙光——此处，高达4米的孙中山雕像矗立在路的上方，似是看着来者，也在思索着中国的未来。该作品不但形神兼备，还极具风采。完成后，这尊塑像命名为《风雨泰然·孙中山》。

大禧同时完成的，还有辛亥革命纪念馆外墙巨大的锻铜浮雕《共和万岁》。

孙中山（1866—1925），中国近代伟大的民主革命先行者、中国近代民族民主主义革命的开拓者、中华民国和中国国民党的缔造者、三民主义的倡导者。他首举彻底反帝反封建的旗帜，“起共和而终两千年封建帝制”。著有《建国方略》《建国大纲》《三民主义》等。

孙中山是广东香山即今中山人，少年已向往太平天国反清大业，自诩“洪秀全第二”，1905年成立中国同盟会。1911年10月10日辛亥革命后被推举为中华民国临时大总统，之后几起几落，反对帝制，联俄联共，扶助农工，举师北伐……为中国革命历尽辛劳，在国

民中享有极其崇高的威望。1925年孙中山积劳成疾在北京逝世，后葬于南京紫金山中山陵。国民政府通令全国，尊称其为“中华民国国父”。

孙中山为了改造中国耗尽毕生的精力，在历史上留下了不可磨灭的功勋，也为政治后继者奠定了施政基础和珍贵的政治遗产。

国父孙中山逝世后，纪念他的各式雕像、石像、铜像无数，但大禧塑造的这尊《风雨泰然·孙中山》，无论从高度、神采、气度等各个角度去欣赏，都有其独特的艺术魅力和风格特征。

这也是大禧人物雕像的又一座高峰。

为了这个创作，大禧历时半年、三易其稿。

开春，大禧就接到邀请。如何为大家熟悉的国父造像？如何穿越百年，还原历史人物的前世今生？如何在无数孙中山雕塑中脱颖而出？如何在古稀之年创作出超越自我的大型作品？

无数的问号，是无数的挑战。

大禧翻阅了大量历史照片和雕塑资料，好想找到孙中山最具神采的角度。孙中山像不同于孔子像，由于20世纪初已有照相机，大家都看过很多孙中山的照片，甚至还有当年中国电影先驱者之一的黎铿用当时最先进的电影胶片给他拍过的纪录片。国父孙中山，是那么真实而鲜活地铭刻于人们印象中。

怎样才能更贴近他的形象呢？

他需要清晰的侧面资料，但大禧发现，清晰的孙中山侧面形象不多。忽然想起，20世纪40年代曾见过民国时期的一个银圆，上面有很好的、西方雕塑家创作的孙中山浅浮雕，他对银圆上孙中山的轮廓印象相当深刻。于是大禧随口问了身旁跟随自己二十多年的助手大林（林德福）。

想不到大林笑笑说：“我有啊！”

也真是缘分，大林随即翻箱倒柜，果真找到了这枚已用得花白的银圆——祖上收藏的传家宝。

孙中山头像银币浮雕

唐大禧在创作《风雨泰然·孙中山》

真是得来全不费功夫——正是唐大禧心目中要找的那一枚。

心想事成。

银圆浮雕侧面头像结构清晰，孙中山目光深邃，尤其是头颅枕骨结节，十分符合广东人的头颅特征。一阵欣喜的大禧便从这一刻开始，着手创作了。

他要突破以往雕像对孙中山形象程式化的概念，不只是简单地用胡须、额头、拐杖的几个特有符号。将要呈现出来的孙中山，应该是一种全新的感觉：在风雨飘摇、局势动荡不安的年代，为革命事业奔走。他受世界先进思想文化的影响，意气风发。他英俊潇洒，面对风雨，处之泰然。

作家沈平对此有评论说："此时，罡风劲吹，大衣飘动，激荡的更是孙中山澎湃的内心；先生睿智的大眼充满神采，微翘的嘴角更显虎气；他伟岸地站着，左腿微抬有一种正要起动的态势，尽管风雷激荡掀起衣襟，这位被世人称作以'空手道'开辟共和之路的领袖，双手却很淡定地插入裤袋，令他的忧虑、自信、洒脱与沉稳凝固于一瞬间……一改人们熟悉的领袖人物皆庄重有余而鲜活不足之特点。"整个4米高的大型铜雕充满张力，风范长存。

雕像放大时正值酷暑，在近40摄氏度高温的雕塑工厂里，一般人都难以抵御如此的灼热。但半年来，唐大禧与他的助手大林几乎每天来此创作，在大汗淋漓中煎熬；很难想象，是什么力量支撑着年过七旬的老雕塑家对创作的执着？

雕塑工厂很少有做大型雕塑的空间和设备，搭了架子以后，空间就更小了。雕塑是立体的，在车间里，视野不能舒展，也没有可以观看的变化角度，一些预想不到的问题就会产生。严格来讲，做雕塑必须有一个转台，它可以转动着让雕塑家看到不同的角度和雕塑的整体，但是在做《风雨泰然·孙中山》时却没有这样的条件。还有，光线对雕塑也同样重要。在太阳光下看雕塑，会更容易把不足的地方找出来，才能把一些线条、质感做得与肌理相融。

但《风雨泰然·孙中山》太高大了，雕塑工厂里面做不到，连退后看整体的位置也没有。所以到了安装，才发现了一些不足，于是在同是雕塑家的儿子唐颂武的协助下，马上进行局部调整修改。一件大型雕塑的完成，确实要耗费许多功夫。

大功告成。揭幕式上好评如潮，大禧道：“辛亥革命已过去100年，我也75岁了。今天我传承历史，我十分珍惜我的工作，我坚持‘先进文化’的信念。”

他知道，只有超越巅峰、超越自我、精益求精，作品才可传世。这令人想起了89岁的米开朗琪罗临终的前一天，还在雕塑工场雕琢他的作品。

优秀的雕塑家创作时，既在雕塑自己的艺术作品，也在雕塑自己的艺术人生。

2011年，大禧为潮州·金山中学创作《饶宗颐》。这一年是广东潮州·金山中学85周年校庆。最令金山中学引以为豪的，是杰出校友、著名国学大师饶宗颐。饶老13岁时入读该校，从此迈上学术大师的旅程，享誉国际。校庆之际，金山中学决定为饶宗颐大师立像并举办系列隆重庆祝活动。计划上报，得到市领导重视，亲率筹备组到省城广州请教潮州文化名人林墉。

林墉十分支持，为饶公立像意义重大，他对校方郑重地说：“做此塑像者，非唐大禧莫属。”

林墉不无调侃地说：“唐大禧不能做，别人就都不能做了……他可是一百年才出一个的人物哪！”来者皆允，继而到大禧家，笑吟吟地复述大家林墉的话语。如此重托，尽管还有许多创作计划，大禧也不好意思推托了。

《饶宗颐》

《广州宬》

《智慧之钥》

不久，大禧创作的座像《饶宗颐》形神兼备地立于学校。这是海内外第一尊饶公的全身铜像；一代鸿儒掩卷而坐，拥甲骨楚辞汉赋，听鸟鸣春涧，闻旷野风吟，看时空淹没花絮。

一声轻语，调侃苍凉；气闲神定，笑看天下。

这一年，大禧还相继创作了《王云五》《童年洪秀全》《长绸舞》《盛世东方》……此时的大禧，还如年轻人般在脚手架上爬上爬下，从事如此众多的创作，真令人难以相信这是75岁的古稀老人所为。

2012年，大禧的作品《周文雍与陈铁军》被中国革命历史博物馆收藏；作品《启明》立于中美文化雕塑园；重塑了《欧阳海》《猛士》《群山欢笑》《启明》《莫愁女》等。

创作《广州宬》，立于广州市国家档案馆。

创作《智慧之钥》，立于广州图书馆新馆。

宬，读“成”，“宀”与“成”加起来，表示“存放编修好的史书、册卷的房屋”。本义：皇家图书馆、档案馆。

这年，广州市国家档案馆新馆在广州大学城落成，邀大禧在广场创作一件标志性雕塑，题目就叫《广州宬》。

落成之日，《羊城晚报》记者张演钦有篇报道：

广州，大学城。新近开放的广州市国家档案馆新馆，北门正门口，一座城雕耸立着，固然体量不大，但气宇非凡，肃静严厉、庄严。

雕塑团体呈正方体布局，中心则是锁孔外形。雕塑主体，诸多浮雕布陈其上，均是耳熟能详的“广州标记”：五羊雕像、中山纪念堂、农讲所、黄花岗、镇海楼、海珠桥、广州塔、南越王玉壁……

很多人在这里打量、探访、揣摩，流连忘返。

## 1. 寻思

2011年春，广州市国家档案馆拟为行将完工的新馆设置“镇馆雕塑”，将此项使命拜托给了唐大禧。

一起头，唐大禧心想，固然几十年来，本身对创作城雕或标记性主题雕塑有一些体味，但这类以档案为主题的作品，多是让人感应“硬”与“冷”，难有诗意的阐扬空间。

一时思绪未能翻开。“以我的创作立场，决不愿创作一件与主题无关的作品随意对付，那样，既有怠慢之嫌，又失却主题原创的特别意义，难以应对主题创作中破题、贴题的应战。”

为了打开创作思路，2011年5月，唐大禧要求进京考查、进修，以求温故而知新。果然，他从厚重而奥秘的“皇史宬”中获得了开导。

“皇史宬”位于紫禁城东侧，系明清两朝皇室及开国后保留皇家史册的档案馆。“宬”，是指古代藏书室。听说，皇史宬原意定名皇史藏，嘉靖天子题匾时，误写成“皇史宬”，近臣为奉迎天子，便道“惟皇帝考文，御书即为纶，请勿更”，今后将错就错。皇史宬是一座采取整石雕砌的修建，内置150个外包鎏金铜皮雕龙的樟木柜，金锁银档，景象形象奥秘，便以“金柜石室”闻名遐迩。

## 2. 破题

就此，唐大禧梳理了见闻，他要求本身的作品必须为档案馆“度身定做”，跑题就是失败。但为此，又堕（坠）入了长久思辨的苦闷中。

在一个泛泛的薄暮，唐大禧与助手闲庭信步间突然闪现出灵感：巨石交叉，如同宝藏之藏所，严酷密封，我们如何从中挖宝？翻开锁牌叠加的金柜！要靠我们手中的钥匙！反向思维出来了，它告知我们从“洞”的角度去想。钥匙一转，什么“宝藏”都能找到。

唐大禧思如泉涌，随之遐想联翩，想天圆处所的哲学看法，想圆洞的奥秘性……不竭穿越。在实际中，“穿越”又恰能与广州国家档案馆新馆的中轴线表里贯穿；穿越，有更广漠的想象空间……

钥匙孔开启了创作闸门。



## 3. 耸立

唐大禧说，中国传统的汗青碑记，均由传说中力大非常的“龙龟”永远驮于背上。这件叫《广州宬》的作品，也应由龙龟托起，才适合国人的传统心思与审美风俗。作品的构图，是钥匙穿透方形巨石，它鉴戒（借鉴）了拱门的外型（形），也搀（掺）杂了西方古典雕塑的看法和手段；中国传统文明中的哲学看法，则是唐大禧创作思绪的营养液。

唐大禧还说，作品的思绪、内在，标举了汉朝天圆处所的宇宙观，方是空间，圆是时间，时空穿越的理念，引入档案馆应非常贴切。档

《飘动的轻纱》

案以文、图凝固了时空，舒展在档案馆内，你经由过程动弹档案这把钥匙，便能穿越时空开启尘封的汗青大门，揭开汗青的那一页，看到汗青的那一天、那一事。也就是说，档案这把钥匙，能锁住汗青，也能翻开汗青。唯档案才有这一属性……

全部作品还以浮雕手段刻录了广州自汉朝建城以来具有代表性的文明修建景观及主要文献，意味着光阴隧道的穿越。

作品终于耸立起来了。

唐大禧说："我对这件作品的创作倾注了很多血汗，但求它能以厚重的体量感，显现汗青、档案的持重。在情势上，它只属于档案馆，是档案馆独一、特定、原创的一个标记。"

"希望，当人们鹄立在它面前时，顿生对汗青和档案事情的恭敬。创作，是为了传承与影像。"

2013年，大禧为广州芭蕾舞团创作浮雕《飘动的轻纱》；为广州兰圃公园创作《朱德》。按照计划，这年12月"唐大禧雕塑澳门展"将获邀请在澳门展出，大禧要为这个展览做一批作品，因为运输、过关及展出场地等问题，相对体积小一些的作品更合适。另外，大禧还想为多年的好朋友、已去世的原澳门美术协会会长陆昌塑像。

一切都按计划进行之际，广州却发生了一件令人惋惜的事：

3月1日下午，几个外地游客在珠江西堤码头游玩拍照，其中一位在后退取景时不慎被围栏铁链绊腿，失足跌入急流的珠江。此刻，刚从医院看完病准备返回部队的武警广州支队船艇大队副政治教导员郑益龙刚好路过，边喊"你别动，我

《珠江英魂》

来救！”边脱鞋子和上衣，一头扎进江中，奋力救起落水的游客，自己却因体力不支，被湍急的江水冲走……

适逢网络时代，这个事件与英雄的行为，以前所未有的速度在网络上转发，一片景仰，哀思如潮。

为纪念英雄，《羊城晚报》提议为英雄立碑，迅即得到广大市民的支持。

广州市市长陈建华盛赞郑益龙是“雷锋式”的、“罗盛教式”的英雄，他表示，英雄代表的是一个救人的群体，彰显的是广州人陌路相逢却愿用生命帮助他人的精神，值得永远纪念。陈建华市长也就立雕塑一事表达自己的看法：“建议围绕着雕塑，在网络上、社会上大家来讨论，比如该怎么安放，安放在什么地方。”

近10年，为救落水者而跃入珠江溺亡的英雄已有9位之多，不久前，同为人民子弟兵的邱兴和也因勇跳珠江抢救溺水群众而光荣献身。

的确，这是一种精神，一个英雄群体。

通过媒体知道消息的大禧当然责无旁贷。尽管年底展览的创作任务很重，他还是放下来，构思创作纪念雕塑《珠江英魂》。

他想，纪念雕塑最佳的安放地点，应该就是在事发地点的亲水平台上，甚至旁边的铁链也不需移动，可以直接链接上纪念雕塑。“这样做可以充分利用实地实景，哪怕不知道事件始末的人们，只要经过这座雕塑，也会油然产生对英雄的敬意。”多方斟酌。他舍弃通常以人物形象来表现的方式，他想表现一个英雄的群体，为这种精神立一座丰碑。几乎每一个英雄，都是随手脱下自己的上衣，毫不犹豫，也不畏惧，一跃江中把落难的人托起的。他们从没有想过，甩下衣服的那一瞬，很可能就是他们留在美丽世界的最后一刻，那件丢在江边的衣服，就是他们的遗物了……

英雄们都没有留言……滔滔江水，可以做证。

我们该为英雄留下什么？大禧想，就留下英雄放在亲水平台石礅上的衣帽吧！郑益龙救人时，用10余秒跑完了人生的最后路程，只来得及脱下军装和皮鞋。事后有人将郑益龙的军装叠好，放在亲水平台上。这一场景被多家媒体永远定格，也成为每个人心头最深刻的画面。“当时在报纸上看到这张照片，我内心受到很大触动。”大禧说。

英雄不死。

呈“品”字形摆放的三块石墩，彼此用锁链相连。中间的石墩顶端，安放着铜铸的军帽和军服，军服的衣角自然垂落，中间石墩的正面刻有“珠江英魂”四个大字。

现在，碑前还不时摆着鲜花，鲜花在告诉人们，他们曾怎样走过。

流水，也知道他们心中曾经的每一个角落。

英雄，安息……

同年12月23日“唐大禧雕塑澳门展”如期在澳门仁慈堂婆仔屋开幕。澳门仁慈堂总策划马若龙，澳门美术协会会长黎鹰致辞：

> 唐大禧先生是澳门视觉艺术界的良师益友。
>
> 澳门美术协会自陆昌先生开始，便与唐大禧先生结下了深厚的友谊。唐大禧先生为澳门美术协会的发展，为澳门视觉艺术的发展做出了巨大的贡献。
>
> 唐大禧先生多才多艺，在视觉艺术领域涉猎广泛，不但是雕塑大师，而且还擅长架上绘画、书法以及建筑设计。
>
> 相信有不少人记得唐先生在1973年创作的国画《人民的苹果》。而唐先生的雕塑作品，恰如其分地体现了唐先生在雕塑与绘画两方面的深厚造诣，也只有充分理解了两者，又有丰富的建筑设计素养，才能够创作出那许多优秀的雕塑作品。
>
> 作为著名的雕塑家，唐大禧先生的雕塑作品被多方收藏，享誉海内外。

唐大禧先生的雕塑作品，立足于古典主义，却扎根于现实主义与浪漫主义，在现实主义与浪漫主义中追求创作的形式美感。

从1964年的雕塑作品《欧阳海》开始，唐先生的作品就与大时代共舞一曲。以古朴、肃穆与理性的形式语言为基础，用大气庄严、简练明确的构图，再现了观众眼界所及的真实世界。却又深刻地发掘了作品要表达的精神内涵，用想象与夸张的手法抒发了对美好理想热烈追求的张力，由此，在外在形式的衬托下，作品要表达的内在氛围显现得淋漓尽致，且与外在表现浑然一体。

古典主义或者新古典主义与现实主义建构了唐大禧作品的基础，而浪漫主义的虚构幻想和理想境界形成了唐大禧作品的主要风格要素。

而这些基于时代无愧于时代的作品，正是我们需要学习领会与研究借鉴的。

就在大禧澳门雕塑展之际，传来一代粤剧宗师、红派艺术创始人红线女在广州病逝的消息。

红线女（1924—2013），原名邝健廉，祖籍广东开平，中国当代著名粤剧表演艺术家、红派艺术创始人，曾荣获首届“中国戏剧终身成就奖”；红线女是粤剧艺术的一代宗师，开创了中国粤剧史上花旦行当中影响最大的红派唱腔，为岭南粤剧艺术乃至中华文明树立了不朽的丰碑。

有一副好嗓子的红线女在广州西关长大，聪慧且极爱粤剧的她儿时常随母亲到戏院看戏，回来在家中仿效演唱。1938年因日军侵华失学，随母亲经澳门赴香港，拜师学艺，取艺名小燕红，次年首次登台演出。1941年在上海演出的红线女已当上了第三花旦，后跟随粤剧大师马师曾，1943年在肇庆演出第一次用“红线女”艺名并成为“师曾剧团”的正印花旦，到抗战大后方广西等地演出了许多马派剧目，如《苦凤莺怜》等。

抗战胜利后，红线女定居香港，成为影剧两栖演员。1952年，在香港组建真善美剧团，并与马师曾、薛觉先等合演《蝴蝶夫人》《清宫恨史》等剧。1952年，她在演出《一代天骄》《王昭君》，改编《蝴蝶夫人》和莎翁名著的实践上，根据自己的嗓音条件，在传统旦角的基础上，融入京腔、昆腔等演唱艺术和西洋美声技法，创造了“红腔”。

1955年她应周恩来总理之邀回到广州参加广东粤剧团，先后在广东粤剧团、广东粤剧院、广州粤剧团工作。二十世纪五六十年代，红线女曾随团赴朝鲜、越南演出。

20世纪80年代，面对粤剧舞台演出的不景气，为振兴粤剧，她重排旧剧，编演新戏。1988年国庆前夕，红线女率广州粤剧团到北京举行了“红线女专场”；1994年，红线女又在北京主演《白燕迎春》，成功地塑造了一个外科医生沈洁的艺术形象，她曾出演现代粤剧《山乡风云》，更是在现代剧和传统表演程式的结合上获得了标志性的突破，被认为是粤剧发展史上的里程碑。

红线女，在岭南、港澳乃至海外华人圈都是一个家喻户晓的人物。她的生命属于艺术，她的艺术属于人民。

2013年底，一代名伶红线女的离世，勾起了大禧许多的回忆。红线女也是与大禧一样，20世纪50年代从香港返回祖国内地，参加火热的社会主义建设，希望为这个宏伟的大厦添砖加瓦。早年，大禧就看过马师曾和红线女演出的《搜书院》和《关汉卿》，深深被红线女精湛的演技与艺术感染力所吸引。

那时候，一切都是想象般的那么美好；

那时候，广州满街都是唱着“红灯、绿灯，红线女、马师曾……”的歌谣，甩着橡皮筋跳绳的小姑娘，一代芳华……

大禧与红线女有交情。同是文化名人，又同属广州市文联主管，只不过是不同的协会，以往开会都经常见面；特别是市里组织广州文化界名人活动时，还经常坐在一起，红线女还不时问起大禧的创作。前几年大禧创作雕像《风雨泰然·孙中山》，特别将作品照片送给了红线女，红线女很高兴，第二天，她为此专门给大禧写了一封信，表达她被作品深深感动的心情，之后，每次文化界活动，只要远远见到，红线女都会首先跑过来与大禧握手，她的爽朗、热情给大禧留下深刻印象。红线女知道大禧将去澳门展览，更是高兴，还忆起她许多当年澳门演出的趣事……原本还约好一起吃饭祝贺的，没想到，生命却如此短促，不久，大禧在澳门听到红线女逝世的消息。

大禧感到深深的哀痛，他专门为红线女的追悼大会写了一对挽联，表达对红线女的缅怀与哀悼：

无可奈何花落去，
似曾相识燕归来。

为红线女雕像，算是一对挽联的延续。

从澳门归来的大禧开始创作胸像《红线女》，他想做一座汉白玉雕像放在她的墓前；他想铭刻一段流金岁月，红线女不就是几代人的共同记忆？

流光易逝，但，不可“事如春梦了无痕”。

《红线女》胸像

汉白玉雕像比真人略大，大禧多次与红线女的后人沟通，造型选择红线女30到40岁时的风采。大禧开始查阅红线女不同时期的演艺照片和宣传海报。此时，一张托着双手、戴着白手套、披着肩纱、一头秀发的年轻时期红线女剧照被定格下来。在这张已经发黄的演出海报上，红线女眉目传神、美丽动人，简直就像一尊造型生动的雕塑。

时光的舞台上，游离着梦幻的精灵。

光阴的琴弦下，流淌着勾魂的悠远。

红尘中的她，似乎有些寂寞，她的美，似乎已融化在骨骼里；一缕清香尚在唇齿之间，那从心底里吐出来悦耳的粤韵，将永在世人的耳畔萦绕，不曾远去。

石雕选用的是来自四川的汉白玉。此时，大禧的眼睛开始出现视觉模糊，去眼科医院确诊为青光眼病变。78岁的唐大禧是带着病，用了整整两个多月的时间来雕刻这件作品的。

这年开始，眼疾这个魔鬼开始缠绕上了大禧，眼睛怕光，每天早晚都要坚持滴几种不同的眼药水，防止病变与恶化。对于一个一辈子从事视觉艺术的艺术家来说，真是，再也没有比这更富悲剧色彩的事了……

大禧还有很多宏伟计划，还有很多想法，他的创作正值盛年！

几年前，他不是还与助手大林连续几个月冒着高温泡在雕塑工厂，还可以在脚手架上爬上爬下，做出那伟岸、高大的作品《风雨泰然·孙中山》吗？

大半个世纪以来，大禧几乎不曾离开过雕塑台，他是有名的惜时如金的人，在他长长的艺术编年表中，我们可以看到每一年他创作出作品的长长的清单，他如永不会歇息的巨人米开朗琪罗，如罗丹，如布德尔……一生伴随他们钟爱的泥土、巨石、木头，听着那“咚咚”的开凿声与泥巴的涂抹声，把灵魂，也托付其中了。

《红线女》

天妒英才！

从此，大禧创作的脚步，不得不慢了下来。但是，他还是离不开他心爱的工作室，就是在里面坐着也好。

一个成功的艺术家，他的身边与身后，总是有很多人在默默地付出。是无数人的努力，成就一个艺术天才。

2014年，尽管大禧眼有不适，还是创作了《花地文学榜奖座》。

值得高兴的，还有重雕二十多年前在广州东方乐园做的浮雕《凤凰之光》，这座大禧雕塑生涯的第一件大型浮雕在2007年东方乐园改建为白云国际会议展览中心时惨遭损毁，现在广州国家档案馆在大学城建新馆，终于可以让它重见天日。

这一搞，就是将近两年的时间。

忙碌中，转眼下半年了。2014年12月5日，筹备多时的“情系金陵——唐大禧雕塑展”在南京金陵美术馆开幕。

大禧与金陵南京的缘分，始于40年前。

1974年，当时的南京革委会决定在南京雨花台建立革命烈士大型雕塑《英勇就义》，成立了“南京雨花台雕塑领导小组”负责此项工作。因为得到中央的重视，至1976年间，从广州、上海、杭州等地的雕塑专业单位及南京本地有关部门抽调艺术家与干部参与。

1977年，经领导小组多次筛选，最后选定广州雕塑工作室提供的作品，在此基础上放大为2米高的定稿，此时广州雕塑工作室领导决定派唐大禧前往南京参与定稿及放大工作。当年的唐大禧年过不惑，创作正值成熟期。

初来雨花台，枝丫下垂、郁郁葱葱的雪松就吸引了唐大禧的注意，“南京的雪松很漂亮”，这是唐大禧对南京的第一印象。

大禧来南京一待就是一年多。

1978年，各方雕塑家齐聚雨花台，正式开始把作品放大为高10.3米，宽14.2米的泥稿，整个过程持续一年之久。

《花地文学榜奖座》印纹

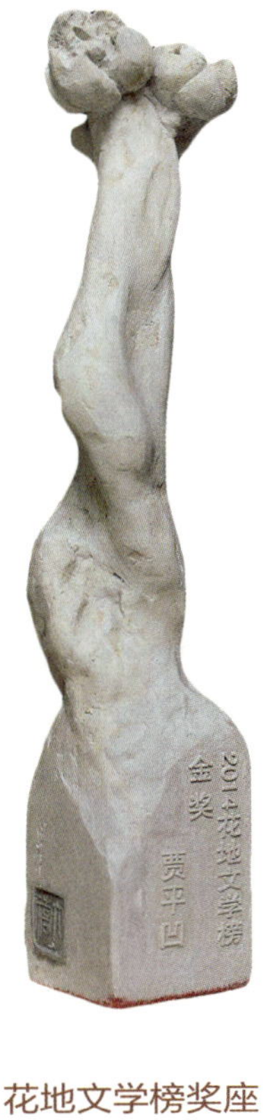

《花地文学榜奖座》

南京雨花台《英勇就义》

放大工作完成后就开始了翻模打石。石材从福建泉州采凿，每块重5吨，石材运抵雨花台时，道路全封闭，确保运石车畅通无阻。1980年，群雕终于完工。

施工期间，大禧亲临现场指导工人施工，当年生活条件比较艰苦，但想到倾注心血的作品即将完成，虽苦犹甜。好的作品总是要经过反复研究打磨，“遇到矛盾，我们会讲道理，摆事实，召开研讨会，在会上集中讨论。”大禧讲起当年和诸多雕塑同事一起工作的场景。

在雨花台工作的一年多时间里，大禧结识了不少美术界同行和美术爱好者。

2014年，南京邀请唐大禧在南京举办个人雕塑展，大禧得以再次回到雨花台，拜访了一些老同事。

几十年弹指一挥间，岁月在每个人身上都留下了痕迹。用大禧自己的话来说，当年那些健步如飞、神采奕奕的中年人，现在都已经变成白发苍苍、佝偻着腰的“老头子”了，女孩子们也都变成了“老太婆”。当年“流着鼻涕的小丫头，如今却要退休了，时间过得真快啊”。

长叹一口气，大禧似乎有些无奈时光的流逝，却又觉得，一切都在情理之中。

再回雨花台，一样的绿意盎然，不同的是，树长高了，中轴线上烈士纪念碑、烈士纪念馆、忠魂亭均已建成，园区建筑更加完善。“雨花台在我眼里，永远都还是原来的那个雨花台，只不过更成熟、模样更清晰了。”

光阴催人老，当年在雨花台工作生活的情景在大禧心里就像是昨天发生的一样。

他又回到这块闪耀着信仰之光的土地，看着当年完成的烈士群雕，他们，就是他们，从同伴的尸首中爬起来，擦干净身上的血迹，又继续战斗了；是他们不畏艰险流血牺牲建立的新中国。现在，他们还在默默地注视着一代又一代的后来者，仿佛在发出一声声追问：

“老百姓都过上好日子了吗？我们追求的那些梦想都实现了吗？

还有贪官污吏吗？还有人骑在人民的头上作威作福吗？

人民，真的当家作主了吗？

我们的党还记得我们对人民的承诺吗？还有纠正错误的勇气吗？

当需要有人站出来的时候，还有人站出来吗？

还有人像我们一样，愿意为信仰而生，为信仰而死吗？”

……

优秀的艺术作品，就有这样的力量，它们会穿透时空，荡漾心灵，拷问灵魂；与时光同在，光耀千古！

2015年，大禧眼睛没有好转，且还有恶化的迹象。从2014年开始，大禧已戴上墨镜，尽量避见阳光了。

2015年，大禧的创作几乎停顿下来，只是在助手的帮助下完成早就约稿了的《孔子立像》，立于广州外国语学校。

这一年，大禧四处求医……

2016年，大禧80岁。人说“八十大寿”，但大禧内心却是一片的悲凉。是啊，再没有比不能创作、不能看书更悲哀的了！

尽管如此，只要大禧的眼睛稍有好转，他就又在助手的帮助下创作胸像《戚烈云》，这是新建的广州体育文化博物馆，需要为一批曾为祖国增光的体育健儿塑像。

《戚烈云》胸像

提起戚烈云，从20世纪50年代过来的人无不知晓，他是我国第一个创造世界纪录的游泳选手——1956年在广州以1分11秒6的成绩打破100米蛙泳世界纪录，是中国体育史上第一个打破世界纪录的运动员。

戚烈云原是香港人，大禧后来才知道，他们原来是香港仿林中学的校友，戚烈云比大禧高两届，真是有缘，他们一聊起来都有说不完的话题。

1934年戚烈云出生香港，日军侵占香港，戚烈云一家撑条小船逃难到台山再到韶关，从此与水结下不解之缘。抗战胜利全家回到香港，他才进了学堂。课余他总爱到海滩游泳玩耍，其天赋被当时的香港泳王陈仿南发现，超强训练后，1950年他打破香港纪录，其200米纪录在香港保持了33年，直到1983年才被打破。戚烈云成了香港新蛙王。一时间，戚烈云成了风云人物。之后他在广州加入了中南大区游泳队，第二年转入国家队。

此时中苏关系友好，一批苏联教练来华执教，他有幸得到世界游泳强国教练的点拨。在全国游泳锦标赛上，戚烈云在众多好手中独领风骚，一举夺得100米和200米蛙泳两项冠军并打破100米蛙泳的全国纪录。

1957年5月1日“五一”国际劳动节，广州越秀山游泳馆举行游泳表演赛。比赛几乎包括了当时我国全部蛙泳精英。发令枪一响，八个矫健的身影飞身入水，如同八条飞鱼，箭一般窜向前方。裁判员同时按下秒表，1分11秒6，一项新的世界纪录从此诞生了！

这是新中国游泳选手创造的第一个世界纪录，戚烈云的名字从此就永远载入中国游泳的史册。直到1991年冬天，中国游泳队的总教练向备战巴塞罗那奥运会的中国游泳选手做动员时，还以此激励队员们：“戚烈云的名字，凝聚着深刻的体育精神，他就是以这种精神创造出新中国第一个游泳世界纪录的。”

大禧被他的拼搏精神感动。的确，戚烈云也是大禧心目中的英雄。之后大禧在2020年国庆、中秋双节前夕收到中华人民共和国文化和旅游部对雕塑《戚烈云》入选中国艺术节全国优秀美术作品展览的证书。

这年，大禧还重制线刻壁画《海不扬波竞千帆》，立于广州地方志新馆。为揭阳儿童公园补添铸铜雕塑《母子牛》和《小孩戏水》，以兹故乡留念。

2016年6月9日，国际档案馆日。这天，大禧向广州市国家档案馆无偿捐赠18件雕塑和3幅画作。这批作品从1963年至2011年时间跨度近半个世纪。这批捐赠作品包括《渔女》《壮丽诗篇》《海的女儿》《启明》《鲁迅与许广平》《周文雍与陈铁军》《风雨泰然·孙中山》等，都是大禧雕塑作品的精华。

捐赠仪式吸引了众多媒体关注。在拜金主义横行的当今社会，大禧的众多优秀作品无偿捐赠是一个令人感兴趣的话题。

当有记者问到大禧为何要无偿捐出自己精心佳作时，大禧说：虽然这些很多都是他比较经典的创作。已经保存多年，他对此也珍爱有加，但自己已经上了年纪，如果拿出来卖掉，会流入私人手里，普通民众将难有机会接触到；如果留给子女，以后也可能流向市场；倒不如捐给国家，相信国家能保存得更好。能让更多人看到这些作品，才能彰显出作品的价值。

唐大禧工作室一角

要建“唐大禧美术馆”了，大禧不觉回顾自己的艺术观。他主张艺术跨界，他从事雕塑并重视国画传统的研究，并经常付诸实践，往往创作了一件雕塑作品，他就尝试把这个人物画成国画；他认为把握形体非常重要，认为形体的缺失是国画的重要问题。他也研究色彩，认为色彩是油画的关键，中国人画不好油画也是由于色彩的缺失。此外，他还研究过许多课题，例如中国现有的木偶戏的木偶，没有对解剖的研究，只是表浅地闪闪眼睛、张张嘴巴。唐大禧也注意学习书法，学习民间艺术诸如玉雕、剪纸、蜡像等，曾经与潮汕民间剪纸艺人李知非合作，创作了不少剪纸作品，并为澳门修复过一些蜡像……这些，都望日后会在美术馆里有所展示。

这一年，大禧整整80岁了。

作品捐赠给国家，也是大禧对自己大半世纪的艺术创作有一个完整而完美的交代。或许这也是大禧自己给自己80大寿的一份礼物。80大寿，许多朋友、亲戚都说做一个寿宴，但大禧都婉拒了。但家人说，那就亲戚一起吃个便饭吧，大禧也不好再推了。

大禧重感情，讲情义，他感恩生命，也感恩父母，感恩家人，更感恩多年给予他支持的各界友人；他找出2008年创作的雕塑《跪乳石》做成一个小雕塑版，翻制了若干个，作为礼物赠送给朋友与亲人。

这么一个舐犊情深的瞬间：两只可爱的小羊犊在玩耍，一只还趴在母羊下面吃奶，羊妈妈此时正温柔地舐着小羊的毛，深情

年近80岁的唐大禧在凝思

款款，柔情脉脉。在背面，还刻着刘仁毅所作诗句："跪乳接慈恩。春晖寸草心。"这柔软，直抵人的内心：

在世间漂泊，孤身仿似浮云；

心底里，每思亲，添百感。

父母恩千丈，一生把我护荫，有若明灯驱黑暗。

春晖寸草心，推衾送暖。

舐犊情深，挂念慈亲悲不禁……

80年，天地一瞬，但对人生来说也不短了。大禧打3岁多就离开母亲，是祖母照顾兄弟俩的一切。大禧此时一定会想起慈爱的祖母，还有祖母温柔的潮语："奴呀（潮语对小孩的爱称），你十指皆'螺'，天生聪明，但要勤勉，才能成器。"祖母的语言犹在脑际——是啊，祖母预言没错，大禧勤勉不懈。80年，大禧终走上艺术家之途，而且在艺途上还留下点点印记，祖母在天之灵有知，也会颔首微笑，深感欣慰了。

《跪乳石》

上了年纪，大禧有一肚子要对祖母倾诉的话。从1962年祖母离开广州回去香港，有生之年，祖孙二人再未能相见，大禧再见祖母已是时隔三十多年后在香港的歌连臣山上，这里峰峦叠翠，南靠太平洋，北望大陆，是子孙眼中一块安放先人陵寝的好地

唐大禧与孙儿唐翌扬

唐大禧与孙儿潘胤谷在家中合照

方。大禧在此后二十多年的时间里，常带着妻子儿孙前去祭拜。

在祖母的灵位前，白发苍苍的大禧用儿时的语调轻声唤起“嫲嫲”：

嫲嫲，我今天又来看您了，您安睡在这里已经好多年了，我带媳妇妙玲、弟弟大任、儿子阿武、孙子扬扬，还有女儿阿丹、女婿小潘和外孙谷谷来看过您了，您高兴吗？多年来，我很想念您的慈恩……不曾忘怀……今天见到嫲嫲，第一件想告诉您的事情是：您从小带大的两个孙子虽然如今各自天涯，一个在广州，一个在加拿大，但我们大家都平安。

近年来，我唯一感到遗憾的是，我的眼睛近乎失明了，就像小时候我丢了东西，不敢告诉您的感觉，怕您伤心难过，其实我也很失落。

这么多年来，我还记得祖母的教导，要勤勉，身体力行，在艺术上做出了一点成绩，得到大家的肯定，您的孙子、曾孙们都受到良好的教育，并都在广府这边工作，我还喜欢经常穿唐装，以纪念您的手艺，这是我最想告诉嫲嫲的，想让您得到安慰。

唐大禧与孙儿唐翌扬登白云听红歌，在街边摄影档拍照留念

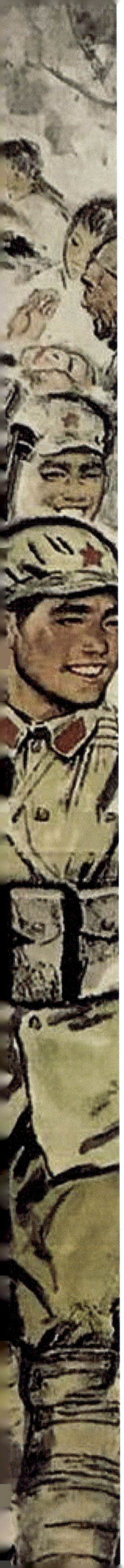

## 十六 边走边看·自塑像

2019年，大禧创作《边走边看——自塑像》。

这是年轻时朝气蓬勃的大禧：左手拿着书本，右手扛着准备远行的背囊，踌躇满志，眼望远方——一副“问路”的神情。旁边，张贴着十几张大禧各个时期的肖像照片，供创作时参考。

仅仅还有一点点视力的大禧，此时，已几乎贴近自己雕塑的脸庞，细心地、凭感觉地修饰作品中自己的眉眼处。

大禧摸着自塑像，说道：

“或许这就是我的收官之作了。”

2022年，86岁的大禧已经不怎么离开广州了，内心平静地颐养天年。可能是多年来形成的习惯，书，依然是大禧生活中必不可少的一部分，只是从看，变成了听。每逢佳节，偶尔会回一趟揭阳老家，而最令大禧高兴的，便是与亲朋好友们坐在一起，吃着家乡新鲜的蔬菜与各式潮汕美食，在味道的记忆中，追忆往事。

逝者如斯夫，来者犹可追……

唐大禧各个时期的照片

《边走边看——自塑像》（局部）

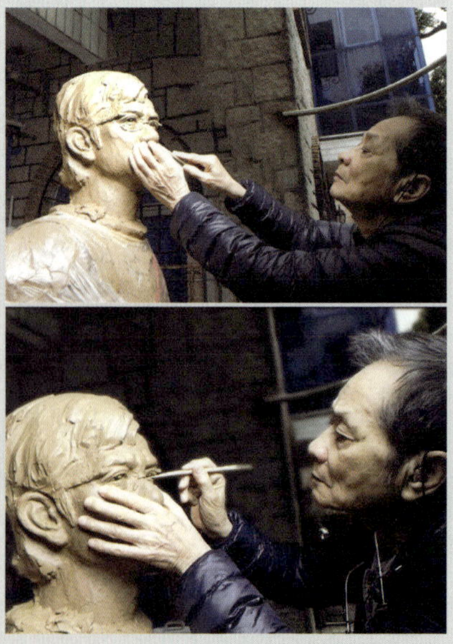

唐大禧在创作

《边走边看——自塑像》

唐大禧雕塑《斗拱树》矗立于
原广州雕塑院（越秀北路210号）